铁葫芦 | 诗歌馆

铁葫芦

新世纪诗典

{第一季}

伊　沙／编选

浙江文艺出版社

编选者序

去年3月下旬，青年诗人、网易UGC中心主管欧亚忽然来电，说想请我在网易开一个每日推荐一首当代诗歌的微博专栏，我当即脱口而出："新世纪诗典。"

我之所以会如此之快地做出反应，是因为我曾考虑过目前什么样的诗集是大家最需要的问题，结论是：《新世纪诗选》。

我于1998—2001年在《文友》等刊开辟的《世纪诗典》栏目，显然是欧亚聘请我的依据。于是我马上想到做一个与此影响颇大的著名专栏具有连续性的微博新专栏。

《新世纪诗典》有两种读法、两个意思：一、新世纪—诗典，即21世纪以来现代汉语诗人所创作的当代经典诗歌；二、新—世纪诗典，《文友》版《世纪诗典》算老"诗典"，现在算"新诗典"。

我确定于2011年的4月5日开栏，是想纪念1976年的"天安门事件"——那也算是一场诗歌运动。

转眼一年过去，奇迹就在眼前。

有人惊讶于我一天都没有空过，我也惊讶！

有诗人惊叹同行作品如此之好，在我的记忆中中国诗坛还从未有过"同行相重"的局面，现在有了！

有人说这是对中国诗坛"重新洗牌"，有人说"旧秩序已经被打破"——我承认这是事实！

有人惊叹中国当代诗歌抵达了如此的高度，我想这也在情理之中，新世纪的十余年是中国新诗走向百年的最后十余年，是到开花结果的时候了，只是此前还没有一个精心修剪过的花圃供你大饱眼福！

在过去的一年里，我们除了每日坚持不懈地推出这365首优秀诗篇外，还以《新诗典》为平台，在北京、广州做了两场精致的朗诵会，评出了年度大奖和十大新闻。《新诗典》这个平台的建立，让持续十年的论坛时代结束之后可能的真空期没有出现，让中国当代诗歌在网上找到了继续存在的第一现场，让最有活力的优秀诗人在此找到了一个话语场。

《新世纪诗典》对中国当代诗歌的贡献既实实在在，又意义深远。

好在这奇迹还在继续，第二季已经惊喜不断地开始。

值此《新世纪诗典·第一季》结集出版之际，谨向策划欧亚、网易读书频道责任编辑张玉、我的天然助手老G，向所有入选的优秀诗人们，向高贵的诗歌爱好者们，致以深深的谢忱！

伊沙

2012/05/14　长安

目录

一　阳光照在需要它的地方

二　我们一家都生在河边

三　我们那儿的生死问题

四　我在双鱼座上给你写信

五　从北京一直沉默到广州

六　我曾长在葡萄园下

新世纪诗典

{第一季}

一　阳光照在需要它的地方

沈浩波

玛丽的爱情

朋友公司的女总监，英文名字叫玛丽
有一张精致迷人的脸庞，淡淡的香水
散发得体的幽香。名校毕业，气质高雅
四英寸的高跟鞋，将她的职场人生
挺拔得卓尔不群。干活拼命，酒桌上
千杯不醉，或者醉了，到厕所抠出
面不改色，接着喝。直到对手
露出破绽。一笔笔生意，就此达成
我承认，我有些倾慕她
有一次酒后，借着醉意，我对她的老板
我的朋友说：你真有福气，这么好的员工
一个大美女，帮你赚钱
朋友哈哈大笑："岂止是我的员工
还背着她老公，当了我的秘密情人
任何时候，我想睡她，就可以睡
你想一想，一个大美女，驴一样给我干活
母狗一样让我睡，还不用多加工资
这事是不是牛逼大了？"
我听得目瞪口呆，问他怎么做到的
朋友莞尔一笑："很简单，我一遍遍告诉她
我爱她，然后她信了！"

2009年

☞ *多日来，本主持殚精竭虑：用谁来"打头炮"呢？最终决定采用这条思路：选一位生长并成熟于新世纪，具有较大行业影响力（最好波及业外）的优秀诗人，沈浩波无疑是最为恰当的人选。该诗秉承其一贯风格：尖锐犀利，一击中的，一捅到底；又展现出他近年之成熟：冷静陈述，不动声色，峥嵘毕现。《玛丽的爱情》，残酷荒诞，五味杂陈，含血带泪，时代之典型性"爱情"。*

吉狄马加

火焰与词语

我把词语掷入火焰
那是因为只有火焰
能让我的词语获得自由
而我也才能将我的全部一切
最终献给火焰
（当然包括肉体和灵魂）
我像我的祖先那样
重复着一个古老的仪式
是火焰照亮了所有的生命
同样是火焰
让我们看见了死去的亲人
当我把词语
掷入火焰的时候
我发现火塘边的所有族人
正凝视着永恒的黑暗
在它的周围，没有叹息

只有雪族十二子[①]的面具
穿着节日的盛装列队而过
他们的口语，如同沉默
那些格言和谚语滑落在地
却永远没有真实的回声
让我们惊奇的是，在那些影子中
真实已经死亡，而时间
却活在另一个神圣的地域
没有选择，只有在这样的夜晚
我才是我自己
我才是诗人吉狄马加
我才是那个不为人知的通灵者
因为只有在这个时刻

我舌尖上的词语与火焰
才能最终抵达我们伟大种族母语的根部!

2009年

① 雪族十二子:彝族传说人类是由雪族十二子演化产生的。

☞ *在世的当代诗人中,数吉狄马加官做得最大,但在我眼中:他从来不是什么"省长诗人"——他就是诗人吉狄马加!诗人乃至高无上的荣誉,无须添加任何定语。这是一位自大凉山走向国际的彝族诗人,有人说:越是民族的,越是世界的。而我却从他的诗中看到了镜子的背面:他是站在南美的马楚·比楚高峰上回头望见故乡的大凉山。*

中岛
我一生都会和一个问号打架

?
我一生都会和一个问号打架
像兄弟和无情的敌人
?
我不知道什么时候会得病
我不知道什么时候会死去
从来就没有答案告诉我
我是什么人

你为什么不努力
却可以
得到小轿车和小洋房
我拼命地生存
却天天睡不安吃不好
而你
却灯红酒绿鲍鱼龙虾
为什么

为什么你可以拥有无数的金钱和女人
却还在贪得无厌
为什么你欺骗了别人
他们却还把你当成救世主
为什么你逼良为娼
却一副道貌岸然的样子
为什么你可以控制我们
而我们却要感谢!
为什么你可以垄断
我们还要高呼万岁!

为什么鬼是看不见的
但所有的人都怕

为什么没有动物鬼而都是人鬼
为什么鬼都是屈死的鬼
为什么善良都得不到幸福
而你却活得如鱼得水
为什么

为什么神是欺软怕硬的
越是膜拜就越不幸
为什么没有杀富济贫的神
为什么神都是丑陋的神
为什么丑陋的神依然香火不断
而上香的人还是贫寒
为什么

为什么蔬菜都长了一双害人的手
为什么动物也学会了自杀身亡
为什么地球都已经百孔千疮
却还要友情地
承受这群“恶魔”的肆虐
为什么你不反抗
为什么我要投降

为什么　为什么
?
我一生
都会和一个问号打架
一直到我死亡

2006年

☞ *二十年来，中岛以“武训办学”的精神坚持办《诗参考》，已经成为诗歌史上一大传奇。他创作的诗歌文本却多少为诗坛所忽略，直至“问号”降生。这是穷人在祖国大地上站成的问号，是无产者的大声质问，是时代的哀歌与悲鸣！这是一首一诞生便被选进“当代百优”的力作——其作者如斯：貌似二流，写一流诗。*

王有尾

怀孕的女鬼

闲来无事
游逛着
来到万寿陵
这里真安静
墓碑挨着墓碑
有名字的　没名字的
散在刚长出来的草丛里
一位怀孕的母亲
走在尘土微扬的小道上
见我过来
瞥了我一眼
走出老远
我猛一回头
她下意识地
摸了摸自己
已经隆起的肚子
等我再回头时
就只看见
墓碑挨着墓碑

2007年

☞ 对于主流诗坛而言，王有尾几乎可以算作“无名诗人”。这位生于1979年的诗人很吃亏，“70后”那趟火车，他是迟到者没赶上，胎记又使他蹭不上“80后”的飞机。但好在他赶上了《新世纪诗典》的飞船，只因写出了《怀孕的女鬼》这样的绝作——这是一首“冷抒情”的典范，冷到酷，人见鬼，言冷心热，还很东方、很本土、很民俗。

君儿
怀念

让我这个坐在屋子里的人
懂得怀念
怀念陌生的事物
它们在远方
已灿烂了两万年
这沉默的两万年里
你来过
又飘走
让我的经书上
画满桃花
好让异代相逢的人
又馨香可嗅
唵嘛呢叭咪吽
让我转动的经筒飞舞

2004年

☞ *与男诗人相比，女诗人数量少，持续写作的能力也弱些——所以，我要将第一个出场的机会留给新世纪这十一年间持续写作能力最强也最为多产的女诗人——毫无疑问，她是君儿。有那么两年，她是领跑者，这些年也始终保持在第一方阵。在这首化重为轻的《怀念》中，我听到了阿姐的鼓声。*

食指

秋阳

闲坐在小院里，沐浴着宁静的秋阳
暖暖地像母亲给我加了件衣裳
渐渐地觉得眼皮越来越沉重
懒洋洋地点上一支烟，闭目遐想

暖意袭来，不管是凄凉的身世
还是构思中的文章，都实在懒得想
物我两忘中却觉得该写点什么
很明白：是因为远离了污浊的名利场

秋阳黄金般金晃晃，眯起眼
看小院里一派喜人的景象
笑咧嘴的石榴害羞地低下头
朝远望的柿子还高高在上

这甜美的果实待人品尝
可知足的心情谁来分享
只有秋阳，因为秋阳
有老人的心肠，像父辈的目光……

2004年

☞ *食指《相信未来》是老《诗典》开篇之作，他因那首名作获得唯一一届“《文友》文学奖”，我去北京第三精神病福利院为其送奖的情景如在昨日。我高兴地看到：在新世纪里，诗人有了幸福家庭，获得尘世幸福，新作仍然不断，诗境愈加高远，诗艺炉火纯青。他是中国现代诗活着的纪念碑，是《新世纪诗典》镇栏之宝。*

徐江

柯索

二十岁我读他
二十一岁我再读
今年
我三十六

许多事都不一样了
许多清澈
正在我眼里浑浊
许多浑浊
我能看到它清澈
救火车每天在街上
咬报纸

以下这句是不变的——

我信有天使在我的屋顶上飞翔

2003年

☞ *大概中国当代诗人都知道：徐江是我挚友。越是挚友越容易视之平常，我很少能意识到他所创造的当代传奇：十余年以自由撰稿为生，竟成中国极少数最专业的诗人之一。《柯索》已是业内名作，在此我向更广大的读者群推广，但愿你们读罢此诗，会在人生某个时刻脱口而出："我信有天使在我的屋顶上飞翔。"*

秦巴子

朗诵者

他很想把诗念得精彩
再精彩些，他就能摸到灯泡
甚至会带着听众冲出屋顶

他很想率领诗句们飞起来
但是每当他情绪激昂地字正腔圆
立即就生硬得像个假人儿

我知道他很想打动我们，就像是
一个时代的行刑官那样打疼我们
让我们老泪纵横，让我们满身伤痛

他很想被我们的泪水和伤痛反哺
为了更多的激情和愤怒
为了让他的词语更有力量

我觉得他很想把声带变成皮带
我觉得他很想把胸腔变成音箱
他的嘴唇也离麦克风越来越近

我发现他就要含住这个棒棒糖了
而他似乎也尝到了甜头，哽咽着
发出奇怪的叫声

2010年

☞ 秦巴子要是个子高点，朝兵马俑坑里一站，就可以收票啦！二十年来，他正是以秦俑的形象，站在我的视线里，沉默中烧制出一块又一块秦砖，自古秦兵耐苦战。定睛细看，他已经成为现代汉诗意象一脉技艺最为精良者，但他并不满足于此，就像这首《朗诵者》：批判的批判、他讽中自嘲、时代的寓言、深刻的思想，难得的杰作！

马非

那个人

那个每天来得最早的人
那个早上都在拖走廊的人
那个能把短短的一截走廊
从八点一直拖到九点的人
那个我们单位的人

那个前年退了休的人
那个到退休连科长都没有混上的人
留给我的唯一记忆就是
他用一生在拖走廊
那截走廊居然越拖越脏

2003年

☞ *在我见过的中国诗人中，马非堪称酒王，一个东北人生活在西北高寒地带，很正常。他嗜酒如命，酒后真性情。但是他的诗中却不含酒精，我断定马非酒后不作诗。就像这首《那个人》：冷静、清晰、准确、落实，思想者（几多伪的）要用干瘪大词（体制、单位、办公室），诗人只用一个镜头，微言大义："那截走廊居然越拖越脏"。*

严力

负10

以“文革”为主题的
诉苦大会变成了小会
小会变成了几个人聊天
聊天变成了沉默的回忆
回忆变成了寂寞的文字
文字变成了一行数字
1966—1976

老张的孙女说等于负10

2009年

☞ *严力真是个从外帅到内、自少帅到老的男人，我心目中最理想的“中国诗歌形象代言人”或“中国诗歌先生”。我之所以成为“劳模”，就是跟他学的。他是现代汉诗智性一脉的宗师，请看这首《负10》：一首小史诗，如此写“文革”却比谁都写得透，唯有老严力！君不见，我们还在“负”着，继续“负”着，停不下来。*

发小寻

三缺一

2004年夏天
我家住在沈圩村福星路23号
我的房间里有一张
标准的麻将桌
每天夜里
我死去的姥姥，姥爷和爷爷
都会围在一起搓麻将
哗哗的声音让我整夜不得安宁
那时我的奶奶住在青年路与南极北路交口
她偶尔会打电话过来
每次我都想告诉她老人家
我不会打麻将
夜里的那一桌
一直是三缺一

2009年

☞ *有类型小说与纯文学小说之分，但绝无类型诗与纯诗之别，千万别把这首《三缺一》称作“灵异诗”，诗之万变不离抒情大宗。我无意说发小寻是“80后第一女诗人”，因为她比同代男诗人写得还好，她比70后、60后、50后的女诗人都更有天赋，诗坛浑然不觉，他们只会注意生锈的铁钉，但天才如我者深知：一束光线的力量！*

朱剑

南京大屠杀

墙上
密密麻麻写满
成千上万
死难者的名字

我看了一眼
只看了一眼
就决定离开
头也不回地离开

因为我看到了
一位朋友的名字
当然我知道
只是重名

几乎可以确定
只要再看第二眼
我就会看见
自己的名字

2010年

☞ 十多年前，有三个籍籍无名的青年作者幸运地搭上《文友》老《诗典》这列直通车而一夜成名跃上诗坛，其中就有朱剑——也只有朱剑，懂得珍惜，继续前行，孜孜不倦，一路写下来，写满新世纪。《南京大屠杀》代表着他的现状：不满足于天生的小灵气，不驻足于“短诗王”之美誉，讲力道求力作写大诗，用自己独特的方式。

侯马

麻雀。尊严和自由

这样的诗句让我心领神会
“一出门，就能看到亲戚和麻雀”

没有深切的乡村体验
就不知道卑微的麻雀多有尊严

有谁见过：
笼中的麻雀

只有踢翻的米盅
和一具横倒的尸体

抓过雏雀的手
会终生出汗　拿不稳刀剑

它离人类最近了
但永远是邻邦，绝非家奴

饱经沧桑的人知道
它们是自由的精灵

没有道义可以审判不羁的灵魂
甚至良知也对不住自由的追求

☞ *高大英俊，青年时代貌似三浦友和，侯马因有实力而没有沦为偶像诗人；作为诗人，他总是选不准自己的代表作，知己而不知彼所以不知己，他 20 世纪的代表作都是由老《诗典》选推出来的，新世纪代表作还得靠《新诗典》，我以为这是他近十一年来的最佳短诗：有小有大，有软有硬；灵感理性，完美平衡。*

王小妮

月光白得很

月亮在深夜照出了一切的骨头。

我呼进了青白的气息。
人间的琐碎皮毛
变成下坠的萤火虫。
城市是一具死去的骨架。

没有哪个生命
配得上这样纯的夜色。
打开窗帘
天地正在眼前交接白银
月光使我忘记我是一个人。

生命的最后一幕
在一片素色里静静地彩排。
月光来到地板上
我的两只脚已经预先白了。

2003年

☞ *我近来喜欢强调“写满”，因为目睹不满与满的差距。有人勉强坚持下来，但却并未写满——王小妮大姐肯定是正面的典范，她写满了三十年：三个十年，数次变化，多种风貌，每一出手，都有感觉，均在上乘。本诗是她在新世纪的名作，笔触像月光一样轻、一样白，但却充盈着生命的满——一轮满月高高挂。*

西毒何殇

人全食

手头没有墨镜
就点了支蜡烛
把眼镜熏黑

看完了日全食
竟忘了擦干净
就直接出门

那天的大街上
空无一人
好像都被狗吃了

2008年

☞ *十多年前，在陕北高原上的一座小县城里，有一名高中生每月初都要到一个固定的报刊亭去买一本名叫《女友》的杂志，主要是读只有两个页码的《世纪诗典》栏目，上面推荐的诗与他以往读过的完全不同，令其对这种文体产生了兴趣并开始偷偷写诗，该高中生名叫党勇，就是现在80后最有实力的诗人西毒何殇。*

黄海

写故乡

我喜欢栽种
也喜欢耕田

我喜欢苍老
不喜欢沧桑

我喜欢五谷
也喜欢柴火

我喜欢沧海
不喜欢桑田

故乡，它在喊
几十年来
它从积木到拼图
它从剪纸到涂鸦
在我小时的游戏
东躲西藏

故乡，它在喊
一条铁路把它
一分为二
一片厂区把它
一分为二
一条公路把它
一分为二
一个人把它
一分为二

何处安身是故乡
当万物长成
它在消失
我却在寻找
自己的房子
那堵墙上过去还写着：
该扎不扎，见了就抓
今年标语改成：
移动手机卡
一边耕田一边打

2010年

☞ 故乡，与祖国一样，是诗人们人人都会触及的题材，于是黄海将此诗命名为《写故乡》。故乡，与爱情一样，是被诗人们写滥写俗的题材，多半被处理成一种情怀——此处不是情怀，而是现实：亲人老了，村庄空了，土地荒了，“故乡，它在喊”，“它在消失”，结尾的诙谐难掩其哀歌的主调：现代中国乡土哀歌！

唐欣

童年

童年冬天的夜晚多么寂寞
父母亲照例在遥远的单位开会
等待中他开始想象他们的归程
那恐怕是他最早的文学经历

从小他就不是个乐观的人
在白天他的担心何其荒谬
石子铺就的马路平坦宽阔
谁的自行车也不会偏离路线

但夜晚他还是忍不住要想　下雪了
路肯定很滑　会不会　万一　万一
他们就从河堤掉进冰冷的河中
他顿时陷入无边的绝望和恐惧

奇怪的是他居然还能迷糊过去
终于朦胧中他感到父母亲回来了
轻轻地　并不知道他们这是凯旋
他假装睡熟　默默咽下眼里的泪水

2007年

☞ 在当代诗坛上，唐欣被看做一名“隐士”，他有意无意地错过了许多热闹与喧嚣：作为同代人，他错过了“第三代诗歌运动”；新世纪，又与网络这个原生现场保持着距离，持一种不参与的姿态，于是他也就错过了虚名俗利。好在他没有错过新老“诗典”，好诗不容错过，就像这首《童年》，捧出的是一颗红色中国孩子敏感坚韧的心！

康蚂

秃鹫

八岁那年
我背着受伤的妹妹
穿过原野
赶往县医院

天空飞着一只秃鹫
地上蔓延着
我们的人味

二十岁那年
我被人砍伤
在空旷无人的大街
血流成河

天空飞过一架飞机
听说它的前世
是一只秃鹫的骨骼

2005年

☞ *“县医院”是最具中国质感的意象，有一种可以触摸的现实性，但是全诗却笼罩在一种神秘与紧张夹杂的氛围之中，诗人究竟想告诉我们什么呢？它似乎什么都说了，但又什么都没说——高级的诗，该当如是。康蚂是新世纪近五年来进步最快的70后诗人，这与他小说写作的底子有关，他是蒙古族，也许对本诗的视角有作用。*

杨克

人民

那些讨薪的民工。那些从大平煤窑里伸出的
一百四十八双残损的手掌。
卖血染上艾滋的李爱叶。
黄土高坡放羊的光棍。
蘸着口水数钱的长舌妇。
发廊妹，不合法的性工作者。
跟城管打游击战的小贩。
需要桑拿的
小老板。

那些骑自行车的上班族。
无所事事的溜达者。
那些酒吧里的浪荡子。边喝茶
边逗鸟的老翁。
让人一头雾水的学者。
那臭烘烘的酒鬼、赌徒、挑夫
推销员、庄稼汉、教师、士兵
公子哥儿、乞丐、医生、秘书（以及小蜜）
单位里头的丑角或
配角。

从长安街到广州大道
这个冬天我从未遇到过“人民”
只看见无数卑微地说话的身体
每天坐在公共汽车上
互相取暖。
就像肮脏的零钱
使用的人，皱着眉头，把他们递给了，社会。

2004年

☞ *说起杨克的新世纪，人们首先会想到《中国新诗年鉴》，为此他刚获得中国当代诗歌奖贡献奖。作为同行，我觉得这多少对诗人有点不公，如果他没有写出被读者记住的诗倒也罢了，但他恰恰是有名作的诗人，上世纪有《夏时制》，新世纪既有风行于世的《石榴》，又有屡屡受阻的《人民》。请人民大声朗读《人民》！*

春树

梦见在梦里活着

白天拍照
晚上睡不着觉
梦里跟仇人谈恋爱
跟间谍谈恋爱
跟同性谈恋爱
跟抚摸我的人，谈恋爱
跟调戏我的人，谈恋爱
梦里不会着大火
下大雪
梦里谈谈情，杀杀人
不时心慌或心碎
穿着颜色鲜艳的衣服
兜住喷出来的感情
或者热血

☞ 七年前，我在一篇写春树的小文中劝其不要再去上大学，我觉得这是她做的最对的一件事；她做的最错的一件事是与 80 后作家们集体加入作协——说起来这些都是外在的，可有可无的，但是有一件事却是必需的——那就是：她没有离开诗，而且越来越深入。在当今中国，你只有在本质上是诗人，才会成为最好的作家。

宋晓贤

卑微者

后来，我们说起那些残酷的事情时
有人曾向父亲问起他在“文革”中的情形
他有点含糊其辞，只说最厉害的时候也被放过飞机
没有细节，他似乎为自己没有受那一类大苦（坐牢、抄家、万人批斗大会）而愧疚
（恨不能自己回过头去再承受一次大刑
其实我知道，他远到不了那个级别
受害不是最大的那个，之后也就不是最红的那个）

有一天，我去探望患肝癌的朋友
见了面，朋友对我腼腆地一笑
似乎为自己得病劳动朋友来而表示歉意

有时候，我觉得他们是同一个人
他们万事不求人，不惊动众人
众人也不为难他们
他们本可以平安地活着，平静地死去
但是追问与探望，对他们都构成一种伤害
他们不得不就范，被动地迎合

于是，在人前，他们总是歉疚地
赔着笑，并且手足无措

2005年

☞ 宋晓贤在上世纪的几首代表作是老《诗典》最有价值的发现与收获之一，至今为有心的读者念念不忘。在新旧两个世纪之间，他最大的改变是皈依了，成为一名虔诚的基督徒。信仰、宗教、文化令其诗增加了厚度，我以为他在新世纪写下的最好的作品，反倒是没有宗教印记的一些，这首《卑微者》是其中最好的一首。

还非

大限祈求

再给我十年吧。
十年之后，
祈求递减：
再给五年。
再三年。
再一年。
再一月。
再一天。
再一小时。
再一分钟。
再一秒……
以上愿望实现，约十九年，足矣。
要这些时间做什么，多吃一碗米饭？
十九年后的某一场雪，
白色包容，里外通透，我与你也隔开了，不互磨难，
摩擦，世界解决了：奥巴马家族的别墅，
也许就会在我家东面三都澳海边。
前天夏至，最长的一天，我怀抱刚六十多天的二外孙，
黄昏下，面朝推迟的夕阳余光，“外公要你快快长大！”
他“咿呀”两声，我泪涌心头：
球鞋穿几码，索马里海盗会不会再起，
诗没写好那都无所谓，
下一次哈雷彗星肯定等不到了。
今天，我写下2009年6月23日，
明天，我会写2009年6月24日，
能多分行一天，我很开心。

2009年

☞ *还非，有着朦胧诗诗人的年纪，却在新世纪这十年间以网络诗歌新人的面目出现。如果没有网络，他还将继续被埋没下去；铁板一块的诗坛，黑暗得伸手不见五指！写不好倒也认了，事实上他写得很好！《新诗典》是干吗吃的？替诗行道！读了这首叫人想哭的《大限祈求》，请你记住这个名字：还非！哪怕忘记其他的名字！*

李异

就算天空再深

我对七岁那年暑假
被推进手术室前的记忆
非常清楚，那是
一排错落走着和躺着病人的过道
酒精刺鼻
身穿蓝白横杠的他们，用一种相同的
怪异神色看我
我躺在轮床
乘电梯从一楼到七楼
沿着走廊左拐
一直进到灯光交织的房间
然后被换到另一张床
卧在上面
好似落入云朵里
他们在角落噼噼啪啪摆弄着
银色器具
我看到针管里的
药水被细细地推射出去
形成一条撒尿的弧线，在空中洒落
闭上眼，冰凉的液体
进入血管
护士阿姨说，这是麻醉药
你好好睡，于是很快地
我困倦极了，世界恍惚
所有事物都消失在黑暗中
我像一缕烟，在天上飞
十个钟头后
我的阴囊明显
多了一颗睾丸
腹腔右侧
一道永存的刀疤

证明我曾是
一名隐睾症患者

2007年

☞ 十年前，在写作课上讲评作文的时候，我点了乖乖女般的名字“覃清”，却站起来一个黑瘦的少年，用蹩脚的普通话朗读自己的优秀作文，四年后，其毕业论文也是由我指导的《花枪论》……现如今，覃清已经成长为80后最出色的诗人之一李异，诗中弥漫着男性荷尔蒙的气息，他的身体性同辈中无人可出其右。

东岳

烟疤

为什么会有烟疤
为什么烟疤往往会出现在
漂亮女子的身上
这家手机店的营业员
美丽的营业员
在向我介绍手机功能的同时
我发现了她右腕处的
三个烟疤
引发了我的联想：
上次是在本市的一家美容美发店
最漂亮的那名女服务员
在左腕上也烫着两个醒目的烟疤
还有上周被我审判过的那名
漂亮的女诈骗犯
脖子下方锁骨处烫着的圆烟疤
我曾不耻下问烟疤的来历
她们笑语搪塞不答
如今是她
梅花似的烟疤
并排绽放在洁白的右腕上
她最左边的烟疤
可能有一个故事
第二个烟疤
可能有第二个故事
第三个烟疤
也不例外地可能有第三个故事
但也不排除这三个烟疤
只有一个故事
按照数学的排列组合
还应该有其他的情况
但最不可能的是这些按在
漂亮女人身上的烟疤
连一个故事也没有

2004年

☞ *当年《倾斜》那帮同仁中，数马非、东岳最笨，却走得最远、成就最大，那些聪明的在逃离诗的道路上跑得比博尔特还快，文学真乃“愚人的事业”。东岳是名法官，他充分利用了自己的职业特点写出了一批无可替代的力作，譬如《法院系列》，本诗是其中最动人最出色的一首：“烟疤”的切入点堪称绝妙。*

安琪

一天一夜

一天一夜？没有问题，你可以待在我这里一天一夜
这里？这里是哪里？
甜蜜里，悲伤里，还是麻木里？

哦，你去过的，在从前，在挤出来的时间
空间中，你跟无数人影摩擦
交叉，重叠
以至你变得如此之扁，扁，却不透明
却不在耗尽五官的祈祷中死于纷乱

祝贺你亲爱的
我给你准备了一打用于记录口供的黑色牛皮纸
我很不想干这种事
我差一点儿就把他们当成同案犯叫到面前
直到风吹草动，提醒我，我的椅子正在松动
正在摇晃

那么说吧，就在此刻，吸足了墨水的笔
抡圆了的砍刀
这是我正赶往孤独的路上，我留出了一天一夜，你看

我的手，我的身，我的心：干干净净
一片空无。

2005年

☞ *我还记得有名读者想在《新诗典》中读到爱情诗，当时我答应了她（或他）。然后我就在记忆中搜索——一下就搜到了，就是女诗人安琪的这首《一天一夜》，它曾在我编选两部诗选时打动过我两次——不仅打动还有小小的震撼。一首爱情诗，无情假情断不会好，单单有情也好不到哪儿去，它一定红尘滚滚，它一定沧海桑田。*

艾蒿

虚构

模特穿着各种漂亮的衣服
站在商店门前
让人们看
有一天她实在站不稳
就摔了下来
首先摔断了头
然后是一只胳膊和
一条腿
老板去隔壁打牌了
没有看见
另一具虚构的模特
跑过来抱着她
断掉的头
大哭了一场

2004年

☞ *艾蒿是我七年前编选《被遗忘的经典诗歌》时的发现，在当时还十分陌生的80后诗人中，他是入选首数最多的。这是一个诗感极好的天才型的纯诗诗人，七年来他几乎没有进步，他无法进步，他不需要进步。他不需要懂太多的理论，他不需要知道得太多，他甚至退出了长安诗歌节。他只需要静静地写，呵护好自己的孤独。*

张建新

遗嘱

秋木葱茏，流水拍打青马
桃木梳子抚慰青丝白发
有人离开，在树下交还骨肉
被夜半更声一阵阵地推
夜露滴落的声音在回旋
放大于昆虫的复眼
寂静并非无声，而是来自无言
鸟舌有时含蜜，有时蓄毒
在铁板的大地上意外地受孕
秋木之下，我容忍了它们
翻晒我的骸骨，瘦小的骸骨
不贮藏任何事物
若有人来伐树，必将其一部分
制成桌椅，另一部分制成惊堂木

2006年

☞ *两年前，在佛山，见过张建新一面：此子帅哥一个，长得又年轻，让我误以为是个80后，读其诗又觉老辣得不像，误会在去年的通信中方才消除。如今口语诗真成浩荡洪流了，我这个推波助澜者反倒更加珍视主潮之外别样的实践，或意象，或抒情，只要写得好。建新写得好，属于70后中少见的优秀的意象诗人。*

梅花驿

孤独的火车

夜半时分
K261次列车
在中原大地上
机械而又固执地狂奔
大地一片漆黑
偶尔的光亮
也是一闪而过
每一节车厢
都挤满了背井离乡的人
他们也不瞌睡
也不交谈
也不吃喝
也不走动
他们仅仅是一群坐火车的人
似乎黑夜与他们无关
大地与他们无关
前方与他们无关

2009年

☞ *杜甫血脉未绝，中原大地长诗人，平顶山乃河南诗歌重镇，梅花驿为我眼中新世纪初河南省第一诗人。文化越古老，负担越沉重，现代意识是现代诗的马达，梅花驿驾驶着他的摩托脱颖而出，一骑绝尘。我最欣赏他诗中的平民化，他在本诗中写到的“坐火车的人”，就是他的父老乡亲，就是我们自己和命运！*

了乏

突然想起尤国英

四十六岁的尤国英突发脑溢血
花尽所有积蓄，被迫放弃治疗
从医院回家的路上
被子女直接送到火葬场
登记员同意
验尸官同意
火化工同意
最终却引起一群死尸的愤怒
他们像从一碗白米饭中清除一颗老鼠屎一样
硬生生把她剔了出来
两年多了
不知这颗老鼠屎
有没有如愿以偿
变成一粒白米

2008年

☞ *了乏之诗给我最强烈的印象是其伸手可以触摸的中国质感：这不是文人在书斋里想象出来的“诗”，不是学院派、语言派在纸面上平推出来的“诗”，而是直面现实从残酷的生活中抓出来的！本诗既有上述特点，又能体现后口语的最新成果：在现实的语境中，十分自然地融入超现实的诗思与技巧，让诗“飞”起来！*

宋雨

美香妃

这些曾经载歌载舞的
高鼻梁，眼睛深潭一样的人
她们的唇线分明并且性感
甚至，我喜欢过她们中的一个
想为妻，像小鸟一样依着
在一个慵懒的午后
在这一片土地上的，其中的
一个葡萄棚下
诗意地掏她的耳朵
我们的女儿已怀胎十月；这样一个也叫
“古丽，古丽。”
的美香妃，再也不能出世。

2009年

☞ 80年前，鲁迅称冯至为“中国最优秀的抒情诗人”；三十年前，北岛称柏桦为“中国最优秀的抒情诗人”；新世纪，伊沙称宋雨为“中国最优秀的抒情诗人”。我所言之绝非过誉，眼下已不是抒情诗的年代，高手以凸显质感来抑制传统抒情诗的飘，以奇崛瑰丽的想象外加语言的冷调来克服其酸，我说的是宋雨。

刘天雨

喜羊羊与灰太狼

“到那屋
写作业去！”
看儿子嘟囔着嘴
走进里屋
她锁上门
不好意思
笑笑
“孩子不听话
不好好学习
就知道玩”
说着
开始脱衣服
“有点乱
你别介意”
她麻利地将
散落一床的杂物
堆在一边
“一个女人带个孩子
总是这样”
闭上眼睛躺下
她又像
想起什么
“要戴套吗
放心
我是干净的”
做到一半
里屋电视
传来歌声
“喜羊羊它是一只羊
灰太狼它是一只狼
……”
“关电视写作业
王八蛋小兔崽子！”
她欠起身喊
又满脸歉意躺下
“不好意思
你继续”

2009年

☞ *我是在诗江湖上发现刘天雨的，其网名曰“驼城刀客”；我是在编《陕西诗选》时发现该诗的，去年冬天某个上午，我读之大悦（尽管带有沉重和隐痛）。能够叫我这样的人有阅读消费感的诗，必是佳作无疑！我曾怀疑陕北这块黄土高原能否长出纯粹的现代诗人，榆林片警刘天雨同志彻底打消了我的疑虑。*

唐突

遗物

一个老人死了
奏哀乐的电声乐队
老是跑调的女高音歌手
唱着“悠悠岁月”

沙滩上升起
焦煳的味道
是熊熊燃烧
老人的遗物

被子　褥子　衣服
这些东西
转眼
就成了白的灰烬

有一只鞋子没有烧完
剩下的鞋底
它还要在这个世界
再存在一段时间

2009年

☞ *有位80后诗人告诉我他曾在网上给诗人唐突改过诗，我告诉他唐突是1954年生人，80后诗人不好意思了：唐突正好与其父同龄。那一刻我笑了：这就是诗歌的新世纪，有多少“忘年交”在网上发生，唐突没有“出名要趁早”的命，结果却写着与儿子辈的诗人一样前沿的诗，祸兮福兮？世俗之祸，艺术之福！*

陈克华

我心中住着一名恶房客

不是太常遇见，倒是比较常遇见
他留在门口的垃圾。
电梯里礼貌周到
笑容可掬
但身上总是飘着一股不爱洗澡的味道……

柔软眼光里尽是虚情假意
可以猜想他关起房门以后做的事：
裸体遛鸟，偷接水电，使坏弄脏
夜半里嗓音扰人
破坏电器或虐待宠物或变装偷窥
房租逾期不缴等

或更变态恶心……其实。
我想：所有人性缺点之集大成……
自私，喜怒无常，蠢又爱计较
从不认错
贪得无厌又胆小怯懦……

我按下门铃　他开门亲吻了我
侧身让我进去……
房间里一切安好
他神情清爽，神采奕奕
没有藏匿尸体
或轰趴[①]滥交过的任何迹象

“房间里有人吗？”我问。
四下无人
我只看见镜中的自己。

2008年

①轰趴：home party（家庭聚会）的译音。

☞ *对大陆读者而言，一提台湾诗就是余光中、席慕蓉；对大陆诗圈而言，一提台湾诗就是痖弦、洛夫——这种现象该终结了，这种现象应该随着新世纪最初十年的终结而终结，我希望它终结于《新诗典》。请出台湾中青年诗人中我最喜欢的陈克华，老《诗典》入选者，红尘滚滚，他信了佛，诗已不似当年生猛，但依旧难掩其才。*

吕约

族谱

有人死于肺痨
有人死于白喉
有人死于打雷，有人
死于游泳

有人三十九岁
无疾而终
三十九是个很硬的数字
平均五十年，每家都会生下一个
将死于三十九的人

在我们家族，谁都没有死于爱情
雷声最小的那年
我们也没能生下一个
将死于爱情的人

2007年

☞ 上个月，在周庄，在“摩登天空民谣诗歌节”的舞台上，我见识了吕约的“硬”：朗诵时环境并不好，人不多还吵吵，歌迷客串伪诗迷，吕约十分投入地念诗，到了时间还在继续，下来说主办方让她多念五分钟，等到民谣歌手来。我当即在心中感叹：心不硬，做不到。这种硬，如其诗，你看这《族谱》：句子间的张力大如弓弦！

李勋阳

皈依

等谢了顶
洒家
再顺道烫上
九个香疤

2007年

☞ 凭我做了十八年教师的经验，课间爱到我面前问问题的学生，日后能考上研究生或留学生，其中爱问怪问题的极少数学生，日后有幸成为诗人和作家，李勋阳就是一个例子，我的一位同事用陕西方言直呼其曰“怪怂”。众生芸芸，“怪怂”难得；不占一帅，就占一怪；为诗之道，怪胜于帅。这首《皈依》就够怪的，无厘头！

李琦

一个人一生总该大错一次

一个人一生
总该大错一次
错得悔青了肠子
错得狠，记得深

这样错了之后，会如梦初醒
会知道许多事情的真相
最亲的人，最该弥补的
最为珍贵的事物

当然不会，了无痕迹
你自己知道
那眼睛里的清澈
被哪件事情带走
那些白发，因为什么生出

最重要的是
你将成为自己的遗址
从此不断温习
那叫作“疼痛”的两字
哪种是疼，哪种是痛

2010年

☞ 中国诗坛，遮蔽重重。官方遮蔽民间，民间也在遮蔽官方，供职于体制内的好诗人往往被广大的民间遮蔽，李琦就是一例。《新诗典》不是遮蔽而是去蔽的。李琦大姐一直在我视野中，她是真有才华的诗人，是当得起鲁迅文学奖的极少数获奖诗人之一，你读读本诗就知道了：不仅是有才华的诗，而且是活过的诗，女人的诗！

邢昊

囚

杀人犯单独和他的看守在一起
这不算是悲剧性的
另一种情形是
囚车上还搭载着
侥幸免于一死的同伙

杀人犯践踏着一片黑乎乎的烂铁
沿着车边儿打磨他的光头

2010年

☞ *在去年某场长安诗歌节上，我将山西来的邢昊称作“晋国第一诗人”——此话既非戏言，也不过誉，在那片被古老黄河冲刷过的土地上，现代诗的种子似乎很难结成果实，邢昊是我眼中唯一的现代诗人。他是有生命爆发力的，有一种内在的狠，但所有这一切都是通过现代诗的形象传达出来的，一如此《囚》。*

南人

诗骨

亲爱的
我想给我们的
爱情
诗
找个
安身之处

纸易碎
网易破
硬盘容易中毒
刻上石头又过于做作

你说
能不能在我们欢愉之时
让我们的诗句
顺着我们
张开的
毛
孔
和
唇
洞
渗入身体的最深处
蚀刻在我们的骨上

然后
我们
用一次次的做爱
将笔画刻得更深
用一天天的朗读
把诗句擦得更亮

这些诗句
会带着我们的秘密
活在我们的肉里
长在我们的骨上

千年之后
会有人发现我们的尸骨
读出每块骨头上清晰的诗句
看到每块骨头上“致L”的字样
他们会把这些骨头叫做“诗骨”
他们会想象出一种像甲骨文一样古典的爱情

他们会在一个城市发现你的骨
然后在另一个城市发现我的骨
先发现你的或先发现我的都不重要
重要的是我们的骨与众不同
别的尸骨无法与我们混成一堆

终有一天
当我俩的四百一十二根骨头
全都被发现
他们一定会
将这一男一女
放在一起展览
或者
埋进同一个
坟墓

2007年

☞ *在新世纪第一个十年，南人创建的诗江湖网站，乃中国先锋诗歌最大的一块前沿阵地，这十年被命名成“诗江湖时代”都不为过。他的诗同样出色，在下半身诸将中，有一种更为本色自在的先锋性，拒绝摇摆。本诗是其“老夫聊发少年狂”喷发出的情诗系列《致L》中最出色的一首，只有现代诗才能写出现代人的爱情。*

老德

看相

十年之前
一位高人云游到此
身无分文
我请他在酒店就餐
酒足饭饱之后
他悄悄地告诉一位在座的朋友
说我印堂发黑
活不过三十九
十年之后
又一个以看相为生的人
掐指一算
说我有灾
不就酒喝得太多
得了酒精肝吗
老子戒酒
不就股票被套
老子放着不动
愿和中国股市一起
抗击来自华尔街的风暴
至于命中缺水
五行相克
少来这些玄而又玄的一套
对于自己的命门
老子早就知道
心太软
命太硬
一时半会还死不了

2008年

☞ 他貌似交响乐团指挥，实则为诗歌赣军领军人物，这些年，从江湖到赶路，他热诚待人、洒脱作诗、认真做事，人大于诗，人压了诗。据我暗中对其文本细察，其诗一路向上走，愈写愈好、愈老愈好，终于正中靶心——后口语多流向，生命乃靶心。就像这首《看相》，不是随便谁都敢写的，不是所有人都敢于把自己放进去！

宇向

阳光照在需要它的地方

阳光照在需要它的地方
照在向日葵和马路上
照在更多向日葵一样的植物上
照在更多马路一样的地方
在幸福与不幸的夫妻之间
在昨夜下过大雨的街上
阳光几乎垂直照过去
照着阳台上的内裤和胸衣
洗脚房装饰一新的门牌
照着寒冷也照着滚落的汗珠
照着八月的天空，几乎没有玻璃的玻璃
几乎没有哭泣的孩子
照到哭泣的孩子却照不到一个人的童年
照到我眼上照不到我的手
照不到门的后面照不到偷情的恋人
阳光不在不需要它的地方

阳光从来不照在不需要它的地方
阳光照在我身上
有时它不照在我身上

2002年

☞ *前年北京，今年周庄，我有幸两度亲耳聆听宇向朗诵，听过之后觉得其诗更好了，我在诗人的声音里听到了忧伤、感情、爱，听出了北方女人特有的大气凛然。这是一个天生的诗人，是中国目前最好的女诗人。《阳光照在需要它的地方》，最见诗心与才华之处在于："阳光从来不照在不需要它的地方！"*

崔征

妈妈

妈妈
你和爸爸
是一伙的吗
一个让你心碎的男人
一个用恨
来表达爱的爸爸

妈妈
我和你的癌症
是一伙的吗
一个让你希望到绝望的儿子
一种用来
理解你的癌症

2006年

☞ *台湾文学史几乎是台大外语系的同学录。在大陆，情况正好相反，我在西外教过七年学外语的孩子如何用母语写作，只教出了崔征（张紧上房）一名诗人，他学的是法语，但他的梦想不在巴黎塞纳河左岸，而在现代汉诗新世纪。他不但自己写得好，还将天才女诗人发小寻娶为妻——学生的价值观，老师的胜利！*

姚风

植物人

人从地上站立起来
就开始用语言命名大千世界
玫瑰花开花落
不知道自己叫做玫瑰
君子兰也不知道
自己和君子有何关系

此时我远离语言学和植物学
无言地坐在老张的床边
他浑身插满管子
像一株茂盛的植物

我转移视线，窗外的树
已经伸展所有的叶子
在玻璃上投下快乐的斑影
我最后看了一眼老张
他睁开了双眼
但他什么也没有看见

2003年

☞ *新世纪之初，我在网上注意到一个网名叫做“黑中明”的人诗写得不错，以为是年轻的新人，后来渐知他是澳门诗人姚风：不单是卓有成就的诗人，还是出色的翻译家，中葡文化交流使者。前年北京一见，更知是生于50后的教授。在中国当代诗歌版图上，姚风等于Macau，我相信一百年后那里会有一条“姚风街”。*

魔头贝贝

展览

长大了。
宰割的时间到了。
庆祝的时间。

我被开膛。赤身裸体
倒挂在铁钩子上。

买卖的人们经过我。
那后蹄儿直立的一群。

2001年

☞ *魔头贝贝，就像这个卡通的名字一般，在新世纪初的网上横空出世时像一个天才的奇迹，继而现身，继而复归于凡俗（又凡又俗），各个江湖码头跑场子，诗也呈民间手艺人耍把势的趣味。好在他多产，好诗也有的，多出在早年，出自真心诚意，就像这首《展览》：快速、直接、笨拙、劲道、有效、致命！*

杨黎

找王菊花

在中国，有没有
三万三千三百三十三个
王菊花？在中国北京
有没有三千三百三十三个
叫王菊花的女人？
她们都是些什么样的女人哦
都是些什么样的女人
其中一个，当时只有十九
和我在天通苑生活了
三百三十三天又三个小时
那是好漂亮的日子，好幸福的
日子，只是太过短暂
三个小时后，她去了北四环
就再也没有回来。在中国
有没有三万三千三百三十三个
王菊花？在中国北京
有没有三千三百三十三个
叫王菊花的女人？
我只认识一个，仅仅只认识一个啊
可是她走了，就再也没有回来

2005年

☞ *我之所以选择今天（5.18）推荐杨黎，是他曾告诉过我：他的一个孩子的生日是在韩东（5.17）与我（5.19）之间。我之所以选择《找王菊花》这首诗，是在江南人间四月天，在“摩登天空民谣诗歌节”上，当杨黎用四川乡音朗诵该诗时，我被深深感动了。“老三代”集体沦陷于新世纪，杨黎是最大的幸存者。*

李成恩

中国诗歌的脸

——看诗人摄影家宋醉发《中国诗歌的脸》北京摄影展

狂欢的北京欢迎你，诗人摄影家宋醉发
一百三十七张诗人的脸，在这一天被狂欢谋杀
谋杀诗人是有罪的，而诗人摄影家宋醉发劳苦功高
我看见一个诗人沉默寡言，而另一个诗人必定夸夸其谈
我看见一个诗人躲在墙角梳头，他自称他把长发献给了青春
我看见一个诗人把烟卷吞进嘴里，他嘴里立即冒出了烟雾
我看见一个诗人将一只脚支在讲台上念诗，他的拐杖忘在家里了
我看见一个诗人在老故事餐吧啃酒瓶，他自以为是地翻出白眼
我看见一个诗人的脸是乌黑的，生活中他是个无所畏惧的白面书生
我看见一个诗人的脸是乌青的，好像他经历过“文化大革命”
我看见一个诗人的脸一半在为时代而燃烧，另一半沾满了私人化的泪水
我看见一个诗人的脸完全是爱恨交加，据说他是个少有的好人
我看见一个诗人的脸容光焕发，好像他在国外获奖了
我看见一个诗人的脸上涂了蜜糖，因为他是个举世公认的万人迷
我看见一个诗人的脸烧焦了，他一定会低头羞愧到死
我看见一个诗人的脸被玻璃划伤，但他还在嬉笑
我看见一个诗人的脸是黄金做的，但他的诗是铁打的
我看见一个诗人的脸是后期做的，分割了的皮肉一行又一行
我看见一个诗人的脸痛苦到了极点，他有十年没写诗了
我看见一个诗人的脸翻译成了另一个外国诗人的脸，他一直在模仿
我看见一个诗人的脸从黑暗里突然闪出，把我吓了一跳
我看见一个诗人的脸歪了，他好像去年动过肠胃手术
我看见一个诗人的脸包着一块花布，她要强调她喜欢花布
我看见一个诗人的脸虚胖无比，现实中他是个爱吃川菜的瘦子
一个诗人立地成佛，而另一个诗人幸灾乐祸
一个诗人不可能身兼数职，可他今天既是策展人又是一个焦急的人
一个诗人穿着圆领衫，那么所有的诗人都穿着圆领衫
一个诗人穿长袍，那群穿西装的诗人就被轰到了厕所里
一个诗人抱着另一个身体柔弱无骨的诗人，诗人也可以是与世无争的残障人

一个诗人来晚了，他可能在路上撞见了另一个不来的诗人
一个诗人嫁给了另一个诗人，而没有出嫁的诗人马上发誓要出家成仙
一个诗人坐在了第一排，他听清了坐在最后一排的诗人小声的抱怨
一个诗人不愿意落座，因为他本人就坐在了墙上
一个诗人一直站着，他就是主持人，他要扶着弯曲的话筒
一个诗人来了又不见他在会场，因为他喝醉了，躺在餐吧门外的海棠树下
一个诗人在小口地喝酒，那么另一群诗人就要陪着喝酒
一个诗人挽着他漂亮的女朋友，那么另外的诗人就群起而攻之
一个诗人朗诵了《鸟粪之歌》，那么另一个年长一点的诗人就朗诵《大国》
好多的大国，好多的鸟粪，好多的词语照耀中国诗歌的脸
好多的美女，好多的中年人，而其中仅仅只坐了少数的80后
好多的脸上印了诗句，少数的脸上什么也没有
好多的脸上有人摸过了，少数的脸只看一眼你就说是你自己的脸
好多的脸上留有五个指印，留有四个指印的就太少了
好多脸在墙上活动起来了，到夜里他们会走下来开大会，装作要争吵
好多脸挤在一起，互不相让，好像是初次见面
好多脸上都写着，我愿意长一脸宋醉发那样狂欢的胡须
没有脸的诗人把脸都藏在宋醉发的镜头后
没有脸的诗人都在家写诗，有脸的诗人都在现场聚合，很热闹

2008年

☞ *两年前，我在编一本《三十年诗选》，读到该诗并记住了“李成恩”这个名字，我以为该诗（猜想还有同样风格的一批）会让这位美女引爆诗坛，可惜那书没出来，我也未见该诗问世。这两年，李美女入行得太快，诗也写得太入行，明显已不是那一个。现在，让我们借此《新诗典》重返当初，看她如何撕破中国诗歌的脸。*

如风

写生

想必是秋天
某一个人的早上
美术系学生背着画夹沿山奔跑
他们顶尖聪明
有的画了云朵，有的画了向日葵
风声中迁徙的大雁
如果我是画家
我必画那个农民
心无杂念　一心一意打理谷田
大雁飞过
然后　一声慨叹

☞ *我对河北诗人抱有希望，源于五四时代，冯至在遍地南方腔的诗人中间，卓尔不群，独树一帜，诗思冷静，语境疏朗，成鲁迅至爱。我在如风笔下，再次感受到了这种来自赵国后裔和华北平原的冷静与开阔，以及与本人气质息息相关的质朴。在这首《写生》中，诗人动静很小，便取得了多重效果，非老手不可得也。*

巫昂

犹太人

他们没有土地
除了从不安稳的以色列
他们没有建筑物除了哭墙
他们没有声音除了嘶喊
他们没有笑容除非弥撒亚提早来临
他们没有国籍除了别人给的护照
他们没有家除了妻子和孩子
他们没有的，都在自己身上
每个人分担二十六秒的犹太历史

他们本该有二十亿
屠杀成一千三百万
他们要尽量多地生儿育女
以备不时之需
由于祖上时常被害
儿孙们格外聪明
智商测试都会感到害羞

他们是这些东西的妈
芭比娃娃、自由女神还有超人
他们也是这些东西的爸
嚎叫、二十二条军规以及星球大战
他们很衰也很有钱
他们不受待见但非常强悍

总有一天
他们的服务器
会比头顶上那点星空宽阔
无法GOOGLE
他们会比雨人还会算火柴棍儿
比最穷的穷人还会躲避殴打
他们是所有房子里，永远的房客
自备牙刷和睡衣
最大号的家具
竟是手提箱

他们在十岁左右
就学会了奥斯威辛生存术
从下水道抠出面包渣
和泥吞下
学会在黑色的硬壳纸下面过夜
神经兮兮地打个小盹儿
醒来爬到钢琴前
挣扎着做完最后的乐章

他们不允许没干完活儿
就吃饭，或辞世

2007年

☞ 巫昂的新世纪大致如是：前五年，她并非“下半身”最典型的诗人，但却是最有实力的；后五年，在失踪一段后杀了一个漂亮的回马枪，成为那两年中国最好的女诗人。她只要在写，并处于个人的巅峰状态，就是最好的。经常出国，增强了她诗中的世界性，正如这首《犹太人》。世界性绝对是汉诗现代化的一部分，却被忽略。

高歌

一个农民在天上飞

一只滑翔伞在天上飞
地上的人们抬头望望
知情人说那是一个农民
在驾驶一架自制的飞机
轰隆隆的引擎声
自城市的上空掠过
我看见它
像一架飞机一样飞
像一片庄稼一样飞
像外太空生命一样飞
像无政府主义者一样飞
像文字狱外的文字一样飞

2007年

☞ 与西毒何殇类似，高歌亦是在《文友》老《诗典》影响下开始写诗，如今登上网易《新诗典》的青年诗人——种子开花，诗坛佳话，我倍加珍视。我发现此诗已历四年，感觉其作者躁躁的、燥燥的、噪噪的，而此诗一直静静地站在那里，在时间之水的冲刷下，宣告自己是首好诗。其作者（包括不少同代作者）真该重返纯真。

图雅

母亲在我腹中

母亲已经盘踞在我的腹中
这是不可更改的事实

寂静中听见母亲的笑，响彻我的喉咙
它让我恐惧，让我疼痛

我应和着她的笑在平面的镜中
滋养着她的皱纹

她的白发，被我的腹膜提拉到云的高度
以致我祈求母亲别丢下我

母亲的抱怨，此时
撑痛我脆弱的心胸

我承认我吃了她带血的奶，带血的牙印
证明我一来到这个世上就成为她的仇人

后来我开始吃她的手和脚
吃她的眼泪和勤劳

再后来我吃她的肌肉和骨头
吃她的爱情和宽容

如今她每一寸肌肤都滑进我的腹腔
她的每一块骨头都开始疏松

我吞进多少牛奶和豆浆都弥补不了我的罪过
内视她的表情，充满讨伐和征服

我只好节节败退

用我的坚韧对抗中年，对抗衰败的年轮

母亲在我腹中已是不争的事实
我勇敢地装下她，正如多少年前她勇敢地装下我

2009年

☞ *图雅起步晚，出道快，全仗这首《母亲在我腹中》：这是一首叫人过目不忘的诗，甫一诞生几成名作，属于《新诗典》最爱推的一类作品。《新诗典》开栏一个半月，我所到之处广闻热议，其中有种说法是：被《新诗典》推荐的好诗不能代表某诗人的整体水平——我不能同意这种说法，相信珠峰只能长在青藏高原上。*

芦哲峰

对面

对面二楼的窗台上
放着一双白鞋子
每隔几天
如果天气晴朗
它就会出现在那里
静静地晒着太阳

2002年

☞ *这是一首留在我记忆中的诗，像一幅精美得叫人心怦然为之一动的摄影作品，在过去两年中我编两部诗选时都毫不犹豫地选用了它。作者原先叫芦花，后还其本名，网络时代的青年诗人纷纷更名(像20世纪90年代上一代人换笔)。名头换了，好诗依旧。此诗必定会在不灵光的同行、读者处遭疑：这是诗吗？不解释，美无解。*

孟浪

致从20世纪走来的中国行者

背着祖国到处行走的人，
祖国也永远背着他，不会把他放下。

是的，祖国
就是他的全部家当
是的，祖国
正是他的全部家当。

在他的身上河流与道路一样穿梭
他的血管里也鸣起出发的汽笛和喇叭

祖国和他一起前行，祖国和他
相对一笑："背着他！""背着它！"

是的，祖国
就是他一生的方向
是的，祖国
正是他一生的方向。

他走到哪里，哪里就有
原野、山峦、城镇、村落、泥土和鲜花
——他的骄傲啊，祖国的分量
他们互相扶携着，走向天涯。

是的，祖国
正和他一起啜饮远方的朝露
是的，祖国
正和他一起挽住故园的晚霞。

背着祖国苦苦行走的人

祖国也苦苦地背着他，永远不会背叛他！

2008年　波士顿

☞ *我在初读本诗的当刻差点落泪，心有大感动：终于，在汉语里，有了苏联白银派诗人“我的俄罗斯呀，俄罗斯／你为什么燃烧得那样明亮”（茨维塔耶娃）式的书写了！曾经我将那种赤子与圣徒混杂的情怀归结于东正教，现在是中国诗人孟浪让我明白了：这仅仅出自诗人之心，大诗人的灵魂！现代汉诗开始有了自己的大诗人！*

韩东

这些年

这些年，我过得不错
只是爱，不再恋爱
只是睡，不再和女人睡
只是写，不再诗歌
我经常骂人，但不翻脸
经常在南京，偶尔也去
外地走走
我仍然活者，但不想长寿

这些年，我缺钱，但不想挣钱
缺觉，但不吃安定
缺肉，但不吃鸡腿
头秃了，那就让它秃着吧
牙蛀空了，就让它空着吧
剩下的已经够用
胡子白了，下面的胡子也白了
眉毛长了，鼻毛也长了

这些年，我去过一次上海
但不觉得上海的变化很大
去过一次草原，也不觉得
天人合一
我读书，只读一本，但读了七遍
听音乐，只听一张CD，每天都听
字和词不再折磨我
我也不再折磨语言

这些年，一个朋友死了
但我觉得他依然活着
一个朋友已迈入不朽
那就拜拜，就此别过
我仍然是韩东，但人称老韩
老韩身体健康，每周爬山
既不极目远眺，也不野合
就这么从半山腰下来了

☞ *20世纪80年代的韩东是诗人，90年代的韩东是诗人+小说家，21世纪的韩东是文学家。他在不断扩张着自己的文学版图，但我觉得不管他在小说上多么用力，本质上还是个诗人。在诗上韩东信奉“等待与顺应”，但在需要好诗的时候，也会抓住灵感下足赌本，本诗就是一掷千金的豪赌典范，是他在新世纪最好的诗。*

梁晓明

遭遇马拉美

——半夜读《迷楼》忽然被书中引诗马拉美的“海风”迷住，来回默读不能睡眠，干脆起身乱找马拉美，翻到卞之琳译的《海风》，高兴。一读之下竟然昏倒，太差。感慨！为马拉美也为卞之琳。

我从来没觉得马拉美好，但是今晚
马拉美把我击倒！

迷楼里的海风、马拉美的海风
被程章灿用力吹到我的床角

我的床头、整个卧室、在半夜四点
整架瑶琴在海风中颠簸

叮当作响、环佩琳琅
在半夜四点、我的身体、全是波涛

在海风中起伏、一浪接一浪
从偶然到必然，从中国到法国……

我乱翻书架、我嘴里念叨：哦，我心爱的马拉美
我翻到卞之琳、我看卞之琳手下挥起的海风——

一个让我惊起
一个让我双眼昏倒

黎明，天渐渐亮了，我站在窗前，马拉美
我该怎么对你说？

2004年

☞ *名诗人若无名作，便是可疑的。梁晓明 20 世纪 80 年代有《各人》、90 年代有《玻璃》，他是名副其实的好诗人。西湖与我想象的不同：不瘦，很肥，江南才子们的野心很肥，多年来总有人想要颠覆掉梁公这位“浙江王”，但靠诗里诗外的阴阳怪气恐怕不灵，梁公在西方现代主义诗歌传统中浸淫颇深，令其诗下盘很稳，有风情但不轻浮。*

独化

我住持圆通寺一个下午

它破败
它空无一人
我嗅到了我点燃的清香
我看到了花木上拂过的冷风

2002年

☞ *甘肃有平凉，平凉有崆峒，崆峒有独化。身处偏远，并非隐士；仙山脚下，不做神仙。此人乃公塾先生、当地名师，传道授业解惑。此人乃骚坛外高手，古道热肠，习得一身轻功，小诗做得俺读之心静。某日，有平凉客过长安，本主持托其捎话给独化兄弟：不可只习轻功不修硬功。话虽如此，轻功若能盖世，又有何不可？*

谭克修

年关的集市

集市不可能更大，人流
已经漫出了手搭的凉棚
生意不可能更小，小于
一粒芝麻的交易，必须改用
另一种货币，小学课本里
也没有类似的习题
价格如果再低，秤砣下
临时增减的磁铁将失去意义
风干的农林牧副渔业
难以等价交换和自由贸易

年关的集市，突然把
持续了一年的劳顿抖落下来
像立春，抖落了整个冬天的寒冷
脑袋里被年货和即将到来的
幸福生活灌满，勤快的雨鞋
像眼睛一样快速地移动、转换
在熟悉的伙伴前稍作停留
在融化的雪地上，翻晒着
一年的收成与债务，翻晒着
当国家干部的亲戚带来的荣耀
孩子们去学木工、缝纫，还是当兵？
迟疑的青年从广东带回了
生活的喜讯。他们用生菜口音
将父亲叫卖的洋芋纠正为土豆
让镇团委的舞厅有了短暂爆棚
如果被安排在老供销社相亲
不知是相信媒人的巧舌如簧
还是相信生辰八字的巧妙匹配？
但，必须相信拉二胡的算命先生
因为眼瞎，更能看清你们的命运

2002年

☞ 长安多大学，大学出诗人，但铁打的营盘流水的兵，废都留不住人才，诗人流失到全国各地——此为当代诗歌生态中的一大现象，谭克修就是其代表人物之一。他在长安上的是建大、学的是建筑，回到湖南成为十大青年设计师。他也在建筑他的诗，其诗有建筑的影子：蓝图般的结构、装修般的修辞，但也不乏潇湘才子的灵动。

野鬼

十四行：给十六岁的阿文

你说你未满十六岁
就在老爸老妈的调教下
开始皮肉生涯

我说我未满十六岁
就在现实生活的重压下
开始行吟生涯

如今，你小小的乳房依然结实
而我，作为诗人也已声名远扬
你读不懂我内心的沧桑
我猜不透你燃烧的美丽

与其说你在国家的床上自由开放
还不如说你在我的诗中悄然生长
六月的夜风啊，把谁的心吹远
你空空的眸子盛不下火的喟叹

2002年

☞ *热爱，可以创造奇迹：多年来，野鬼凭借一己之力创办的混语诗刊《世界诗人》竟成当代国际诗坛一个小小的码头。多年来，他也从未放松过自己的写作，从纸上到网上，一路写下来。他尝试过多种风格，本诗让我感兴趣的是其在后退的形式中所展现出的对人的爱与温情以及人生而平等的思想意识，有别于争酷斗狠的那一种。*

何小竹

气不够

想起昨天坐出租车
司机说，气不够，我送不到你了
我说没关系，我可以等
等你加了气再走

加气站前排了很长的队
我陪着司机坐在车上没什么话说
便抽空想了一下将要写的那部小说
是一部长篇，放在心里十年了
是不是可以动笔了呢
看着天色渐晚的街景
也觉得有点气不够

2010年

☞ *何小竹不喜欢我，甚至包括长相，但这并不妨碍我认可其诗，推荐其诗，正视其在新世纪所取得的成就。我以为其诗越写越好：越写越个人，越写越有料，越写越有感觉。个人经验是其最为突出的一点，初读本诗我会心一笑：因为长篇，我有共鸣。个人经验不普遍的话，难成名作；但是没有个人经验灌注其中，必是伪诗。*

刘二曼

干休所的小战士

每天清晨七点的市场
途经部队干休所
门口执勤的战士
见到我总是笑靥如花
当时我抱着大葱
提着南瓜
每次路过他的身旁
我还是要挺起胸脯
翘起屁股
把一个微笑的悬念留给他

2009年

☞ *中国的希望在于意外：在口里背诵着韩寒语录见着活诗人就骂的一代人中，竟也会降生刘二曼这种天使与天才的混血儿，我不想说她是为诗而生的（听起来似乎是暗合某个行业），她全身上下每个细胞都充满真实的诗意。诗于她太容易，就像呼吸、说话、玩！生女当如刘二曼——她写着我想象中该由我的伊豆所写的可爱的诗！*

琳子

那东西

那东西是干净的
在离开我身体以前
那东西是热的
是滚动的

每月一次。

我看着它，那东西
从我身体内崩裂
最多的一天，那东西
又黏又稠
又骤又急

每月一次。

在离开我身体以前，那东西
是等待的
像婴儿的四肢
等待在我的心脏。像
婴儿的嘴唇和额头，在我的心脏
等到缩小
乃至融化。那东西

让我生爱
又让我生恨。我日渐宽大的身体
会蜡黄
会急躁
会怕冷。我蹲在

那叫做厕间的小屋，低头看着
那东西。看着
我身体挣脱的一部分

2009年

☞ *她的诗里有中原、黄河、豫剧、杜甫；她的诗里有女人、母亲、姐妹、人民。她是新世纪最具实力的女诗人之一，是我所见过的极为罕见的诗内诗外都不会作秀的女诗人。我预感她是那种可以写作一生的诗人，每一个阶段未必璀璨夺目，最终却写满了一生。有请琳子，看她如何向我们介绍女人的《那东西》。*

莫小邪

雾中树

一场大雾成全了两个不相干的人
地理位置上的疏远使敏感的舌头

最先伸出两条分叉的树枝
轻易地占有了夜的私处

奔跑的火车像冲印好的胶片
向前伸展着——拦住水的流动

迷途的昆虫抬起慵懒的触角
拉开新的序幕：

一场大雾隔绝了两个相爱的人
被掩盖的风景成为眼睛的障碍物

一个人终于转身收起多张面孔
消失得比雾还要迅速！

2004年

☞《新诗典》拒推久无新作者，缓推现状平淡者。以我对莫小邪之激赏，已经够上缓推了。五六年前，她曾有一个火箭升空般的开始，作品比同代人尖锐、老辣一截，近年却流于平淡。也许这是每一个诗人（尤其是女诗人）必经的过程。在此我不选其更易讨彩的《两不相欠》，而选更讲技艺的这一首，为未来计。

赵卡

母亲是这样老去的

初潮来临的时候手心里捏着汗
这不是大海。幽隐的地方长出了绒毛
却像大海一样养活了巨鲸和浮游生物。逆水回溯
比死亡还要残忍的童年
渐渐地，母亲这样老去——
她俯下身子侍弄大地上的作物
空中的黑手却将她的乳房碰翻
那炉中的炭火正旺，烧掉的岂止三千青丝
我们的食物被焐热，而厨房里的那个女人
哮喘不停，脚底冰凉。
瞧瞧院子里那头幸福的猪，它是十三个小崽子的母亲
即将分娩的驴子，不免露出一丝得意的微笑
那下蛋的母鸡在向谁红着脸邀功呢
一只小狗将慌乱的老鼠撵到洞里。
母亲老去的时候，卧倒的干柴会在她背上发出轻微的叹息
那春天飞回的燕子，已变得陌生。还有
屋檐下的几只无赖，正气急败坏修补它们的蜂窝。
当井水慢慢变苦，辘轳上的绳子也就慢慢变粗
母亲的日子却过得越来越细
她不能把苦水铺平当做镜子
照见自己辛勤的一生
腰是佝偻的，影子却挺直
母亲是这样老去的——
十三个小猪崽子使她的乳房变成了空布袋
刚分娩下的小驴子让她弯腰舔犊
脆弱的鸡蛋被鸡毛厚厚覆盖
一窝淘气的小耗子大骂一只癞皮狗
再看蜜蜂的儿子们，屁股上都别着锋利的刀子到处寻衅滋事
我们都是那群不再飞回的小燕子
忘记了茅屋下摇摇欲坠的窝里，一只老鸟正奄奄一息

她曾经衔泥筑巢，和所有的邻居吵架
她累了，曾在井旁稍稍歇息
谁都知道井水是慢慢变苦的
却忘记了母亲是这样老去的

2010年

☞ *赵卡是头来自内蒙古大草原的狼——二十年前，他叫狼人，在民间诗报刊上发诗撰文，是最早出来混的70后，就要混出来的时候却消失在草原尽头，自称去做了烧酒贩子，一头狼在草原上卖烧酒，终会迷途知返，重回诗道。母亲是成全诗人也考验诗人的硬题材，点开此诗，读到“她不能把苦水铺平当做镜子”，我说：上！*

新世纪诗典

{第一季}

二　我们一家都生在河边

娜夜

睡前书

我舍不得睡去
我舍不得这音乐　这摇椅　这荡漾的天光
佛教的蓝　我舍不得一个理想主义者
为之倾身的：虚无
这一阵一阵的微风　并不切实的
吹拂　仿佛杭州
仿佛入夜的阿姆斯特丹　这一阵一阵的
恍惚
空
事实上
或者假设的：手——

第二个扣子解成需要　过来人
都懂
不懂的　解不开

2009年

☞ *继李琦大姐之后，又一位鲁奖得主登堂入室《新诗典》，唯民间是举者要跌破眼镜。这说明什么呢？好诗不问出处！无论何奖，在我眼里给诗加不了分，也减不了分。娜夜是越写越好的美女诗人，是心中有诗情的真诗人，娜诗貌似理性，实则感性如水，甚至性感如风，很女人，很成人，就像这首《睡前书》，不建议睡前读。*

邵春光

我在地球上的位置

要想找我很容易
先在世界地图上
找一只鸡
再在鸡冠下面找眼睛
我就住在鸡眼里

待在不该待的地方
写不该写的诗
我是一小颗沙粒
正被满眶的泪水清洗

我也挺委屈
东方泛红时
我不忍把伟大的版图
打量成
孵卵的母鸡

☞《新诗典》招魂篇：老邵春光，别来无恙！你我相见，昨日长安；你辞人间，已有经年！兄活一世，行路至难，天堂之路，可否平坦？可曾记否？《世纪诗典》，扬你经典，传之久远！一晃十年，《诗典》重现，佳作连篇，惜乎贵省，老不现代，少不先锋，无人可选，可悲可叹！一省颜面，唯仗兄挽，老邵老邵，魂兮归来！

南鸥

命运，被一辆马车在黄昏带走

一辆马车风一样越过云端
碾碎我的记忆，身披黄昏向我飞奔而来，
原野和时间被蹄声大片覆盖

谁张开嘴吐出漆黑的海
谁吹口气又拉断了桅杆
无声的细浪篡改了一叶扁舟的方向
命运，被一辆马车在黄昏带走

一只天鹅突然失踪，谁是天鹅的主人
谁又在偷偷修改命运的密码
记忆慢慢变薄，春天的残骸
收容了昂贵的一生

一棵树，把自身的树皮层层剥落
这是黄昏最后的诉说，是鲜血冷却的
另一种方式。而光光的树
像无数黑色的手伸向天空

黄昏的脸沟壑密布，嘴唇如
深渊，马车如道具一生荒在时间的外面
大片记忆被死亡的碎片纷纷覆盖
如同一座空旷的站台

一个梦又在打扮另一个梦
远方的孤灯，依然支撑着破旧的黄昏
一丛蓝色的野火又飘起断裂的歌
原野和村庄无声无息。恍若隔世

2004年

☞ *在黄翔远走异国他乡、唐亚平久无新作之后，新世纪，谁在贵州坚持？当代诗歌奖在网上的公开票选，令南鸥冒了出来，更广泛地被关注。他是“神性写作”的倡导者和实践者之一，对“神性写作”我不听宣言只看作品：好的“神性”一定向内走而成“纯诗”，就像这一首，至少我抓住了：命运，被一辆马车在黄昏带走。*

贾薇

高兴

她在沙发上坐着
突然
有些悲伤
那晚她一直望着
窗外的月亮
想什么
没有人知道
看上去她很忧愁
她说了句话
没有人听清
她一个人坐着
有半小时

突然
她欢呼起来
太好了
老去的
不只是我一个人

2000年

☞ *20世纪90年代，贾薇是中国诗坛最重要的女诗人，因为她是最先锋的那一个，是女同行中唯一让我产生战友感的，感觉之强烈超过了任何一个男同行。贾薇之于90年代的重要性，至今不为诗坛所普遍认知，这是中国诗歌的悲哀。我们已经悲哀成性。新世纪的贾薇，不再那么“冒”了，她须知：靠“尖”戳不到底，需要宽和厚。*

刘春

请允许我做一个怯懦的人

请允许我做一个怯懦的人
不申诉，不抗解，不高声叫喊
不斜视，不聚众，不因爱生恨
请允许我一再降低额头的海拔
面带微笑，甚至有些谄媚

请允许我做一个自私的人
有人在公园散步，被尖刀抵住脖子
有人晚饭后上街，被抢去钱包
有人彻夜加班，有人把身体献给老板
我看在眼里，随即把头扭开

请允许我做一个冷漠的人
那个“躲猫猫”的人，那个被当街打死的人
那个到法庭转了一圈就被释放的人
那个被带离住处从此消失的人
我见过他们，却默不出声

请允许我做一个健忘的人
曾被上级要求学习，被亲人管得太紧
被朋友揭发，被别人代表
而我掩藏住自己的心、肺，和胆
像初秋的大地藏住内心的河流

现在，母亲在厨房忙碌，父亲在咳嗽
妻子数着越来越薄的薪水
孩子在地板上玩耍
我是否还能安静地写字，是否会继续说——
请允许我在黑暗中沉默，像一具空躯？

2009年

☞ 要想真正掌握新世纪诗歌的发展状况，必须亲手编上一本新世纪诗选。去年我编《被一代》时发现，我平时对相当一部分同行的印象与其实际成就有出入（低估了），刘春即是如此。我初读此诗时感叹：这不是2005年的刘春，更不是2000年的刘春，他以读书、评论的形式在诗上所下的功夫奏效了，如今的他当得起“广西王”。

黄灿然

祖母的墓志铭

这里安葬着彭相治，
她生于你们不会知道的山顶，
嫁到你们不会知道的晏田，
丈夫娶了她就离开她，
去了你们都知道的南洋；
50年代她去了香港，
但没有去南洋，因为
丈夫在那里已儿孙成群。

她有两个领养的儿子，
长子黄定富，次子黄定宝，
大媳妇杜秀英，二媳妇赖淑贞，
秀英生女黄雪莲、黄雪霞、
男黄灿然、女黄满霞，
淑贞生女黄丽华、黄香华、
男黄胜利、女黄满华。

70年代她把儿孙们
相继接到香港跟她团聚，
90年代只身回到晏田终老，
儿孙们为她作了隆重的法事，
2000年遗骨迁到这里，
你们看到了，在这美丽的
泉州皇迹山华侨墓园。

世上幸福的人们，
如果你们路过这里，
请留一留步，
注意一下她的姓名，
如果你们还有兴致
读她这段简朴的生平，
请为她叹息：

她从未碰触过幸福。

☞ *20世纪80年代末，他在徐敬亚、孟浪等编的“红皮书”中并不显山露水；90年代末，他在《天涯》的那次亮相并未带给我强烈的阅读刺激；直到去年我编《被一代》，一下被他电到了，厚实得惊人！他终以自己深厚的修养和坚定的价值观成为一名大诗人，诗歌真不唯天才！香港，你知道吗？你有三位大诗人，其中一个叫黄灿然。*

小鱼儿

今天我进了聊天室

上午我进了聊天室
里面有两个人
一个是我小鱼儿
一个叫所有人
我向所有人打了个招呼
他没有理我
我　就走了

下午　我又进了聊天室
那个叫所有人的家伙
还在　那里
我没有跟他打招呼
就　走了

下班前
我又来了聊天室
对那个叫所有人的家伙说
喂　老兄
你也该走了

☞ *小鱼儿是上海滩的传奇：十年来，靠专营诗歌网站活了下来，活得还很好。他是“网络诗歌”这个概念的首倡者和坚持者，当初他肯定不会想到这貌似类型的诗歌却成新世纪诗歌的最大特性。网络绝不仅仅是诗的传播手段，而是存在现场、生态环境甚至灵感源泉。本诗是“网络诗歌”的代表作，代表诗在新世纪里的增长点。*

蓝蓝

哥特兰岛[1]的黄昏

“啊！一切都完美无缺！”
我在草地坐下，辛酸如脚下的潮水
涌进眼眶。

远处是年迈的波浪，近处是年轻的波浪。
海鸥站在礁石上就像
脚下是教堂的尖顶。
当它们在暮色里消失，星星便出现在
我们的头顶。

什么都不缺：
微风，草地，夕阳和大海。
什么都不缺：
和平与富足，宁静和教堂的晚钟。

“完美”即是拒绝。当我震惊于
没有父母和孩子
没有我家楼下杂乱的街道
在身边——如此不洁的幸福
扩大着我视力的阴影……

仿佛是无意的羞辱——
对于你，波罗的海圆满而坚硬的落日
我是个外人，一个来自中国
内心阴郁的陌生人。

哥特兰的黄昏把一切都变成噩梦。
是的，没有比这更寒冷的风景。

2009年

① 哥特兰岛：位于瑞典南部，是波罗的海最大的岛屿，以风景优美著称。

☞ 我也到过那个花园般的国家，我也望过那片眼波样的海域，我也体会过“我是个外人，一个来自中国／内心阴郁的陌生人”的微妙复杂感情，美好的事物总是令我们很受伤。蓝蓝是我同代人，20世纪90年代的她只是一个有特点的诗人，新世纪的她已然成长为修养深厚的实力诗人，正如本诗是知识分子想写而不得的诗，却出自她手。

韩敬源

儿时同伴

我儿时的一个同伴
死在我们经常游泳的那条河中
刚放暑假那时
他还去过我家
开学就不见踪影
留下一个空空的名字
在大家心中空空地挂着
有不明事理的老师点到他的名字时
教室里异常安静

每次经过那条透明的河
老有蓝色的阳光在水面上闪动
我儿时的伙伴
他就坐在水中
低头修表

2004年

☞ *韩敬源，即叠水，我之高足也。他是我从教十八年来，唯一在大学四年每课必听的学生，以其积累的四十万字笔记为证——光靠这一点不能够确保他写好诗，但如果他原本就是天才呢（庸才不可能追着我的课听），以本诗为证，他的大学作品，当年他就开了天眼看见溺毙的发小坐在水中低头修表。*

任意好

5·12瞬间

一只惯性的手势打入空气中的瞬间
一张照片形成的瞬间
个把嘴唇一张一合的瞬间
语调稍微拉长的瞬间
一道小气流从电视机流进我耳朵的瞬间
多少条人命被吹走的瞬间

2008年

☞ *时代忘记了诗人，诗人却没有忘记时代，回首新世纪这些年，多少大事小情都被诗人们用诗歌记录下来：2008 年的汶川大地震便是突出的例子。地震无情，时间亦无情，多少在当时哭天喊地的诗现已不忍卒读，留下来的极少，留下来的都是一些瞬间的顿悟与微语，正如本诗。本诗作者曾亲临现场，是另一重启示。*

李伟

章子怡漂亮不漂亮

章子怡漂亮不漂亮
有人说她漂亮
有人说她不漂亮
我们办公室的刘萍
就说她不漂亮
但张艺谋说她漂亮
李安说她漂亮
成龙说她漂亮
王家卫说她漂亮
霍英东的儿子说她漂亮
斯皮尔伯格说她漂亮
现在连冯小刚也说她漂亮
那么章子怡到底漂亮不漂亮
我的意见是
章子怡比张艺谋漂亮
比李安漂亮
比成龙漂亮
比王家卫漂亮
比霍英东的儿子漂亮
比斯皮尔伯格漂亮
甚至也比冯小刚漂亮
但没有
我们办公室的刘萍漂亮

2005年

☞ *《章子怡漂亮不漂亮》平庸不平庸？金陵一伙平庸至极的小诗人认为它平庸，于是它被搞进庸人版“庸诗榜”而名声大噪。进入庸人版“庸诗榜”，负负得正即好诗，好诗当进《新诗典》。我怀疑庸人们将此诗的意思读反了，他们以为涉及大众文化元素就庸俗——这种意识土得掉渣，知道不？李伟不关心章子怡，只关心刘萍。*

欧亚

我们得到黄金

我们乐于接受
冰冷的黄金
矿石在火炉中折腾
流出吱吱叫的
老虎般的液体
然后冷却、定型
最后捧在
我们温暖的手中

2001年

☞ *欧亚低调做人、谨慎作诗，在诗江湖上甚少抛头露面，以至于两年前在佛山见到他时，我问了一句："还写吗？"现在，他用这首好诗回答了我，用"老虎般的液体"这个牛逼至极的意象回答了我：其心浸淫于诗！否则不可能出此绝佳意象——超越了李钢"脚下是液体的祖国"，堪比博尔赫斯"豹：一座移动的花园"。*

唐果

真的太像人了

不知从什么时候起，我有了偷窥的毛病
有一天，我去偷窥蚂蚁
我选了个隐蔽的位置，拿着书装模作样
黄槐树下，它们出现了
一只接一只，排成队齐步走
我找了半天，也没找到那只喊口令的蚂蚁
仍然是这棵黄槐树，也许还是那窝蚂蚁
好像是自由活动的时间

它们有的抱在一起，啊！太像人了
有的两只垒在一起，啊！太像人了
一只举着前腿冲向另一只，啊！太像人了
有几只在搬死苍蝇，拉的拉，推的推
啊！太像人了！有一只蚂蚁离蚁群较远
一副不与凡俗为伍的样子，真是太像人了

2005年

☞ *有一年我收到三位70后女诗人的合集，带给我午睡前颇有收获的阅读，为此我还写了一首诗。其中印象至深的便是唐果，毫无疑问，她是最有才华的，与另外两位相比，她获得诗坛的关怀最少，状态也就保持得最好——这真是一个非常正常的逻辑，尤其对女诗人来说。云南诗人植物性强，老想变成树精，唐果这棵树好在有枝也有干。*

欧阳昱

换马掌

换马掌不是换马
更不是换挡

马掌不是手掌
更不是脚掌

换马掌不在北京
更不在上海

而在今天下午的墨尔本
这个至今还有马车的古城

这位穿白衬衫的白人小伙子
把马蹄扳起，夹在自己胯间

好像突然长了一个巨型阳物
他用起子把马蹄铁撬起

可以看见一排牙齿般的钉子
他把撬起来的蹄铁放在路边

雄壮的脸丝毫不为我的旁观所动
再次用双腿把马蹄紧紧夹住

除去另一半蹄铁
同时用一把平口快刀

一片片地削马蹄底部
看上去像茧但更像泥

刺鼻的马屁把两位围观少女轰走
她们更感兴趣的是装饰精美的马车

我则喜欢和我一样地位低下的马夫
在闹市干着下贱活而毫不自卑的神气

☞ *欧阳昱血统是华裔，国籍是澳大利亚，诗籍是汉英双语，但凡以现代汉语写诗者，不论你住在地球的任何角落，都在《新诗典》的选择之内。双语写作者的优势在于能够在写作中考虑到不同语言以及相关文化读者接受上的差异。阅读本诗是一次惊心动魄的历程，读得我后背发凉，老是关心自己的脚还在不在。*

秦客

黑海

三伏天，陕北黄土高原上
母亲回忆二十多年前的一个夏天
雨水缺少的陕北，那年风调雨顺
黑里下，白天晒
黑里下，白天晒
母亲说，地上的庄稼见风就长
庄稼绿得就像黑海一样
那年庄稼丰收了
第二年的夏天，我们村
出生了十几个男娃和女娃

2002年

☞ *诗歌在现代化、全球化的进程中，如何保持住它的传统性、地域性，是一个重大课题。一味土不行，一味洋也不行，土洋结合才有最大的魅力，不要忘了丽江大研古镇是意大利设计大师的一件作品。本诗魅力也在于此，它是现代意识的，同时又写出了陕北的味道。黄土高原的风情，从语言之间弥漫开来。*

路也

你在病中

我隔了上千里烟雨迷蒙的国土
惦念着你的病情
竟把天气预报误读成心电图、CT、彩超和血压数
我还要为此斋戒，只吃一点少油的素菜米粥
祈祷你的康复

如今你在病中
请像一棵雨后的稗草那样好好歇息
在午后阳光下闪烁细细的嫩芽
把来苏水味的疼痛和晕眩打电话告诉我吧
生命原是一笔需要慢慢偿还的债务
请打开病房的窗户，看看水杉树顶的朝霞和落日
还有那飘着晚饭花香气的小路
安宁和静默是最好的大夫

我还有一大串叮嘱，也请求你一一记住：
你要在美德里加进去那么一点儿懒
让书桌上轻轻落着尘土
你要与茶为友，以烟酒为敌
你要常吃核桃花生芝麻，还有海藻和鱼
你要每天去江边散散步
你必须按时吃药啊，不能怕苦

2004年

☞ *路也之诗，不以先锋姿态示人，不以极端思想耀目，貌似比较传统抒情，但她有真正的抒情才华和对诗歌本质的理解力。就本诗来说，抒情也可以在娓娓道来中一波三折惊心动魄啊！“你要在美德里加进去那么一点儿懒”——这样的句子饱蘸对人生的独特理解，“不能怕苦”也像是体操比赛中一次成功的落地。*

魏理科

凤头猪肚豹尾

老师说你要把它写得
有凤头猪肚豹尾
就是好诗了
凤头、凤肚、凤尾
是凤凰
猪头、猪肚、猪尾
是猪
豹头、豹肚、豹尾
是豹子
凤头、猪肚、豹尾
我想了想，还是觉得
它不是个东西

2003年

☞ *魏理科，即大头鸭鸭。新世纪自网络起家的诗人都有一个大家熟悉的网名和鲜为人知的真名，一换过来，同行与读者一起抓瞎。《新诗典》开栏鸭先急，刚过一月他就急了，急的表现是提意见，这些意见似可不必给老《诗典》的编选者提。本诗是一首典型的解构之作，是对一句写作学谚语的挑战，意图很简单，但更重要的是：你我笑了，现代诗可口可乐！*

海岸

海啸

大海站起身，破门
走到你的面前

拉下水，卸去一切武装
战火即刻消停
随波逐流，漂成一堆垃圾
死了不让你沉入海底
人类，奢谈你的尊严与权利

苏门答腊岛的大丽花
臭名远扬的大丽花
在大海怒放
而更为辽阔的是心灵之海
爱，正从苦难中起身

大海站起身，一夜间
收复所有的失地

2004年

☞ *诗人海岸，亦是出色的汉英双向翻译家、在欧洲出版的《中国当代诗歌前浪》的编选者和主译者，曾现身于顶级国际诗歌节。兼做翻译家的诗人，往往都有良好的世界意识。譬如本诗，就体现出灾难关怀的世界意识。今年日本大地震引发的海啸，令此诗读起来更有感觉，与其说这是诗的预言性不如说是诗的永恒性。*

八零

门童

每次经过棺材铺
总被那几只小棺材吸引
长不过一米多点
摆在店铺门侧
有一次我想
如果把它们竖起来
也就是一个八岁的孩子那么高吧?
一小群
围在一块
像唧唧喳喳的小学生
无所事事的时候
我数了又数
上一回是六个
(没错儿,其中一个更小的躲在另一个后面
直到绕过去才发现)
今天再数还剩四个
四个黑孩子
正门童一样站在声色犬马的人世门侧
脸上都有一种
被领养的渴望

☞ 他的名字等于他的年龄,七年前我编《被遗忘的经典诗歌》时,从稿海中捞出了他。七年来,他勤奋写作,新作不断,已经成长为具有鲜明风格的诗人。他的诗里有大地,很善于在残酷的现实人生中获取创作灵感和材料支持,他的诗也很中国,是自然生长出来的诗,这会令其今后的道路走得踏实而长远。

潘洗尘

雪的谬论

这么久了　人们一直漠视
有关雪的许多谬论
现在　该我说了

在北方　雪其实是灰色的
与纯洁无关
尤其在城市　雪就是一种自然污染
它们习惯与灰尘纠缠在一起
腐烂成泥水　再腐烂城市的
每一条大街
每一个角落

如此简单的一个事实
却长久地不被人们正视
这到底是因为真理懒惰
还是谬论都披着美丽的外衣？

2009年

☞ 潘洗尘是20世纪80年代中国最著名的校园诗人，或许是成名太早太容易，让他觉得不刺激，大学一毕业便一头扎进商海，直至新世纪归来。本诗是他归来时期的标志性作品：对于雪，雪国诗人最有发言权，麦城说："下雪跟拉粑粑似的"，我在哈尔滨嗅到的雪有一股化肥的味道，便相信老潘写的才是日常的真雪。

张小树

中俄边境有我的哥哥

我假想了不止一万遍
深冬北方的漠河
我的哥哥在保卫祖国的边境
他从温暖如春的地方来
他不会游泳
并且得过冻疮
他是一名光荣的大学生解放军
成为一名解放军是他妈妈的梦想
现在北方又多了一名军人
妈妈的身边却少了儿子的声声呼喊
呼唤已成为永久念想
中俄边境有我的哥哥
成为英雄是迟早的事

2009年

☞ *张小树这名字，总是和刘二曼连在一起。她俩是大学同学，“成为英雄是迟早的事”，于是手牵手登上诗坛，成为“小80”（85后）一代最优秀的诗人，我曾在长安诗歌节上称其为中国诗歌的吉祥物。不久前在北京，我见到这俩吉祥物，果然可爱如女儿，说话一股大连人的海蛎子味儿，一朗诵诗就字正腔圆，标准国语。*

封原

破胆

——献给我的家人

把食指放进电门里
我五岁的灵魂
被烧焦
只是现在
我已经闻不见
那股刺鼻的气味
多年以来
墙上那两个黑洞洞的插槽
一直盯着我
它们仍在怀念
童男肉体的味道

2007年

☞ *放眼诗坛上下，不会有人比本主持更能慧眼识珠。封原算我的得意之笔，我最初发现他时他还在读高中，却已经写出了代表作《我的女友吞下一颗摇头丸》。四年前，我自鹿特丹归来在天津见到他，竟是一个眉清目秀的大帅哥。封原，如果你生在俄罗斯，就会成为青年偶像、社会宠儿、时代英雄！没有，且熬。*

天狼

拒绝我

一写真诗的时候
读者拒绝了我
一说真话的时候
朋友拒绝了我
一动真情的时候
情人拒绝了我
一到追忆的时候
童真拒绝了我
如此多的拒绝
都针对我的返璞归真
可我生年有限
假也终会罄尽
我的肉体是真的
死亡能不能拒绝我
我的尸体是真的
火化炉该不该拒绝我
我的骨灰是真的
大地是不是拒绝我
我的死期是真的
纪念会不会拒绝我
我的忌日是真的
历法会不会拒绝我
拒绝我拒绝我
拒绝我拒绝我
所有拒绝都是真的
还有什么会拒绝我

2007年

☞ *若以拳击作比，本诗堪称技术精湛的一组直拳，非实力拳手不可为也。作者是新世纪自网上崛起的60后——十年前后，“60后”这个概念已经有了不同的含义：虽说上世纪八九十年代成名的诗人有一部分下岗，被新世纪新崛起的诗人顶班，60后一线队伍却依旧鼎盛，天狼正是这后崛起之60后的佼佼者。*

毓梓

皈依之后

我很可耻地在某个午后，或是
某个无人的夜晚想到爱情
依旧想到爱情
这是可耻的，我将引以为耻
在雨水四溅的瞬间，我擦拭
自己的脸，发觉不是莲花质地
突然间，我原谅了自己
在一个月朗风清的夏夜
在荷花池边，我原谅了自己
想着所有女人该想的一切

2010年

☞ *在当下中国，所有被庸俗的大众轻慢或遗忘的，往往都有健康的发展，现代诗即是活证。观其内部，生态平衡，新人辈出，85后一下就冒出来了，毓梓便是其中之一，她有敏感的触觉和良好的诗感。今天上午，我看见她在网上晒自己身穿学位服的毕业照，我想告诉她：你最隆重的毕业典礼是在今晚，在《新诗典》。*

嘎代才让

青海：夏天的夜晚

可以串起很多名字：
德乾恒美
扎西尼玛
班玛南杰
梅朵花吉
多杰才旦
才让扎西
元旦嘉措
那晚，在酒吧，在西宁的文化街
就这些人受“火热”之苦，在一边酗酒大侃
压力中变形的群体
假想命运，假想流汗的酒鬼，
直至凌晨的一幕
最后，我想这样描述
当时的情景：
“一个羔羊在一群狼里自在地想着
怎样过一个
道德的夜生活”

☞ *年轻的嘎代才让是青海藏族诗人、汉藏双语作家，其网名叫“黑人”，常在诗江湖等先锋诗人聚集的网站发诗交流。几年前我誉之为“最现代的藏族诗人”，今天仍持这个看法，只是更加感到现代对于少数民族诗人的迫切性，流在血液中的传统毕竟是强大的，但现代决定着你的诗究竟能扎多深走多远。*

郑小琼

旧日的蜘蛛

它把躯体藏在云霞的典籍中，它必须穿过经纬线
跟随古老的月亮返回，柔质的肋骨间嵌入幻想
尖细的日子流传着化学的铜，嘈杂的机器声中
有毒的分子穿过我们的肺叶、血管，到达心脏，
形成疾病的职业或者职业的疾病。厄运的姐妹们

在苯与毛绒弃塞的肺中挣扎，像烯丙菊酯中行走的
蜘蛛，阴影在心间越来越重，缺乏钙质的中国法律
权力与货币不断刺伤社会的尊严，她们的命运
在无边的黑暗中沉浮，她们活在有毒的日常生活中
不断地用化学油墨改变她们善良的乡村基因

她们脱去田园、梦境，成为有毒的蜘蛛，用女性的肉体
结网，在人行天桥、公园，欲望都市的细节不断在改写
她们站在黄昏中，保持惯有的冷漠，在某天报纸阴暗的
谋杀特写中，她们齿动的复音与小康的笙歌一同交错着
如今愤怒因为现实的潮汐退至零度，经济学家在叫着

市场经济没有同情心，弱肉强食，我乡下的姐妹只能
成为他们床上的大餐，他们丧失人性的著作成为市场经济的
罗盘，刻进了国家的尸骨，刻进一个乡下贫困者的肋骨
它体内青色的潮汐泛起，我一直坐在南方的黑暗中央
目睹在化学物品中丧失生育的姐妹们，她们的叹息

成为时代缔造的伤口，中国特色的绷带裹住了真相
一千个失语症患者充当国家的发言人，他们开始
在报刊电视上练习对口型，以保持这个古老国度
“团结”的优良传统，它的耳朵封闭，我必须说出
哪怕只是沉默地延续，我不会拒绝骨头里的嚎叫

2004年

☞ *一个“打工妹诗人”的符号，让我不愿正视她的作品，晚认识一个优秀诗人两年，但好在认识了。其诗不仅在80后诗人中罕见，在女性作者中也罕见：略显背时地试图发出时代的强音。难能可贵的是她从低处发出了弱者的呻吟和抗议，并充满现场的细节，这令某类野心勃勃登高一呼的伪大诗人写作相形见绌。郑小琼的意义被搞拧了。*

徐敬亚

高原狮吼

一声比一声更猛的
是我的喘息，高原啊，你正沿着血管
从内部攻打我
每一枪都击中太阳穴，天空蹦跳
擂鼓者用肋骨敲击我的心脏

我怎么敢向你发出挑战
怎么配做你的对手
每一寸平坦里，你都暗藏着云中尖峰
连绵起伏的剑法，太极拳一样遥远而柔韧
还没有登上你的拳台
我已经累坏了

充满了深度的威胁，天空湛蓝
埋伏了千军万马的高原
给我力气吧，也许
我不应该越过自己的界限
你用一次次的上升，远离我的窥视，惩罚我
每一根草都扇动起鹰的翅膀

升起来了，从四面八方
满天的狮群向我滚滚奔来
吹起鬃毛的抖动，牙齿呼啸
头顶滑过圆形的闪电

顶礼，高原
顶礼，永在我之上的土地
天空湛蓝，天堂端坐
比寂静更寂静，比寂静

更缺少声音

2008年

☞ *徐敬亚，共和国之子，当代最富盛名的诗评家，仅凭20世纪80年代“三个崛起”和“两报大展”便足以名垂诗史。他原本诗人，新世纪诗作又多起来，去年盛夏，与我一道在《深圳特区报》以世界杯为名飙诗，我能感觉他写诗的欲望，做裁判岂有上场踢过瘾？本诗写的是对高处、雄性的膜拜，极富那代人的特点。*

陈超

暖冬

这个冬天
我埋首于一本书的写作
（一本有关人性与诗的书）

噢，石家庄的冬天像是只有两天
（一天淡雾氤氲。一天阳光慵懒。）

白杨树言简意赅的枝桠上
一只雀儿茕茕独立
（它是哪一只？是不是昨天那只？）

内蒙古派来的风
翻扑着妻子晾晒的乳白羽绒衣
（但风儿是心意暖和的）

院子里采暖锅炉多余地哼吟
烟囱喷吐着都市的肺病
（窗外，女孩们为输掉的“拖拉机”彼此埋怨）

数日不出，自行车座子上落满尘土
谁在上面画了一条小鱼（或小龟）？
（画家不超过五岁，我向抽象派大师敬礼！）

第二个冬日，书已出版
朋友们说它温和得有些诡异
（是否一个暖冬影响了我的心情？）

对，那个冬天显得不太真实
（有如热和冷对弈，走出平局）
我阴郁的心，学会了大度

（我已进入写作的“慈祥期”了吗？）
当暮色像古巴糖撒满又一个暖冬
在薄甜和微凉里，我淡然入神，调侃自己。

2001年

☞ *陈超以诗评称著于世，却一直在写诗——我将此理解为真爱。我以为：他的诗是专业诗评家中写得最好的，这确保了他在将近三十年的时段里始终是中国当代最具实力的诗评家。看看前后左右，这个班还一时无人接得上，因为一般从事专业诗评的教授、博士们不写诗，没吃过猪肉还没见过猪跑吗？是不行的。*

曾宏

为母亲迁墓以手机记诗纪念

妈妈的骨头在烈火中作响
在浓烟中升腾，三十年的土味
在泼洒的柴油上游泳，
而那些劈开的木料唱起灰烬。

掘墓人说：人，就是这一堆骨头。
现在连骨头都不是了，我想。
太阳很大，我们流着汗。
柰子树上结满了青果。快收成了。

乌黑的头盖和白灰的碎骨在
夕阳中闪光。
旁边的草木仍在窃窃私语。
天，也要暗下来了。

灰烬也凉透了，
捣碎，装进青石的瓮子。
对面山上鸟声凄凉
虫子欢唱。

掘墓人继续用树枝拨动着骨灰和炭，
把它们分开，我蹲在灰烬前
轻轻说一声：妈妈
我们回家

2006年

☞ *曾宏是老运动员了，他属于这种类型的选手：在比赛场地并不扎眼，甚至就像不存在似的，但比赛的成绩却十分可观。他走过的80年代、90年代、新世纪都是如此，让我感奋的是与老运动员整体上的走势相反：他越写越好，年轻时那种故作冲淡的“范儿”让位给现在这种浓厚的情感和浓郁的人生况味，从茶变成了酒。*

潇潇

痛和一缕死亡的青烟

这些年，我一直在酸楚
这朵空空的云中漫步
想一想最喜欢的人，在命运中挣扎
在气候中变成了一句心痛的废话
一夜之间，被内心的大风吹到了天涯

坏消息像一场暴雨越下越大
我撑着伞，雨在空中突然停止了
记忆中的疼痛从半空中泼洒下来
我浑身发抖，无处可去

一场春天的鹅毛大雪，短暂而诡秘
世界变态地浮在了冰凉的水面
我悄悄流泪，雨雪就这样
又在我的脸上下起来

我伸手触摸，痛和一缕死亡的青烟
从指尖爬上额头，一点一点把
秋天的死皮硬是从冬天的脸上削落
爱一步跨进了冬天
我用疼到骨髓的伤口斟酒
一生一世，直接嫁给了空气

2006年

☞ *三年前的冬天，在北京的一次朗诵会上，潇潇朗诵了一首地震诗，竟读出一丝妩媚和风情，我笑了；两年前的夏天，在青海湖国际诗歌节上，一位演员朗诵她写青藏高原的诗篇，我竟听出了一个女人的孤寂，很震撼；一年前的秋天，我初读本诗，断定她是一个真正的诗人，她用虚假的繁华掩盖了这一点。*

阿吾

我们一家都生在河边

——为吾儿摩西百日而作

孩子，这个傍晚
爸爸不能不想起你
一百天前
你出生在怀卡托河边
每当我想到这里
双眼像河流一样潮湿
你长大后会知道
我们一家都生在河边
爸爸的那条河叫长江
妈妈的那条河叫黄河
哥哥的那条河叫珠江
你的那条河就叫怀卡托
求神带领你
就像带领摩西
求神带领我们一家
就像带领每一条河流
孩子，有一天你会明白
我们一家为什么都生在河边

2001年

☞ 人对自己喜爱的事物也会出现莫名其妙的顽固遗忘，我对我大学时代就很喜欢的当代名诗《相声专场》就是如此，以至于在《文友》老《诗典》中竟没有推荐它，之后两种结集也没有想起将它补进去。《新诗典》一开张我就想：这次再也不能漏掉阿吾了，然后又陷入新一轮遗忘，直至今晚！我想：这也许与他远在天涯有关。

马海铁

在山区，我看到神

神也会弯着腰播种
他将头颅与肩膀俯向大地
许久之后，直起身子
搓掉手上的泥巴

这时“太阳偏西，乌鹊归巢”
辛苦的一天行将结束了
他对你微微笑着
并露出闪光的牙齿

神也回到了家里
灯光昏暗，他静静地吃完土豆
坐在窗口望一会儿星空
夜深了，他抱着一根野芦苇入睡

2007年

☞ 高原的山区一定有神，因为更高：高原的山区一定住神，因为缺氧。神是人造的，人类经历了造神、拜神、渎神等不同的阶段，当代诗歌亦是如此：从20世纪50—70年代的造神，到80—90年代拜神与渎神各表一枝，再到新世纪的人神合一——这便是新世纪诗歌的“新”，折射着时代的思潮演进，本诗很有代表性。

南子

暗恋

有时　我也需要暗恋一些事物——

比如一颗流星
因了我的注视
不再是单独的，黯淡的钉子

比如我暗恋一段睡眠
它深藏在万物之中　酣睡　无形
而我是多出来的一个——

就是多出来的阴影
我眼睛里最暗的部分最先认出了它
就是多出来的爱恋　从未出生
人世间的一撮灰烬与它相等
就是多出来的一个美德
这带刺的桂冠　正受到命运黑掌的抚摸

暗恋——这个词正变得稀薄
说不上荣耀　说不上曲折
隔着一段灰尘和虚无的混合物
额头明亮　嘴角却有着苍白的抑制
现在　它停顿了
——恰如一段轻风
要用长久的睡眠来清除

2010年

☞ 整整二十年前的一个晚上，我应邀去陕西师大做诗歌讲座，结束后全场最漂亮的女生到我面前来交流，该女生被我的一个朋友私下赞美为“漂亮得像女特务”，由此我们便认识了，她毕业后回了新疆，多年后成为诗人南子。在那遥远的地方，有位好姑娘——这是一支歌；在那遥远的地方，有位女诗人——则是一首诗了。

西川

访北岛于美国伊力诺伊州伯洛伊特小镇，2002年9月

一百吨乌云
像大草原上散开的蒙古骑兵呼啦移过伯洛伊特上空

一百吨乌云分出一吨乌云
砸向伯洛伊特像蒙古骑兵搂草打兔子绝不放过哪怕衰败不堪的小镇

翻开落叶，是溺死的昆虫
走进空屋，会撞见湿漉漉的鬼魂颤抖个不停

小汽车抵达小旅馆
小旅馆的吸烟房间里烟味淤积不散即使打开屋门

这吸烟的过客一天要吸三包烟吗？其忧郁和破罐子破摔的程度可以想见
而本地人忧郁更甚

眼见得镇子上的一半橱窗空空如也
却绝不动起吸烟的念头，这真对得起停车场上寂寞飘扬的美国国旗

这是三岔路口上的伯洛伊特
只有两三个人在银行的台阶上低声交谈

只有一个人在借来的白房子里
用菜刀剖开紫茄子，相信烧一手好菜就能交到朋友

黄昏过后是夜晚
夜晚过后是只能如此、只好如此的流亡者的秋天

秋天将树叶一把揪走
只有一个人为此而心寒，瑟缩为一个原子

并且伸手捂住他桌上的纸页

仿佛天际一阵大风越过了地平线来到面前

2002年

☞ *西川在新世纪里最大的变数是那些不分行的短章，想法很多很大（太多太大？），令我难以做常规的“诗”读，他兼容口语的一些，我这个“口语派”反而觉得不够地道。我能够欣赏的还是具有他早年特点的看家之作，就像这一首，修辞的功底，造境的才能，恍若回到80年代那个“月光轻踏大地”的最真的最好的西川。*

李东泽

两条金鱼

很多天以后
他终于分辨出
楼下清脆的水声
是两条金鱼在碰击鱼缸
吧嗒
吧嗒
在深夜
这微弱的声音
让他觉得是如此强大
而在白天
即使是盯着它俩在摇动尾巴
他也从未发觉
它俩还能弄出声响
此刻他躺在床上
倾听那两条红色的金鱼
在鱼缸里恣意游动
仿佛是在看自己的左右心房
在胸膛里
鼓动血液在哗哗地流淌
必须再一次弄出声响，他想
即使是微弱的
也能够证明自己
还没有死掉
他翻身走到楼下
看到那两条金鱼
还在游动
而鱼缸已经出现裂痕

2010年

☞ *大庆有石油，也有诗歌；大庆出铁人，也出诗人；我相信有一天，石油挖尽，仍有诗歌，不召唤做铁人了，还有人做诗人。坦白讲，我只知道一个大庆诗人——李东泽。新世纪这些年来，在中国诗歌的版图上，他等于大庆。这是一名优秀的70后诗人，不以猛或灵取胜，而以稳见长，绵里藏针，就像本诗："鱼"无声处听惊雷！*

小招

我一点也不担心小力的小偷小摸

半同性恋半小偷半疯子
是阿坚给小力的结论
事实上也确实如此
所以我们会经常转告朋友
千万不要带小力上自己家
如果上了，东西一定要看管好
但是我一点也不担心小力的小偷小摸
甚至还觉得这个人非常可爱
阿坚也是
因为
我们都
一贫如洗

☞ *“我知／我所能做的／也只是在未来的某一天／在奔赴湘西的旅行中／顺道去了你的家乡／在青翠欲滴的山间／芳草掩映的乱坟中／寻找到你的墓碑／那碑有着你的脸型／令我想起你活着时／犹如一块廉价的墓碑游走／这世上所有活着的人／都是一块块游动的墓碑／死后才找到自己的脸型／我双膝触地／还你一跪”（节选自拙作《悼小招》）*

李岩

人民，在腊月傍晚拥挤在公交车上

人民，在腊月的傍晚拥挤在车厢上
这是清一色的人民
绝没有一个贪污犯混迹其中

人民，肩膀靠着肩膀，背贴着背
脚挨着脚　陌生人像是拥抱
世界在此刻多么亲热
目光如电的是小偷，染黄毛的是勤勤恳恳
为人类欲望上夜班的妓女
生活，在三十年前夹紧双腿从革命的教堂出走
连滚带爬地坠入洋洋洒洒的时代大河
生活恢复了生活　泥泞，才是它的本色

面孔毛茸茸和嘴角、鼻尖、下巴
棱角分明的永远是学生，也可能是分不清
前后门的书呆子和傻帽儿，被灵性毫不客气
挤对的尖子也可能是昨天的白卷大王张铁生
一溜烟借尸还魂，冒名顶替了儿子稚嫩的面孔
遍地轰鸣的大学浓烟滚滚地批量复制出
一批又一批无用的博士
出类拔萃者正是高考前一天骄阳似火的下午
在篮球场腾空而起，一身臭汗浸透廉价背心
桀骜，被勃勃英气绑走的光头
——啊，天地英雄气，千秋尚凛然

唧唧喳喳的是打工妹，最高调的
是掉转头大声嚷嚷“向里靠，向里靠”的司机
尖嗓门是吆喝惯了不吆喝嗓子眼难受的小贩
腼腼腆腆给残疾人让座的是印刷公司的女设计师
更多的是老人、小孩、迷惘的男女青年
最没脾气的是在尘世旅行半生

锯齿形的心染霜的智者
——百炼成钢的是在铁砧上反复锤打的意志
心如死灰的是情感
渐次澄明的是头脑中的冰山雪岭

没有谁，忧叹他们的辛酸
没有谁，关心他们在寒风中站了多久
没有谁，看见他们的一身疲惫
没有谁，发现他们眼角的浑浊
没有谁，注意潦里潦草的口红已掉了一半
没有谁，过问他们一天的奔波有几个子的收获

人民，在腊月的傍晚拥挤在车厢
清一色的人民，没有一个西装革履的贪污犯
混迹其中

一个戴眼镜的瘸子，由此想到
公交车的发明者才是上帝和佛陀
是神，灯火通明的爱心
在一路颠簸中满载着无依无靠回家的人民

2010年

☞ 李岩，我之老友，老《诗典》入选者，翻过新世纪这座山，就跟消失了一样，成为老友们口中的“隐士”，大隐于陕北高原，去年我编《陕西诗选》，一口气读完他近十年的好诗，不禁一声慨叹：“李岩成大诗人了！”——我把话撂这儿：陕西必出大诗人！地老、土厚、砖大、城坚，人心眼死一根筋，不为时代的风吹草动所动！

晓音

罂粟花开

——兼致茨维塔耶娃

就那么一下，你就开了
开得是那么的红，开得是那么的艳
就像岗上的那些铺在草地上的牛羊
放肆、浅薄并且淫荡

在遥远的北方，桦树皮上的印记
记载着那一年烽火到来的消息
哦！我记忆中的女人，我梦中总是要见到的女人
关于你的消息、你的爱人，你放牧歌声的那片土地
你爱过的男人和那些刺鼻的烟草
我都要关心一遍，我都想好好地爱它们一遍
如将要跌下树叶的时刻，在那个瞬间
淋漓尽致的眼泪，我在梦中盛开的罂粟花朵
一朵一朵地照亮，一朵一朵地在照亮中
一朵一朵地渐渐远去……

那些和羊一样铺满岗子的男人啊
在花开的季节应该放下猎枪
像爱护花朵一样地，好好爱女人一场

2007年

☞ 好像是1990年，《诗歌报月刊》搞了第二次大展，想重复1986年的盛况而未遂，晓音便是我在那次诗展中所记住的为数不多的诗人之一，一种尖锐疼痛的抒情诗，随后她便消失了，直至新世纪归来，续上了我最初的印象。茨维塔耶娃是中国诗人的女神之一，致她的诗想写坏都坏不了。

柏桦

抒情

有一个抒情的青年
大学毕业时本可去北京工作
但他选择回了家乡贵阳。
原因是他十分怀念他高中时，
曾走过好几次的一条小径；
那是一条幽暗的小径，
尽头有一座50年代的楼房——
贵阳市科学技术研究所。
他想象在那里工作的情形，
想象每天在那条小径散步，
怀着与世无争的感动，
而且这单位离父母家也很近
多么惬意呀……
还有什么不满足呢？
结果当他真的来到这个单位时，
第一天他就觉得有些什么地方不对
是这小径变了味？
还是自己内心出了问题？
一种荒凉的安静在等着他
这一点他勉强能够接受，
但研究所门前昏沉的油污
显出一缕缕衰老的气氛，
他看着真想哭。
就这样，他还是努力适应了几天
以期唤回从前的感觉，
但结果却是灰心、厌烦以及无边的痛苦。

☞ *记得在老《诗典》中，我借柏桦的诗题称其为“现代汉诗的李后主”，我以为他是近三十年来中国诗坛上最大的一个具有古典气质的才子诗人。他自己肯定深知这一点，新世纪以来，他以一首长诗想强化这一点，撰文捧出几多才子全不是。才子老了，应该去才子气才对，令其让位于沧桑、朴素、晓畅、灵动，这一首正是。*

鸿鸿

我现在没有地址了[①]

我现在没有地址了
我要去街角战斗
那从未被雪覆盖的街道
现在给履带的压痕占领了
我只有一枝曾经想给你，而已枯萎的花儿
背在背后
我要去街角战斗

我现在没有地址了
每一个白昼都是夜晚
每一个夜晚都是远方
我会在超市的仓库、剧院的乐池、报纸的
分类广告里
书写战帖或情报，袖口沾满
熟睡的口水和蚂蚁

我要在推土机前倒立
我要在屠宰场外唱歌
我要到海关夺取护照和各种钱币
发给那些不认识杜甫、没听过韦瓦第
生命里只有地震和秋天的人
我要给遍体鳞伤的小孩一只流浪狗
我将打扮成花样少女去安慰那些失智老人
我会戴披风站上屋顶给人们带来空幻的希望

写信给我就寄到任何一间麦当劳
我将会去行抢
寄到任何一间银行
我会去用它点燃引信
也许我会藏身旧情人的
楼梯间，听着叉匙叮当

也许我终究会穿过玻璃，请冷漠有礼的年轻人
帮我修理眼镜
但我没有地址了
写上你自己的吧
也许我正在你眼中读着这句诗行

2007年

① 1944年，法国作家安德烈·马侯（André Malraux）离开他避居德国时占领军的城堡，前往加入地下反抗运动。朋友接到他的信，上面只提到：我现在没有地址了……

☞ *二十年前，拙诗在大陆正规刊物发不了，台湾接纳了我，鸿鸿时任《现代诗》主编，感谢他在二十年后告知我：台湾当时没有我这样的诗，而现在已经有我的诗迷了——反过来，鸿鸿是台湾中青年诗人中让我读起来最顺的，其语言比较大陆化，很爽！是否与其搞戏剧有关？本诗也是大陆诗人最想写的一路。*

李淑敏

奇迹的喀什

九点四十三分
天还没有黑
沙漠尽头
轻浮的合欢花
在富足的阳光里
等待爱情降临

我朝着与落日相反的方向
奔跑
快一步站在夜的疆域里
听见
整座城市
生殖、繁衍的声音

在喀什
什么都是干燥的
包括情人的眼睛和嘴唇

2008年

☞ *李淑敏是我学生里涌现的第五个诗人，我曾发豪言：退休之前，至少十个！但我深知：诗人培养不来，天才可以点燃。本诗是李淑敏大学时代的作品，才气毕现。她现在在北师大我师兄李怡门下读硕士，我想对她说的是：当一个人同时具有“西外大”和“北师大”两种“血统”时，对于诗便负有更大的责任。*

海啸

雨天

车窗。玻璃的广场
两行泪水在流淌
仅仅为了避雨，我可能
推迟一生才能到站

2006年

☞ *如果本诗出现在一本译诗选里，将作者名置换成一个老外的长名，我的诗人同行们，你们一定会拍案叫绝，认为是一首“大师之作”；如果本诗出现在一册大学教材里，将作者名置换成五四某诗人的大名，我的文学院的学生们，一定认真读解洋洋洒洒撰写论文。那么，当你得知这是当代青年诗人海啸所作，情况就不同了吗？*

小引

和月亮有关

月亮总是突然出现的
你一抬头
就看见了它
我说是的，这很舒服啊
我们在月亮下抽烟
看见一朵乌云
飞快移动
夜里的鸟也飞了出来
朝空旷的地方飞
我们摸黑站起
身边就是黄杨树林
“为什么不去喝酒呢？”你问
那是去年春天
有一些空气
在我们中间隔着
那个夜晚
其实没什么悲伤和喜悦
我们去街道口的小酒馆吧
不谈命运
就像草地上的两只昆虫
朝有光的地方飞去

2004年

☞ *认识小引都快十年了，见过四次面，也算朋友，但我却对其人其诗缺乏把握。其诗似有轻重两极，但在两极之间我找不到联系，也许那个在KTV包房里高唱《国际歌》的就是他和他的诗吧？对诗他不喜欢深谈，喜欢酒、喜欢玩：“不谈命运／就像草地上的两只昆虫／朝有光的地方飞去”——这一首，我把握住了。*

贺中

在没法儿再深的深夜

在没法儿再深的深夜
老光棍不停地摸着自己的躯干

直到五个指头沾满刀锋一样的黑暗
直到那漫长的孤寂把仅剩的肉剔尽

在没法再深的深夜
白骨耀眼的光亮让人间充满冷冷诡异

2000年

☞ *贺中原本就是诗歌江湖上的"西藏王",只是他多年的努力似乎都是在"大诗"上,短诗又多为上世纪创作的,叫我没法选,致使西藏诗人的登场被延迟。沈浩波向我推荐的本诗,将填补一个自治区的空白,将使《新诗典》的诗旗插遍全中国。在我看来,一行身体的诗胜过一千行文化的诗,本诗正是。*

余幼幼

裸睡的老太太

年近六旬的老太太
裸上半身睡觉
乳房下垂，过期的乳汁
在多年前的村庄哺育子女
两男两女，我也曾含过那
空空的乳头

把女性的身子
袒露一半，并且
一一列举他们的归宿

老太太与我睡一间房，我一直
背着她裹紧被子
天刚亮，老太太开始准备早餐
笑脸盈盈。头天晚上天气
阴凉
我出了一身大汗

2006年

☞ *去年我编《被一代》，前后相当长一个时段，十分留心冒出来的90后诗人，余幼幼是唯一的收获，因为她是目前唯一得现代诗要领的90后诗人。看看诗末的写作时间，创作本诗时她只有十六岁，顾城十五岁写的《生命幻想曲》可是幼稚很多。时代在发展，诗歌在进步，天才层出不穷，咒诗亡者皆是自卑的蠢货！*

起子

背后的爱情

我爱的人
长着虎牙
牙印错落
她喜欢
从背后抱着我
用力咬我
某日我裸着上身
回头看到镜中
我背后的爱情
乱七八糟

2011年

☞ *老实讲，这几年，网上的起子，走入了我的视线，又走出了我的视线，现在又重新回到我的视线上。曾经一度，他一味发狠，进入到借写残酷现实而争强斗狠的流俗之中，那种流俗毁灭了多少没有善根的家伙！写酷抑或写狠是要有大善大爱做依托的。本首就很好，因是“爱情”、“我爱的人”，你狠不起来，恰到好处。*

多多

今夜我们播种

郁金香、末世和接应
而一床一床的麦子只滋养两个人
今夜一架冰造的钢琴与金鱼普世的沉思同步
而迟钝的海只知独自高涨
今夜风声不止于气流，今夜平静
骗不了这里，今夜教堂的门关上
今夜我们周围所有的碗全都停止行乞了
所有监视我们的目光全都彼此相遇了
我们的秘密应当在云朵后面公开歌唱
今夜，基督从你身上抱我
今夜是我们的离婚夜

2004年

☞ 读到“今夜”二字我笑了，海子生前，多多曾嘲笑过他，这“今夜”二字便是海子亡灵温柔的报复，也说明多多心无挂碍，信佛了嘛！我在老《诗典》里说多多“有句无篇”，话说重了，“句大于篇”，也许合适。大家读了本诗，恐怕还是记不住“篇”而记住了这样的奇思妙句：“今夜，基督从你身上抱我。”

张小波

致侯马

这些年你在昌平
我对北面就比较放心
一直说要去走走，看看那边的治安和农业
又怕与你无甚可聊。在这个漫长得
没完没了的夏天
中国的事多
我的事也多，直弄得人
身心俱疲，老把淑女作白骨去观

请让我
在这个漫长的漫长的漫
长的夏天休整片刻
不去想那些闹事的喇嘛
不去打扰西南方向的十万亡灵
不再骂婊子养的巴黎
而是低着头，抿嘴微笑
追忆十年前，你和我（you and me）
坐在肮脏的地板上喝
本地啤酒，并排着小便
被同一个寒战打中
我们的生命被偷去了整整一秒

我那时比较有钱，灵魂也甚为高贵
因报国无门而酒量大增
你年轻、贫穷、前途光明
我们还是醉了
共同向天空呕吐
就像把大好的男儿身躯
交给一个陌生的黑衣寡妇

噫吁嘻，他妈的

哪怕最先进的橡皮
也无法擦去，这脆弱的、心碎的一段
哪怕杨胖子（杨黎）和赵丽华
共同写一首最伟大的口水诗
也不能淹没我们俩
日久弥新的情谊

而我这把知识分子的老骨头
依然梗着，甚至卡住自己的喉咙
并不因为做一些细碎的生意
使你无法辨认

☞ *张小波曾是80年代大学校园里最知名的诗人，一个追求疯狂的前口语诗人，最早打出“城市诗”旗号的第三代诗人。后来“出事”了，再后来“先富起来”了。他一直在偷偷地写，90年代转成意象诗。近年突然搞出这么一首武功全在情真意切的口语诗来，在我看来毫不奇怪，随年龄带来的沧桑与练达更增添了本诗的魅力。*

蔡天新

棕榈

躯干高大、挺拔
用来营造房屋
绿色的枝桠和长叶
用来搭建棚顶

果实的颜色
由浅灰变殷红
再转紫或黑
用来喂母猪和公牛

小小的草丛
用来储存雨水
粗壮的手臂，支撑起
一个穷苦的国家

2000年　哈瓦那

☞ *一个诗人，又是教授与博导，似乎没什么奇怪的，但如果是数学系教授与博导，那就足够奇怪了，据我所知在当代中国唯有蔡天新一人。他同时还是一个走遍大半个世界的诗歌行者，堪称“当代谢灵运”。与此相比，其诗则不够奇欠缺怪，感觉有套符合国际标准的公式在里头，可见身份与经历是把双刃剑。*

燕窝

Sunday

我忘了收拾的麦田
还在生长吗
我们在田埂看到的天空
空中的乌云，还能爬多高
我们忘了收割的阵雨
还有人成熟吗
我用全身力气来遗忘的
到阳光下流汗吧，那些卷曲的刀刃
是函谷关，是鸡鸣关
是我们隔着山海关
走到天亮就会有军队经过
如果我们拥抱
两个分裂的国家就成为兄弟

2009年

☞ *诗人，生为诗人，然后才写了诗，而非相反。两年前在佛山，我初见也是迄今唯一一次见到燕窝，一望便知她是诗人，并且是个不错的诗人，在此之前我并没有读过其诗，一读果然如此。她是多重角色的统一体，语言、诗思水乳交融，只有天生的诗人才会如此。她的诗只能长在南国，在我看来她最能代表羊城广州。*

王彦明

杀驴

在乡下，一头驴
绝对要顶上一个好劳力
套车、犁地、拉磨都少不得
从平地到小坡
从旱地豁出一条口子
从起点到起点
周而复始。
可是一头驴总是要老的
总是要没有力气的
它也会有走不动的时候
过河拆桥、卸磨杀驴
不可避免。一头驴再倔
也倔不过屠夫的刀子
即使躲过刀子
屠夫还会换上重锤
从背后直敲天灵盖
在即将瘫倒的刹那
会有刀子划向喉咙

2008年

☞ 王彦明毕业于我隔壁的陕师大，是诗评家李震教授的门生，我曾在多年前见过他一面：朴实的青年。也曾在传说中听到他对同代人所写的现代诗的反对。有那么两年，他进步很快，我曾激赏。总之，他应该明白：诗歌不仅是杀驴的手艺，还是那头驴的立场和命运，绝不能站在屠夫和刀子一边——我说的是价值观和信仰。

王家新

特朗斯特罗默

中风后半瘫的大师
抒情诗人永恒的童年
在夫人的照料下
接受四方诗人的朝拜
在夫人的照料下
像个乖孩子那样进食
嘴里不时地发出“哦——”“哦——”

但他的眼睛却是清澈的
他的目光有时甚至像多年前那样尖锐，谁知道他要说什么，
当他“哦”“哦”的时候？在他胸腔里，
有一种痛苦的语言
比那化石更古老？

他是幸福的
没有获得诺贝尔奖
也没有因为他的写作疯掉
而是在一位伟大女性的照料下
坐在轮椅上
倒退着回到他的童年
并向人们
发出孩子似的微笑

那微笑，怎么又像是带有几分嘲讽？

他还用一只未瘫痪的左手弹钢琴
那黑鹂鸟的音乐
潮汐般涌来的音乐
我们听不懂，很可能
特意为他谱曲的人也听不懂

我们都读过他的诗
我们远远而来，我们“从梦中往外跳伞”[①]
降落在这朝向光亮的海湾
由国家提供的公寓里
我不想只是满怀敬意地看着他
我想拉住他那有些抖颤的手

这出自谁的意志
他在灰烬中幸存
像一只供人参观的已绝迹的恐龙

2009年　斯德哥尔摩

① 特朗斯特罗默有“从梦中往外跳伞”的名句。

☞ *在《十诗人批判书》中，我骂了王家新二万五千字，即便是在“盘峰论争”的诗歌战时，我觉得也过了，我曾用“帮他炒作”来安慰自己的愧疚之心，直到两年前在青海诗歌节上主动上前敬他酒。一百六十三字的夸是补不回来二万五千字的骂的，但我还是要夸：本诗比其《帕斯捷尔纳克》写得好，也比伊沙同题材的诗更好。*

程小蓓

一个痛点

驾驶室里，我妹妹哼着小调，
单手把着方向盘，目光坚定
直视前方。在她的快乐与南方的温暖里，
我想要心中升起早晨的太阳。

可是，一条狗在高速公路上觅食
它的命运让我忧心忡忡
当车以一百四的速度从它身边飞过
它注定成为我一个远方的痛点

我又会成为谁的痛点呢？
想想那条狗应该是幸福的，
有一个人将它钉子一样钉在了心上。

2009年

☞ *恐怕在很多人的印象里，程小蓓是上苑艺术馆馆长、艺术策划人、著名诗人孙文波的夫人，已经忘记了她也是诗人。我凭借八九十年代读其诗时的良好印象，约其新世纪的诗，读罢大吃一惊，遮蔽往往在热闹之地。本诗是面镜子，可以照照你自己：如果你能看见那条狗，可以做诗人；想到痛点与钉子，才是好诗人。*

树才

安宁

我想写出此刻的安宁
我心中枯草一样驯服的安宁
被风吹送着一直升向天庭的安宁
我想写出这住宅小区的安宁
汽车开走了停车场空荡荡的安宁
儿童们奔跑奶奶们闲聊的安宁
我想写出这风中的清亮的安宁
草茎颤动着唑唑响的安宁
老人裤管里瘦骨的安宁
我想写出这泥地上湿乎乎的安宁
阳光铺出的淡黄色的安宁
断枝裂隙间干巴巴的安宁
我想写出这树影笼罩着的安宁
以及树影之外的安宁
以及天地间青蓝色的安宁
我这么想着没工夫再想别的
我这么想着一路都这么想着
占据我全身心的，就是这
——安宁

2000年

☞ *兼做翻译家的诗人除了具有视野开阔、标高较高的特点外，语言都抠得比较细，这一串的“安宁”真是抠得细到家了：“草茎颤动着唑唑响的安宁”、“断枝裂隙间干巴巴的安宁”。最打动我的是“老人裤管里瘦骨的安宁”——这不仅是语言，而是发现。总之，树才的诗还是比他的翻译好，当然这是对的。*

张执浩

终结者

你之后我不会再爱别人。不会了，再也不会了
你之后我将安度晚年，重新学习平静
一条河在你脚踝处拐弯，你知道答案
在哪儿，你知道，所有的浪花必死无疑
曾经溃堤的我也会化成畚箕，铁锹，或
你脸颊上的汗水、热泪
我之后你将成为女人中的女人
多少儿女绕膝，多少星宿云集
而河水喧哗，死去的浪花将再度复活
死后如我者，在地底，也将踝骨轻轻挪动

2005年

☞ *1994年，我首度在《诗刊》上读到张执浩的诗，他在90年代留给我的印象是个不错的抒情诗人，有良好的诗感，但缺乏“致命一击”。世纪交替，我亲历了60后一代诗人的成长与成熟，这十年的张执浩已经步入当代重要诗人之列。本诗是《新诗典》收获的最佳情诗，出自一位男诗人，意外吗？不，他原本就是抒情高手。*

田原

半岛里的蛇

我梦见你的腰带变成蛇
蜿蜒在半山腰
一棵粗壮的树
像是被霹雳削去了树冠

无头的树干
还活着
隔着一片浩淼之水
挺立在山的东边
牵引着月亮的攀升

山脚下那条通往大海的路
我还没有走过
路两旁长着的梅树
秘密长出了四十圈年轮
但还没曾结果
只在隆冬开花的
那比雪还白还轻的梅花瓣
随雪片融化后
春天就来了

野草绿满半岛后
蛇才爬出幽深的洞口
她漫长的冬眠
是为了不分昼夜地做梦
梦死亡的颜色和文字的号叫
梦孤独的形状和抽泣的音色

习惯黑暗的眼
为了适应光明
蛇戴上了眼镜
也许她有着眼镜蛇的凶猛

花皮肤的蛇仿佛穿着一件花裙子
在初夏的一个深夜爬进我的梦中
她羞涩地扭动着腰身
让我在梦遗后无眠

2009年　日本

☞ 田原是我的老相识，90年代他就把包括我在内的一些中国诗人的诗发表在日本一本叫做《火锅子》的杂志上。他是谷川俊太郎的中文译者，又是一代中国新生代诗人的日文译者。他长居日本，却始终保有中国国籍，是不打问号的中国诗人。五四那代作家，数留日者最厉害，因是向最好的学生学习。田诗很得日本现代诗的风致。

旋覆

死于非命

七十岁的郭春燕，我叫她大娘
春节前被儿媳妇赶出大门
她说：我就活不过初五
初四，心脏病突发
死于非命

五十九岁的侯春太，我爷爷的弟弟
被农用三轮车撞倒
拦腰碾过
死于非命

四十六岁的陈贵岭，我高中老师的同族
邻居占用了他家的宅基地
他用斧头，砍死了那家四口：
爷爷、儿媳、孙子和孙女
判处死刑
死于非命

二十九岁的李建利，我小学时常去他爸的小卖部
浇地时不慎触电
死于非命

十岁女孩加加，叫我姨
某天在院子里玩
一根晾衣绳
把自己吊死了
死于非命

九岁的瑞瑞，叫我姐
一个黄昏
偷着爬进了街边的一辆小货车

车启动时他藏了起来
开出后他往下跳
拖出去五百米
死于非命

八十岁的王萍，我姥姥的大嫂
住着三十多年的土坯房
今冬度过了最冷的那天
“差点把我冻死”
尚没有死于非命

这一年，二十七岁的我
正是魏海菊死时的年龄
十五年前，她与人私奔
被父母追回来另许他人
喝了农药，死于非命

如果她晚生十五年，在那些人
尚没有死于非命或一定会死于非命时
她不会死于非命
这种侥幸
在一岁、两岁、三四岁、五六七八岁的孩子满街跑的街头
让我觉得他们全都
刚刚出生

2007年

☞ *初听旋覆，是在2005年从美国汉学家梅丹理口中，梅知道我是他伟大的同胞布考斯基的中文译者，便告诉我说，在北京他见到一个会背老布的女诗人，叫旋覆。我想：会背老布的人诗写得差不了，一看果然，但也有才气大于文本的遗憾。如今80后到了挥霍不起的年龄，好文本就出来了，本诗写得狠，贵在不失自然。*

新世纪诗典

{第一季}

三　我们那儿的生死问题

陈黎

闪电集

1

收到了吗宇宙，我的一闪而过的简讯，我的小宇宙

2

你胸前的高丽菜长得真好，被我们的目光掩盖，灌溉

3

春夜：那女孩用诗的身体迎接她弱智堂叔经年吊露在外的下体

4

形而上的花枝伸及海成为花海，躯干在岸边形而下成沙

5

思想自立山头为王，罢黜修辞的女官，以额际磅礴的雨为国书

6

黄粱一梦：电饭锅里的饭刚煮熟，唐朝诗人来电说悲哀是公共财产权

7

我的美学纲领比夜色薄，你的体香在风中自成学派

8

容许远山彼此校订听觉，每夜的星光都是神的梦呓的误译

9

你们是举重若轻，把语字的石头推上推下的西西弗斯：1CC浮丝可以成就百公吨美感

10

我若有所思希望住在你心里，你肉有所思希望爬到我床上

11

那间钟表店秒针说：我支持一间两制，我在我的空间玩我的，不管他们的时间

12

不，它不叫闪电而叫爱，不然何以尖亮如铁钉，刺在心里却像冰激凌？

13

秋天在荡秋千，把夏虫荡成语冰的蝴蝶，秋千，千秋：永恒的羽翼

14

坐下来，马桶也能世界大同，男有分，女有归，鳏寡孤独废疾者皆有所养

15

闪电也想回家，像所有天涯游子，你看到它，你收容了它

2008年

☞ *不知是否因为有商禽前辈近距离的垂范，台湾诗人在“不分行体”或曰“散文诗”方面一直做得比大陆诗人好，不分行，却是诗，诗的思维，诗的密度，词与词，意象与意象，咬得很紧，不像大陆诗人，一不留神就弄成小札记。陈黎是国际级诗人，曾在鹿特丹诗歌节上闪亮，是台湾“中生代”中最有实力的诗人之一。*

臧棣

我喜爱蓝波的几个理由

他的名字里有蓝色的波浪，
奇异的爱恨交加，
但不伤人。浪漫起伏着，
噢，犹如一种光学现象。
至少，我喜欢这样的特例——
喜欢他们这样把他介绍过来。
他命定要出生在法国南部，
然后去巴黎，去布鲁塞尔，
去伦敦，去荒凉的非洲
寻找足够的沙子。
他们用水洗东西，而他
用成吨的沙子洗东西。
我理解这些，并喜爱
其中闪光的部分。
我不能确定，如果早生
一百年，我是否会认他作
诗歌上的兄弟。但我知道
我喜欢他，因为他说
每个人都是艺术家。
他使用的逻辑非常简单：
由于他是天才，他也在每个人身上
看到了天才。要么是潜在的，
要么是无名的。他的呼吁简洁
但又复杂："什么？永恒。"
有趣的是，晚上睡觉时，
我偶尔会觉得他是在胡扯。
而早上醒来，沐浴在
晨光的清新中，我又意识到
他的确有先见之明。

2002年

☞ *臧棣其实是个很有争议的诗人，力挺者认为他是"语言魔术师"，攻击者认为"他是在胡扯"。我居于两者之间，理解他的追求，但是他一部分诗让我看不到魔术的效果，另一部分只在个别句子上见效，我不敢装懂。但是这一首我是真的懂了，甚至觉得他写的蓝波就是我："由于他是天才，他也在每个人身上／看到了天才。"*

桑克

墓志铭

写在这里的句子
是给风听的。
你看吧，如果你把自己当做
时有时无的风。

这里是我，或者
我的灰烬。
它比风轻，也轻于
你手中的阴影。

你不了解我的生平
这上面什么都没有。
当日的泪痕
也眠于乌有。

你只有想象
或者你只看见
石头。
你想了多少，你就得到多少。

2002年

☞ *作为老同学我可以证明：桑克同学绝不是冰雪聪明的才子，北京冬天，这个来自黑龙江的家伙是全年级唯一穿老棉裤的人，并且整个冬天他几乎都在床上度过，整个床都变成了他的臭脚丫子——这副形象做诗人，只在80年代被容忍。他是一心想做诗人，价值观单一，下功夫，真用功，越写越好，终成好诗人。*

丁燕

乒乓球葡萄来了

从工厂中走了出来
葡萄率领着它的众兄弟
面孔难辨真伪，颜色如此相仿
尺寸大小和所表达的感情
也是无以复加地相似

我卖故我在。买葡萄吗？
葡萄聚在阳光下
赤裸裸地开始说教
作为高科技手段，作为媒介
作为工业废品的它们
一开口就是：shopping

在这一环境和这一时间中
去理解
这样一群巨大而变形的葡萄
它们是新品种，它们的物质背景
直接运用了科学
它们出现在超市和餐桌
无须排练就是艺术
一种不能停止的克隆艺术

现在，一群女人走向葡萄
胸前澎湃的那两颗
止不住要跳了出来

2003年

☞ 我对类型诗不以为然，听说丁燕是“葡萄诗人”就没有在意，在新疆、宁夏两度见面，感到她是很好打交道的爽朗、大气、嫉恶如仇的北方女人，但还是没有唤起对其诗的重视，直到有一天，我品尝到这颗葡萄，品到这一句：“现在，一群女人走向葡萄／胸前澎湃的那两颗／止不住要跳了出来”——天才啊！我的眼镜掉了。

换

我的明天，我的肾

肾脏科的阳光看起来总有些衰竭
窗外的西北风呼呼噜噜吹着我发白的脸

需要我照顾的父母
反过来把我伺候

谈了五年准备结婚的女友
也因我尿中的毒而悄然远去
（医生说我的尿其实就是矿泉水）

等待移植、透析的日子
似乎是在酝酿着一次投胎

躺在病床上
我一直在想一个叫终南山的地方
想象着如果可能，将会在那里
安度余生
也许还会有另一个她……

那清净得不像尘世的尘世
我已死不再复生的肾

2010年

☞ *第一次读到换的诗是在一本叫做《长安大歌》的诗选里，他以出色的语感引起了我的注意。再次注意到他便是他病了：如此年轻便患上了可怕的尿毒症！我想为他做点什么，但可做的终归有限。令人欣慰的是：他没有丧失希望，仍然在写诗。在有了命运赐予的这份磨难之后，他的诗写得再好都不奇怪，因为是用血写的！*

李少君

她们

清早起来就铺桌叠布的阿娇
是一个慵懒瘦高的女孩
她的小乳房在宽松的服务衫里
自然而随意地晃荡着

坐在收银台前睡眼蒙眬的小玉
她白衬衫中间的两粒纽扣没有扣好
于是隐隐约约露出些洁白的肉体
让人心动遐想但还不至于起歪心

这些懵懵懂懂的女孩子啊
她们浑然不知自己的美
但她们模糊地意识到自己的弱
晚上从不一个人出门上街
总是三三两两，勾肩搭背
在城市的夜色中显得单薄

2007年

☞ *诗评家坚持写诗，只有一种解释：真爱诗。李少君是这个现象的代表。作为诗评家，他最先提出“草根性写作”，我没说什么，以沉默处之；当他又提出“新红颜写作”时，我大不以为然，在报上发了微词。少君啊，老朋友，发明再多的概念都不如写出一首《她们》，尽管概念很强，诗很弱。*

阿翔

像一个多余的人

——为自己生日而作

雨停了我继续往前走，一只乌鸦落到对面的树上
它离我不远
歪歪头
然后扑棱棱地飞走。

我喜欢寂静。
寂静是菱形的，仿佛触手可及。

像一个多余的人，在生日那天的早晨继续走
景物中掠过春天，焦灼的，恋爱的灌木丛
我会碰见一个熟悉的朋友，就像在这个时候恰好碰到
我们朝对方笑了笑。

我还看见许多过世的人跑过天空
没有停留
哗哗地响动
我像是这样去过的，然后下来
陷在大街上，像一个多余的人
走着走着就下起了雨。

2008年

☞ 如果一个人的诗中没有他自己，不敢把自己搁进去，他（她）纵然写尽大千世界，也不会是个好诗人。作为一个出道很早的70后，多年来我看阿翔在跟词语搏斗着，更多时候让我觉得他只是一个制造文本的诗人，好在还有本诗这样正视自身生命的出神之作，令我怦然心动！“像一个多余的人”！谁又不像呢？

余地

长跑

整整一个冬天，
早晨六点半，
我们必须准时起床。
在宽阔的操场上，
开始长跑。
每年冬天，
我们都会像候鸟一样，
参加这种锻炼。
在铺着沙子的跑道上，
我们不停地奔跑，
经过一个又一个，
椭圆形的圈。
在灰色的黎明，
像一群被放牧的马，
从口中，
吐出白色的热气。
我们头顶的天空，
正在渐渐明亮。
今年，我们的长跑，
起点是“姚店中学”，
终点是“北京”。
因为老师说，
每天一千五百米，
到冬天结束，
我们完成的长度，
就相当于，
从这里到北京。
我们每天都在奔跑，
在假想中，
经过许多城市，
最后的目的地，
所有人都没去过，
那里有中国最好的大学，
我们一直梦寐以求。
最后一天早晨，
老师宣布，
我们已经进入首都。
整个操场上响起热烈的掌声，
驱散笼罩着我们的
一场大雾。
我们从未像这样激动，
似乎已经站在
天安门广场，
看着升起的红旗。
十五年过去了，
我到过很多地方，
从来没有去过北京。
再也没有长跑，
因为那个冬天，
我已经到达终点。

☞ *我在余地自杀前四十四天，在昆明见过他一面，他一见面就跟我讲他的双胞胎儿子（后来据说子虚乌有），很有幽默感地与我一起八卦诗坛，请我吃过桥米线。四十四天后，他对自己下了手，完全不留余地。本诗是我所读到的他最好的诗，写着我同样经历过的长跑，像寓言，像谶语。*

孙家勋

尼日利亚天空下

我站在这里
但是足下的土地却不是我的
我张口说话
但是飘出的语言却不是我的
我经过村庄
那屋檐下的母亲却不是我的
我路过田野
那高树上的花朵却不是我的
我爱上了一个姑娘
她唱出的歌曲却不是我的
我施舍了一个穷人
他感谢的上帝却不是我的

我想变成一只鸟
飞上那天空
但那天空中的蔚蓝却不是我的
我想变成一个鬼
游荡于那地下
但那地层下的空间却不是我的
我在这里写诗
打出的这些在电脑上集合的文字
它是属于我的
我融身于黑夜
微温并喘息着在思乡的身体
它是属于我的

2008年

☞ 伟大的战地摄影师罗伯特·卡帕曾对同行说："你拍得不够好，是因为走得不够近。"普通的大学写作课教师本人常对学生讲："写抗美援朝，巴金打死都写不过魏巍。"——当代汉语诗人写非洲，谁又写得过孙家勋呢？即便放宽到整个异域题材的写作，他也是一流的，因为人在那儿，并且不概念，靠体验。

张耳

青春旋律

——给伊蕾

回忆三月的女人回忆草绿的户外
春光。因为户内纸烟咖啡酒，平板
拼贴成电吉他即兴，永不带表情。
头发染成天蓝色就能让你从我面前
踱过，与扩音棒亲吻，而无视这捧出的心？

心到处呈献，假如真没人要，没人要
倒是你的幸福。怕被捉住，手风琴一样
拉来扯去，忧郁且依然惶恐：
褐雾中一小抱的世界看不清手。
那也叫情人：紫墙红桌布只坐着不动？

将情轻轻倒入烟灰缸，让心火
在我的清水里燃尽。铁杵或舌尖
不过由于体察的角度。你喉咙里果断
倾诉对词的琢磨：尾声渐强，渐强
清晰的花腔，再来一次吧，生命。

这就是女人的习惯：
肩的形式阐示音乐的实质，像诗
像美丽本身，在弦上滑过，滑过
只唱给知音。让最基本的责任
美丽地再来一次，欢乐，欢乐。

深情地奏出已经过去的日子，柔板过门
把四壁变得很甜蜜，红盖头端上
不新鲜的空气，你今夜出生。出嫁
出家，像所有好女人，好女人逃离故乡。
这百年不变的蜂房遍布四壁，嗡嗡永生。

卧室里的命运和后现代的震音，震音
不可逃离，放弃咖啡尼古丁，做健身运动，
脚背的皱纹画上了脸，怎么办？骨关节炎
比诗更贴近生命。可正因为眼花了，我才把
你打碎的玉瓶咏成生动的旷世情。

换宽行五线本，或者无视预定的音程。
好女人不写的都是真理，比如生，比如死
还有她们在洗手间里的小小动作：
生存的不洁摧你成为高贵的母亲，无怪
换个调儿，你以绿和天蓝取代黑与红。

为你伴唱，蓝头发，他们不过为你伴唱
你这妖魔般的粗嗓，尤其当你只讨论哲学
或者预言麦子的收成。粗嗓子你唱
这光辉三月的序曲——
在拉开窗帘的世界里
我来与你同居。

2001年

☞ 张耳乃《一行》同仁，严力旗下的女将，听说嫁给了美国诗人。我忘了是哪一年，我隔了一个暑假才接到她要来长安一游的明信片，错过了见面的机缘。《一行》没有了，还是时不时读到她的诗，海外大陆背景的诗人在语言上总是更有亲切感。本诗是一首精彩的女人之诗，浓得化不开，令我等男诗人望尘莫及。

李笠

悼张枣

浮云坠成雨滴，是否意味着漂泊学会了宽恕？

你出国比我早，回国也是
两个动作，二十个春秋
匪夷所思，如忽然冒出稻田的银行大楼
时间，确切地说，时代
玩弄着我们这代中国人，青春的压抑，器官……

你抽身离去。你的死，无非是一声
用旧的叹息：死亡
是遍布的地雷，得看谁的脚最有福分！

我们见面不多。几乎都与诗歌有关："特朗斯特罗姆
是我崇拜的诗人。他最值得借鉴的地方
是意象的精准，中国诗人
缺的就是这个"
你抽着万宝路说。我暗自钦佩——这是头一次
我听一个中国人这样说
而我发现：你那湘江般温润婉转的诗句
似乎也受到这位硬朗枯瘦的北欧诗人的影响

"天气中似乎有谁在演算一道数学题
你焦灼
……你走动，似乎森林不在森林中
松鼠如一个急迫的越洋电话劈开林径。听着：出事了……"①

是的，出事了。那是2002年冬，上海衡山路的一个酒吧
我们谈论中国男人
和西方女人，谈论他们的婚姻
"注定失败！"
你说，好像有过三次亲身体验

那时，我刚好和一个瑞典女人结婚
我反驳，尽管我理解你的观点：一只
封建社会的蛤蟆，再猛，也迟早会被优雅的天鹅唾弃

我惊讶于你狂猛地抽烟，也惊讶于
我，一个不抽烟的人，一晚上竟也抽了半包
是的，在一个人情制控的体制里
香烟是和谐（麻醉？）痛苦的最温柔的妓女。你

猛抽着，似乎只有这样
才能变成为庄子，或虚无。你抽着你的
焦灼，夜晚的中国，抽着你
对德国两个儿子的思恋——烟，是唯一的祖国

最后一次见面。2009年4月。黄珂的家
你脸灰暗，堆着无可奈何
说话时，像一个犹太人面对哭墙
(你不知道香烟——祖国——已烧毁了你的肺)
“这是座文化沙漠！除了灯红
酒绿，还是灯红酒绿。但天天洗脚又有什么意思啊？！”

2010年

①“听着，出事了……”这段引文摘自张枣的《在森林中》（《2007年中国诗歌年鉴》）。

☞ *定居海外的双语写作者实乃双重的边缘写作者，那种被抛弃感非当事人不可道也。李笠暂时回到了祖国，他的诗更是提早回归，与其说是网络毋宁说是母语场打开了他，让他一下变成了多产者。我以为他批判中国时需要节制：太政治正确了，粗糙了诗。真正有价值的表现在本诗之中，两种文化冲突所带来的困顿与迷惘，具有个人性。*

阿斐

下班

我压低口哨的音量
电梯来了，几个熟悉的面孔
我们互相点头
保安的眼神依然严肃
走出大门的时候
有个美女一闪而过
我看见昏黄的天空
一朵白云飘往远方
城市正在变黑
我低头越过行乞者佝偻的背
一对男女站在天桥上发呆
凝固的车流像一根冰棒
晃晃悠悠地融化
我决定不坐公交
喊来一匹秦国的马
我不擅长骑术却毫不犹豫地爬上马鞍
再见了我的时代
我要去远古觅食
和我们的祖先称兄道弟
娶一个宽大的老婆
生一堆强壮的儿女

2008年

☞ *江湖一度盛传之“阿斐是80后第一诗人”的话是我在十一年前说的，此话如何理解呢？他是当年涌入我眼帘的第一个80后现代诗人（就像今天余幼幼之于90后一般），我甚至大胆预言第二年中国诗坛会有一个“阿斐年”，结果并未如我所愿，包括阿斐后来的诗歌道路也不是我一厢情愿的先锋之路，好在他还写着，且是这一代中的活跃分子。*

北岛

黑色地图

寒鸦终于拼凑成
夜:黑色地图
我回来了——归程
总是比迷途长
长于一生

带上冬天的心
当泉水和蜜制药丸
成了夜的话语
当记忆狂吠
彩虹在黑市出没

父亲生命之火如豆
我是他的回声
为赴约转过街角
旧日情人隐身风中
和信一起旋转

北京,让我
跟你所有灯光干杯
让我的白发领路
穿过黑色地图
如风暴领你起飞

我排队排到那小窗
关上:哦明月
我回来了——重逢
总是比告别少
只少一次

☞ *北岛回来了!我庆幸我在青海见证了历史性的一幕,在华发早生之际见到了自己的青春偶像,可惜他在花好月圆之夜朗诵《回家》时我不在现场,听说读得自己为之动容;可惜十五年前的作品入选不了《新诗典》,但是我却找到更好的一首:"我回来了……"——此诗几乎重现了北岛全盛时期的全部优点:冷峻、深邃,凝练,并不晦涩。*

老巢

多年后的清明当我已不在人间

我爱人还在，她已宽恕我生前
所有的荒唐只剩下对我的想
她用乡音给每一片树叶讲我的故事
我的后代漫山遍野，春风吹又生
与我擦肩的岁月我相片前伫立
酒肉朋友们冒雨赶来背诵我的诗篇
多年后的清明当我已不在人间

和我今天所追思的亲人们在一起
和爷爷奶奶外公外婆老祖宗们在一起
他们现在天上，那样看着我
看见一连几天我醒来时的泣不成声
知道我今年不能回去给他们上坟
知道我此刻写的每一个字都从泪水里
泡过，像一滴滴雨挂在半空中

多年后的清明，老巢已不在人间

2010年

☞ *恕我直言：老巢的长相、装扮、谈吐、气质和在公开场合的表演，实在不像个好诗人，也许很像诗人——但就是不像好诗人。这无所谓，我从不以貌取诗，事实上，我编两本诗选两次向其约稿，他都没有叫我失望，甚至叫我小吃一惊。拿本诗来说，不是随便谁都敢于这么写的，并且写得真好，在写作上，勇气是才华的一部分，真正的勇气朝内、向己。*

苏历铭

带着流浪的麻雀回家

落雨的时候我躲在立教大学的围墙外
在空落的大街上看天色渐渐地变暗

盛夏的潮湿使袜子发霉，它裹着脚
道路都在脚下变质

没人注意我，没人理会雨中的异乡人
没人问及我的下一个驿站

几只麻雀躲在长椅下觅食
在黄昏的东京池袋，它们更像散落的石子

我期待风停在树叶上
举目无亲的漂泊里，不想再看泪水湿透叶脉

在欲海横流的街上，信用卡似乎能买走一切
富豪的派头，明星的做作，有谁还会想起流浪的麻雀？

我突然想带那几只麻雀回家
弱小无助的麻雀，落草为生的麻雀，却在瞬间飞走

2004年　日本东京

☞ 20世纪80年代，我的大学时代，在母校北师大举行的一次朗诵会上，我与苏历铭兄同台朗诵过，他当时已是著名青年诗人，我不过是个校园诗人罢了；再见已是2001年，还是在北京，他请我吃湘菜，谈起许多相关的往事，他惊讶于我的记忆力，我好感于他是个心中有数的谦谦君子，他是爱诗且有才、价值观坚定的人，是能够一直写下去的人。

大仙

贝加尔十四行

那颗中毒的心，正为语言输血
那些等待营救的灵魂，苦于无解
九月的贝加尔，俄罗斯的锋芒
一个力量的世纪在这里倾斜

比海洋还深刻的湖水，比眼泪
还荒凉地下坠，我像青春一样激烈
在拍岸的孤情中打开诗集
打开你，心尖上那枚孤月

衰草中掩埋辉煌的过去
而未来，正以大片哀歌
追赶历史。你在我骸骨上盘旋
我在你的残杀中束手无策

飞进我的诗歌，女人在风中顿挫
我让这文字深达你们的骨骼

2004年　西伯利亚伊尔库茨克

☞ 现如今，一部分人不知道大仙是诗人；一部分人忘记了大仙是诗人，这固然与时代变迁、读者兴趣的变化有关；但也与当事人的自我设计脱不了干系：毕竟与非诗的文字相比，大仙的诗写得少了点，回车键利用得不够充分哦！还有便是：大仙的诗跟不上他的人，人诗分离，他把诗供起来了，在人上他拼命想跟上这个时代和年轻人，在诗上却是个保守分子。

鬼鬼

债主

昨夜母亲又来了
醒来又不记得说了什么
想起前一阵子
翻出一首几年前写的诗
大意是说我们母女俩相欠
这辈子她做我妈妈
下辈子我做她妈妈
大概她又来怪我了
游荡了那么久
终于要投胎
我却拜托别人
把胎芽从我身体里拿走
我又欠了她的

☞ 六年前见过鬼鬼一面，除了话少，不觉得有甚鬼气，其诗则不同了，不论当年看还是现在看都写得鬼气十足。所谓“鬼气”，不是装神弄鬼，搅点灵异，而是诗思诡谲，个性到极端。拿本诗来说，读一遍恐怕不够，里头拐了不止一个弯。有人读上百遍依然摸不着头脑，因其不具备现代诗的知识，其实这是一首抒情诗，最酷最极端的抒情！

叶舟

吹动

让一卷古籍吹动历史
一只微弱的蜜蜂，吹动花朵。
让刘家峡的电流吹动日光
一组发亮的汉字，吹动中国。

流沙之中的坠简
吹动敦煌以及丝绸尽头的埃及。
半座楼兰的废墟，吹动了
一位探险家凋零的骨殖。

那一阵芳香的芸草，吹动着
辽阔的新疆。
一只从岩画上走下来的黄羊
吹动了篝火之畔的宴饮。

让拥挤的银行，吹动丛生的欲望
一户破落的子弟吹动着泪光。
让云朵吹动一位女神
爱情，吹动了它难以遏止的热吻。

在西北偏西的风中，吹动
一座寺院和午后的苏醒。
在海拔与回忆之间
吹动一件成吉思汗的盔衣。

大地如此安详，吹动
一篇自然主义的散文。
那束寂寞的芦苇走出了羊圈
吹动它空虚的思想。

像风吹动着风
倾斜的天空吹动了星辰。
如果此刻，我走过额济那齐的夜晚
谁吹动了我的心跳？

让一面旗帜，吹动奴隶
沧桑的法器吹动了神圣的纪律。
让一场疾病吹动草药的荆棘
一个人，吹动了他潦草的内心。

2001年

☞ *叶舟是我的同龄人，也是与我在上世纪90年代初一同出道的诗人，从西北一隅杀向中国诗坛——我以为：他最好的状态就是在那个时候，格局多、气象大、有激情。新世纪以后归于平淡，去年我编《被一代》，发现这位老朋友几乎成了变化最少的诗人。“日日新”固然不对，一成不变恐也不对，容易造成文本的封闭。叶舟，要变！*

鬼叔中

惊春

日头打顶
鸡嬷发惊
呱唧不断
又没下蛋

疑有春蛇
大梦乍醒
一截艳尾
吊在房梁

仰之半空
羞答答的
百花仙子
解了裙带

2009年

☞ *去年我编《被一代》，整部书编下来，如果你问我最独特的文本是哪个，我会回答你：正是眼前的这首《惊春》。是的，它实在是太独特了！独特到不像是这个生态系统里长出来的。我在很年轻的时候便觉悟道："独特是诗人的发言权"。正因独特，我牢牢记住了这首诗，并憋着劲要推荐它。细细品味：其中有方言、有《诗经》，关键是有个性。*

杨又

姐姐

我希望
你是
离异的
被轮奸的
放荡的
被人咒骂的
上断头台的
疯癫的
被驱逐出城的
中梅毒的
所有人都可以上你
所有人都可以杀你
所有人都用器具来虐待你
连那条狗都会
而我
你的弟弟
在旁边看着
最后实在太无聊了
喊你一声
姐姐
那边的草地不太扎人
我带你过去
睡觉
今晚有月光
但我们不需要
这狗日的抒情

☞ *四年前，在海南，见过杨又一面，那时的他还是一名在校大学生，我发现他是一名口头语言表达的天才，人很逗、很搞，意识现代，我对他说："你这种情况，怎么可以不写诗呢？"——事实上，他已在写，回来之后，我才读到其相当不俗的诗，并推荐给"汉诗榜"，迅即得到有识者肯定。我对其毕业后的状况一无所知，他自称"无业游民"，没所谓，只要诗在写。*

马知遥

还魂歌

落了魄的可以喊回来
失了势的可以转过来
你夺了我的纯洁
抢了我的时光
消磨了我大好青春年华
我却只能低眉袖手
只能心甘情愿
只能把个奴才的嘴脸
代代相传

☞ 整整二十年前，马知遥和一名漂亮女生到我单身宿舍来请我去陕师大做讲座，他是《新诗典》诗人马非的师兄，我在那次讲座上又遇到另一位《新诗典》诗人南子……人都是可以连成一串的。陕西多高校，高校出诗人。马知遥当年就写得多，后来仍旧写得多，“多中求好”是个实实在在的笨办法，非常可靠，老实人会信任它。本诗堪称佳作，许多人想写写不出。

车前子

斑点狗

那些头脑，狂吠
午夜露天酒桌下
瞌睡的一条斑点狗
在午夜
让我肆无忌惮地擦去斑点
它多像小姐脱光
素面朝天的四条腿

2004年

☞ *十多年前，我在老《诗典》里推荐了车前子的杰作《日常生活》，就是那首“一个拐腿的人也想踢一场足球”。这是一个很难定位的诗人，他在语言上对其独特的个人趣味的追求给人印象至深。本诗写得何其妙也：好一个“擦去斑点”——有此诗意便什么都有了，有此诗意别的都显多余，至纯的诗就是道出诗意，至纯的诗就是诗意本身，让我的点评也显得多余。*

陈衍强

再写母亲

每次她从老远的乡下来县城
都要给我背点洋芋　南瓜　海椒
其实这些东西
我花十块钱　就可在街上买一袋
不是我嫌它们太乡土和廉价
我是心疼她那么大年纪
好不容易种出二十四种以上的植物
我真的不忍心母亲佝偻的身子
进城看儿子还要加重负担
我也知道　除了这些
她再也拿不出别的慈爱
所以　它们比黄金还珍贵
看见它们　我就看见她的命
一个洋芋　一个南瓜　一个海椒
都是她用命种出来的
只要粮食和蔬菜还新鲜着
我的母亲　就活着
并且在山坡上累着

2007年

☞ 如果连自个儿的妈都写不好，那就不要做诗人——但是且慢，写好者其实寥寥，写不好者大有人在。对母亲的真情人皆有之，有人写坏是因为观念和野心，非要把自个儿的妈写成全国人民的妈，写成一具假大空的象征体。陈衍强的妈就是陈衍强的妈，是在山坡上种出了洋芋、南瓜、海椒的妈，淳朴真实得叫人想掉泪。老陈的诗是原生态的诗。

张玉明

暮冬，我去看张映红

2002年暮冬的某一天
我去精神病院
看张映红
我们整整三年
没见面
张映红趴在床上
写诗：那诗写得怪怪的
好像只有一句
“纸包住火”
标题是：精神病院纪实
她征求我的意见
我
摊开她的手掌
轻轻拍一下
没吭声
我们，将目光移向窗外
外面是漫天飞舞的雪花
张映红
推我一下
“我给你唱歌吧”
唱的是那首
“雪在烧”
那天张映红的脸
是好看的酡红色
仿佛醉酒。其实
那天
她发着高烧
精神病院的护士
第二天
整理被褥
问张映红
你的被褥
摸上去怎么那么烫
张映红说：
昨夜　我梦见
我怀孕了
怀上了火山

☞ *新世纪以来，不少中青年诗人通过网络自由发表后崛起成名已经构成一大现象，张玉明堪称这个现象的代表人物。他是我的同龄人，上世纪80年代就开始写诗，但想要成名似乎非要等到新世纪。本诗写得动人，谁说口语诗没有想象力？我觉得它写的正是想象的诗意，属于现实感很强的超现实或者将现实写出了超现实的意味。*

白立

我是一个被漠视的诗人

我是一个诗人
可我写的诗是什么
没人关心，无人知道
人们称我为诗人
但抛弃我的诗
就像抛弃应有的记忆
我耗尽了自己的一腔热血
写诗，却湮灭在层层的被人遗忘里
像阴影，在被狂爱纠缠到窒息
我写的诗虽然没多少人知道
但却存在着
像水蒸气，蒸发着
进入轻蔑和喧哗的一片虚空
进入清醒的梦幻里
没有丝毫生命的意义
似乎也没有任何乐趣
只有巨大的我生命的尊爱
一钱不值
像是狗屁
即使我最亲密的爱人
也不关心
甚至不如说
比其他人还要漠然视之

2010年

☞ *巴金晚年嚷嚷着要"讲真话"，许多同志听了不屑一顾地撇撇嘴，意思是：讲真话，有何难？——我想说：难死了，尤其是，在诗里！在很多人看来，诗就是用来说假话、说胡话、说傻话、说酸话、说鬼话的工具。有人说假话，有人偏要说真话，白立在本诗中说了最真的话——哦，"被漠视"岂止是他一人之际遇？谁敢于说出来，谁就是富有力量的诗人。*

洪烛

灰烬之歌

灰烬，应该算是最轻的废墟
一阵风就足以将其彻底摧毁

然而它尽可能地保持原来的姿态
屹立着，延长梦的期限

在灰烬面前我下意识地屏住呼吸
说实话，我也跟它一样：不愿醒来

一本书被焚毁，所有的页码
依然重叠，只不过颜色变黑

不要轻易地翻阅了，就让它静静地
躺在壁炉里，维持着尊严

其实灰烬是最怕冷的，其实灰烬
最容易伤心。所以你别碰它

我愿意采取灰烬的形式，赞美那场
消失了的火灾。我是火的遗孀

所有伟大的爱情都不过如此
只留下记忆，在漆黑的夜里，默默凭吊

2001年

☞ *洪烛是我们那个年代的少年明星级诗人，当年除了田晓菲，就数他名气大了，他也成了我中学时期写作硕果仅存的见证人。少年成名，保送大学，诗歌于他意味着必须带来成功与俗利，所以，90年代他当了一把逃兵，新世纪后燕归来。他野心不小，但是抱负不大（这是两码事，多数人拎不清），他的厉害之处还是在于童子功："我是火的遗孀"。*

韩少君

到北京见一见芸

过石家庄，我就想
到北京要见一见芸。我
合上西默斯·希尼
一队晨练的鸟儿飞到了车窗前
它们与火车平行。这些鸟
有葵花形的眼睛，但目中无人
我真想抓住一只河北籍小鸟
到北京送给芸，对她说：
"它从华北广阔的花生地里飞来
你看看它眼睛
像不像两朵缩小的葵花。"

我要告诉芸，坐地铁穿越黑暗
蚯蚓一样的感觉。我打算
学习文学馆里巴金的样子
和芸讲话时，站在水边
低着头，垂着手
石膏的风衣，被北风打开一角。其实

我和芸并没有
熟识到可以使用比喻的地步。
我只记得芸有白杨叶一样的眼睛
虫子一样的表情，一年前下岗了
春天，发病的日子，芸来到了北京。

2002年

☞ *人是可以交流的，诗人也是可以交流的，韩少君与我就是个正面的例子，他以前在网上不待见我的诗，某年过西安去宁夏，靠我们共同的朋友小引搭桥牵线，见了面、喝了茶、吃了饭、聊了诗。他后来说起那次见面令他有所改变，我只约略记得我大概说了"诗当轻文化而重生命"。老韩怎么看我的诗不重要，重要的是他把句子写精短了，不玩文化的虚套了，朝生命深处去了。*

古马

倒淌河小镇

青稞换盐
银子换雪

走马换砖茶
刀子换手

血换亲
兄弟换命

石头换经
风换吼

鹰换马镫
身子换轻

大地返青
羊换的草呀

2000年

☞ *第一次注意到古马，便是因为这种偈子式的短章，与之同住一城（兰州）的诗人叶舟也有相似的形式，他们谁早谁晚我搞不清楚，但都写得十分精彩各有千秋。他们是在西北民歌（花儿？）中受到的启示吗？过去只准向民歌学是不对的，现在忘了民歌这个宝库也是不对的，阿赫玛托娃的“体”正是现代俄语与鞑靼古老民歌的结合。走下去吧，古马！*

谷禾

亲人们

四十年前，我还没有出生，只把母亲当亲人
三十年前，我九岁，把所有的饭当亲人
二十年前，我十九岁，只把青春当亲人
十年前，我的父母，妻子，儿子和女儿，是我的亲人
踩着四十岁的门槛，所有的敌人和亲人，你们都是我的亲人
当我八十岁，睡在坟墓里
所有的人都视我为亲人，但他们已经找不见我——

……这一撮新土，这大地最潮湿的部分——

2006年

☞ *曾经有一段，我认为谷禾是中国最好的乡土诗人。五年前在长沙见到他，没怎么说话；今年他光临长安诗歌节，却念了一首不怎么样的社会批判诗，模糊的印象中，他似乎对乡土诗已经不屑一顾。诗歌的现代化真是一个复杂微妙而又极其内在的东西，不是简单的“进城”，不是在题材上入时。乡土诗的现代化可以在其内部完成，你看这首，写得多好，接了地气，又不显土。*

魏风华

硬石镇

天黑后
我摸进硬石镇
这里的一切都是石头的
街道、房屋、路灯
和居民
走在大街上
我听到他们在屋子里窃窃私语
（牙齿碰起来像石头一样）
连做爱
也发出石头的撞击声
遇到一个女孩我就拉住她
我保证她不会受到伤害因为她有一颗石头心
我不能保证她不会哭泣她的眼泪
是石头的

☞ *我记得有一年，我在上课回家的公车上读魏风华寄赠的诗集，不免为其担心，因为其中一半以上的诗都是异国题材，为此我还在网上提醒过他，我的理由甚至跟我常年带的基础写作课的理论有关：在可能的条件下，尽量用第一手材料。另外，冥想的情调的诗不该成为一个志存高远的诗人的主体。好在几年下来，他还是走出了自己的路子，行走于现实与超现实之间，这一首是我所读到他最出色的诗，可以当做超现实的范本。*

小海

稻草人之歌

一群向北的斑头雁家族说
“认识它吧，不可停留此地”
两只下雪前闲逛的乌鸦说
“瞧，它还活着”

每个稻草人
都先在天空中助跑后再落地
——从地平线上归来

冬天来临前
有人会来给它点上一把火
让它安安静静燃烧
一夜之间
平原上稻草人军队
消失得无影无踪

踏着十二月的初雪
影子一样蒙着面
稻草人翻过田埂和篱笆
孩子们列队欢呼：
“打！打倒！稻草人，稻草人”

2009年作，2010年改

☞ 沧海桑田，当年“他们”乃至整个“第三代”中年纪最小的小海已经变成“老海”了，始终不变的是他对诗的那份执著与专注，就像他每天坚持跑五公里（不跑不舒服）一样，少年成名的他表现出一反常态的惊人耐力，并且越写越好，本诗便是最好的明证，从诗思到写作，几乎每一行都表现出色，无可挑剔，堪称经典。

沈浩波

我们那儿的生死问题

我们那儿是一片很大的农村
农村里到处生长着庄稼、男人、女人
以及他们家里的畜生
我们那儿有很多女人是自杀而死的
有的喝农药，有的上吊
大部分选择了喝农药
我们那儿管这种死法不叫自杀
就叫“喝农药喝死的”
我有时很佩服这些喝农药的女人
她们是真正视死如归的人
从想死到死
甚至都没有考虑一下
就干脆死掉了
有时候我又很佩服那几个上吊而死的女人
她们是真正考虑清楚了生死问题的人
真的决定好了要去死
这才上吊死了
我们那儿管这种死法也不叫自杀
就叫“上吊吊死的”

2000年

☞ *有人到现在还认为沈浩波是靠“下半身”怎么怎么的，说他离了“下半身”就什么都不是，我选择本诗就是要给这帮蠢货一记耳光，一个在新世纪之初就写下如此佳作的青年诗人不该出名吗？如果是，老天爷可就真不长眼了。中国是农业大国，有着深厚的农耕文明的传统，农村该当成为现代诗的大题材，但仅有乡村生活的经验是不够的，需要现代的头脑和诗歌的才能，我认为沈浩波具备这些，他在这个路向上应当会大有作为。*

发小寻

Ride on

我家门前有两匹马
一匹是白色的
另一匹是红色的
它们是我妈送给我的生日礼物
有一天狂风暴雨
把它们吹倒了
我没有力气出去扶
眼睁睁地看着我的马儿在泥地里挣扎
天黑以后
我出门撕下马皮
糊住了漏风的水泥窗
回到屋里
我看见有的人家马儿在门前站岗
有的人家马儿在四周散步
而我的马儿被野风刮得
遍地都是

2008年

☞ *天才不得道也，多说不宜，多说显得我不天才。不论发小寻身在五个、五百个、五万个诗人中间，她都会脱颖而出，并且毫不费力。但是，她不会像有的女诗人那样成为“万人迷”，成为脏坛子里的宠儿，她的天才拒绝了他们，保护着她。建议将本诗读十遍。*

秦巴子

小春天

这个春天是小的
这个春天的风是小的
风吹开的花是小的
像米粒一样的香气是小的
香气里的歌者是小的
歌者的声音是小的
声音飘过的教堂是小的
教堂里的灵魂是小的
灵魂的哀怨是小的
在这个小小的春天
做一单生意交易是小的
约会了朋友谈话是小的
写下的诗句意象是小的
出行或者突围志向是小的
一盘棋的格局是小的
我打开一本书读到深夜
书上的字也越来越小
小到快要看不见了
一灯如豆像心的小跳
春夜之思如此之小
爱也如此之小
让我吃惊
在这个春天，是地震
太大了

2011年

写于日本东北部大地震之后
这是一段令人震惊的日子

☞ *好一个《小春天》！写得足够大，大胸怀，大情怀，大悲悯！关键是写得真切、自然、艺术！老秦的手写得发烫，成活率之高叫人羡慕。如果你是诚实的，那么就该承认：《新诗典》给现代汉诗长分的同时，也给诗人们带来了压力——心态健康者会正视这压力，变压力为动力，在我眼中秦巴子是做得最好的，五个月来好诗最多。他把鲜花献给同行，把好诗留给自己，大聪明！*

吉狄马加

身份

——致穆罕默德·达尔维什[1]

有人失落过身份
而我没有
我的名字叫吉狄马加
我曾这样背诵过族谱
……吉狄—吉姆—吉日—阿伙……
……瓦史—各各—木体—牛牛……
因此，我确信
《勒俄特依》[2]是真实的
在这部史诗诞生之前的土地
神鹰的血滴，注定
来自沉默的天空
而那一条，属于灵魂的路
同样能让我们，在记忆的黑暗中
寻找到回家的方向
难怪有人告诉我
在这个有人失落身份的世界上
我是幸运的，因为
我仍然知道
我的民族那来自血液的历史
我仍然会唱
我的祖先传唱至今的歌谣
当然，有时我也充满着惊恐
那是因为我的母语
正背离我的嘴唇
词根的葬礼如同一道火焰
是的，每当这样的时候
达尔维什，我亲爱的兄弟
我就会陷入一种从未有过的悲伤
我为失去家园的人们
祈求过公平和正义
这绝不仅仅是因为
他们失去了赖以生存的土地
还因为，那些失落了身份的漂泊者
他们为之守望的精神故乡
已经遭到了毁灭！

2009年

① 穆罕默德·达尔维什（1941—2008）：当代最伟大的阿拉伯诗人，巴勒斯坦国歌的词作者。

② 《勒俄特依》：彝族历史上著名的创世史诗。

☞ *在今夏北京举办的吉狄马加研讨会上，西川在发言中说："马加抓得很对，一抓就抓到了达尔维什"——说实话，我不大喜欢这个"抓"字。吉狄马加是饱读诗书的诗人，他对世界诗歌的学习和掌握不仅仅来自译本，他告诉我他曾在为自己设计的俄罗斯诗歌之旅中，在普希金墓畔的小屋里住了一夜，在帕斯捷尔纳克墓地上待了三小时。他不是在"抓"，他是在呼吸伟大诗歌的空气，作为自身有根的诗人。*

西娃

缘分

火车惊破平原的清晨。窗外
一棵大树。一抹霞光。一轮轮
五彩的花圈。一队白色的人们

又一个人，离开了人群
去到阴性的世界，享受活着时
不曾有过的安宁。我的目光
带着羡慕，送走他
与我擦肩而过的一生

2003年

☞ *十一年前，新老《诗典》诗人亦是大书商的张小波就曾向我推荐过西娃的一部长篇小说（我现在终于有了阅读的兴趣），十一年来，西娃也曾在诗歌江湖上游走过一些码头，抛过一些头露过一些面，但要真相毕露，非得等到这一年，等来《新诗典》——这也是缘分，是命！有些好诗人多年被遮蔽，命定与《新诗典》有缘，我不过是顺应其命罢了。本诗不宜多说，就用大家近来用俗但又确实给力的两个字：厉害。*

中岛

父亲的骨头

看着父亲的形状
安静地排列在
一个长长的铁匣子里
看着白白的
没有一丝肉的骨头
感觉亲切而安详
父亲从此不再说话

父亲躺在那里
全身被灵魂所隐藏
细碎的和大块的骨头
留给我最后的
父亲的样子

父亲的身体
从炼人炉里拉出来时
我泪流不止
看到冷却后的一身白骨
我无话可说
这是一种
父子最后的面对
是我们相处以来
最后的沉默

我带上殡仪馆发给的手套
用颤抖的手
把父亲的骨头
一根一块地捡起
然后装进
一个白色帆布的小袋子里

我眼睁睁地看着父亲
被阴阳先生的手
使劲地压碎在
白色的小袋子里

曾经坚硬的骨骼
就这样地被粉碎

父亲就这样
在我眼前越来越小
小得只剩下
舞动的灵魂

2008年

☞ *老朋友我了解，中岛真的没知识，他既不知道1-2=？，也不知道立陶宛是个国家（而非人物），或许正因为没知识，他只好在诗中玩真的：动真心，用真情，写真事。结果是那些比他有知识的没他写得好，没他写得好的人群如今在不断扩大。中岛有回发豪言：多少年后，只有我的诗能留下来——这绝非戏言。那些诗坛上的场面人、体面人、知识人，我告诉你们，在你们死后再把你们的诗搞死的就是中岛的这种诗。*

王有尾

风雪中，父亲……

风雪中
一个酷似父亲的人
欲行又止

我跟上前
用手掸去
他身上的风雪
却只见一副白骨

他轻轻
动了一下颌骨
有一片雪花
从其间落下
像极了父亲
吃馒头时
从嘴角掉落的
馍渣

2009年

☞ *王有尾《怀孕的女鬼》被推荐之夜，他裸看电脑，乐得忘穿衣裤，结果发了高烧，是本栏乐极生病的首例（据我所知还有一例），今夜他还要裸奔不成？五个月来，他享受到《怀孕的女鬼》带来的荣誉，也承受着不小的压力，绝作不可复制，唯有另辟蹊径，还要怀有一颗平常心，所幸有尾扛住了。这一首，没有“馍渣”，啥都没有；有了“馍渣”，啥都有了，关键是他心里有！*

严力

鱼钩

经过了许多年的等待
我的鱼钩啊
终于在没有鱼的池塘里
自己游了起来
但在更多年的游动之后
它满脸无奈地
一口吞下了自己

2000年

☞ *马其顿之行，与严力朝夕共处了一周，我正在写作的追述文章中，已经写到他的种种。在此只拣最紧要的说：一、严力是一位世界级的诗人，他现代与后现代兼容的文本为现代汉诗提供了不会过时的范式；二、严力注定会成为一位大师，因为他有后劲，大师比的正是后劲;三、严力是一位健康、骄傲、内心强大的男人，从外帅到内。*

欧阳昱

真好

黄昏十分
从北大街走过时
我看见一女
在奶一个孩子
一副很舒服的样子
我看见她半露的
饱绽乳汁的乳房
也觉得很舒服
那时，人们熙来攘往
没有一个人对她注意
我想起，在澳洲
女人当众露乳喂孩子
是法律所禁止的
看到她与孩子陷入的
那种痴迷状态
我不觉暗叫：真好！

☞ *就像在长安诗歌节上，我听完欧阳昱亲口朗诵完这首写西安的诗叫了一声“真好”，此刻我仍要敲下这两个字：真好！海外的汉语诗人，最孱头的就是那种西方政治正确并借此标准批判中国的，跟国内御用诗人本质相同。真正的好诗人在这里：对生活的奥秘有所发现，将人性与所谓文明的冲突揭示出来，将东西方文化的冲突诗意地艺术地表现出来。有的诗虽优秀但不重要，而这首诗又优秀又重要。*

宇向

一阵风

你拍打我的房门
像一个要与我偷情的男人
亲爱的，你可以光明正大地成为我的男人
你可以光明正大地成为任何一种东西
你可以是一把钥匙
进入我的锁孔，打开我的房门

你可以打碎我的酒瓶，抽我的烟
像一条贪婪的狗趴在地板上
舔酒喝。亲爱的，你就是一条贪婪的狗
你翻开这一本书
又翻开那一本书
到打字机前窥探我并不光明的写作

你急于进入我的身体，亲爱的，
你可以进入我的身体，从我的缝隙进入
我的毛孔，蜂窝一样张开
你可以进入一个男人无法进入的地方

你使我感到我的身体原来这样空
这样需要填充。你可以充满我
你连接导线，让电流进来
此时我的叫声一定不是惨叫

2002年

☞ *宇向正在获得公认，她很快会成为“中国最佳女诗人”的新符号继而尽享殊荣，《新诗典》在此对她的推荐遂沦为“锦上添花”。《新诗典》更愿做“雪中送炭”的事，但也不会拒绝“锦上添花”，如果新世纪现代汉诗的后冠是由《新诗典》来加冕，那真是我巴不得的事。写到此处，我知道我已经得罪了诸多有实力的女诗人，但有什么办法呢？我看见了就必须说出。*

还非

隐私

最近身上某一块零件发生毛病，
有时如潮，一浪紧一浪，有时隐，
不知痛在哪儿。什么地方可以把痛转移：
上个月，很想去汶川走一趟，
那里遍地在流血，惨痛，多想融入，
一滴水融入大海，握抓着，那会好受些。
大闺女来电话说，去做一次CT吧。
我有源头，坏脾气，荒芜且不驯服，
又怕被查出：恶性是黑暗，良性就是假痛。
小女儿机灵，只笑，不担心，还助我路费。
老伴拦住：“你志愿者？别去添乱了。”
但总是没精神，老喝酒，话不说，
老发火，不做事，发呆，喃喃自语：
“到处都在痛！”哎哟这里——那里，
到处要按住，到处多余，减肥，美容。
我们家也是，电煲在焆田鸭，
她们说滋阴，也要我降降火。
今年多噩梦，五脏六腑常闹，
躯体臃肿，更年期的虱子，
太丢脸啦，国人羞于启齿，到处都是，
太多捉不尽，做个样子，暗处逮一头：绞死你寄生虫！
闺女们知我，“算了吧妈，
爸要出去就让他出去转转。”
哦！谁言老来少爱？生女儿好啊，
想我出生时刚解放，祖国的大树上，
我已枝老叶凋，无果降落，但根，
深扎于大地：下半身还是冲动，不理智，
事不干，写什么诗歌！家不顾，
路有金子捡？杯且放，看天气信息：明天晴，少云，37℃，
远方啊，不上路我就会完蛋。

2008年

☞ *如果现在就列举《新诗典》的三大功绩，其中必有对还非的成功打捞——如此度人的好事，我恨不能干十次，但问题是：有十个还非吗？没有十个还非，所以才功劳很大。而老还非，还在继续用其诗告诉我:“你没有推错！”——这首《隐私》读得我七窍生烟，中国那些功成名就却还在青春写作的老诗人是可耻的，他们活不到所以写不到，还非活到了所以写到了！而让他们活不到的恰恰可能是功成名就。*

食指

家，五十多岁才有的家

——给寒乐

雪夜归来，开了门，家中暖融融
拉开灯，光线很柔和，心头一明
拍打去身上的积雪，脱掉外衣裤
感到外衣罩裤上寒气很重

老伴忙着用电热水壶烧开水
我感到冻僵的脚趾尖火辣辣地有点疼
但换上在家穿的棉靴后，很宽松
走了几步，点上烟，才在沙发上坐定

直到水壶有了甜滋滋的响声
觉身上发热，我想脸一定通红
夹烟的冰凉的指尖有点发痒
暖意使疲惫的我，一动都不想动

水烧开了，老伴为我沏好茶
我专注着茶叶在杯中起伏飘零
心随叶片一片一片地沉下去
房间内只有钟表答答的响声……

多好的心灵滋养和体力康复
我深感到劳累后彻底地放松
掐灭烫手的烟头，喝上一口茶
从里到外，透着自在从容

已不再记得寒风中的瑟瑟发抖
也不回想雪夜里的摸索独行
暖暖的家中品着茶，
却分明在听

窗外一阵阵呼啸而过的寒风

2006年

☞ *从大的形式上看，食指一直在写一种发端于五四的“准格律诗”（修辞上对现代主义技巧的率先吸纳使之成为一代宗师），似乎要将这种形式进行到底。但你仔细观其句子内部，他已经改变了很多，甚至于相当口语化。食指非常会写，总是朝着正确的方向行进，当他在生活中组建了家庭，他的诗中便会出现“家”，生活的冷暖、人间烟火的气息扑面而来。我们看过太多反面的例子，说穿了不过是书生在做功课。*

徐江

想象（Imagine）

想象没有天堂
如果你试的话这会很容易

想象他们没丢掉一切
初衷　坚信　新鲜
在这个夏天或那个春天之前

想象美好时光从不趋于微黯
我一直在你里面

想象小熊微笑
海豚在深海依偎母亲
想象铁匠学会打造镣铐的那个雨天

想象杯子
清澈与肮脏一念之间

想象地狱
尽管它在你心里没有　但想想
想想审判铃突起的某个瞬间

拿掉所有合唱里的高音
擦掉每一只镜片上的水渍

浑浊的泪让我们干净
我也说这从不是孤立无援
举手投足　时空浩瀚

你可以选择不加入这个行列
如果试　这会很容易

但你心底的哭泣我能听见
它和我的并无不同
所以我说还是相信想象吧

相信夜幕下奔跑的善良
因为完美的世界终会出现在你我眼前

2001年

☞ *上大学时，我说徐江写的是“翻译体”，徐江说他就要写“翻译体”，并不全在抬杠，我现在还这么认为，只需说明一点：我所谓“翻译体”是个中性词，多年以后的徐江已经将之玩通透圆润了。论坛时代，我给徐江留帖道：“多说为好”（给沈浩波留过“要少说”），我认为徐江最好的状态是说得多、说得细、说得透时，做功一定要够，与之理性较强有关。本诗便是，建议听着列侬的同名名曲来读。*

唐欣

青藏高原

大地如圆盘
天空如墙壁
大海之上三千公尺
我的腿开始发软

世界屋脊
高处不胜寒
何似在人间
与古人所见略同
我只爬过一半
头发已乱　方寸更乱
风把我撒的尿吹弯

这是我所不能了解的事
这里米饭不熟　开水温吞
景物清晰　天色忽明忽暗
而羊粪间　野花绽放
而紧贴着云朵　老鹰盘旋
当年的流放者　这一切
是否也令你安慰　这地方
是否也是一座大修道院

我的心脏一阵抽搐
我的肺叶　要求更多的氧气
天地有大美　小子囊中羞涩
面对青藏高原　我尚没有
与之匹配的语言

2003年

☞ *在唐欣的写作中，始终伴随淡淡的解构——这是我最为欣赏他的一点，喜欢解构说明他是个怀疑主义者，甚至是虚无主义者，而“淡淡的”又说明他并未将“解构”当做对付世界的武器和诗意构成的工具——写诗就是如此：差之毫厘，失之千里，玩的就是个分寸。本诗诞生的那次旅行我在场，便更觉得唐欣写得真实，高原神话还有人在造，用批判的方式就过了，只需要还原出人在高原的真实：老唐此次下了高原，便得了痛风。*

小宽

天使去撒尿了

这两年，我开始目睹朋友们一个个离开
他们的手机号码从此失效
我在手机里依然存着他们的名字
有时翻看，还有邀约他们喝酒的冲动

他们一个个离开，就像我们在喝酒
他们离开我们的饭桌
出去撒一泡尿，再回来

这一泡尿呀，一泡尿的时光
太漫长
人生中的月亮反复圆缺
人世折腾，四处扬尘
世界的酒局沉闷而夸张

他们已乘着月亮远走
踩着脚踏车
哼着口哨
返回了一遍又一遍的童年

我们还在酒局上酣醉
等他们小便归来
继续喝一杯
直到外面春雨缠绵
我们尚未从醉梦中醒来
外面的雨水滴落房檐
那是你撒的一泡尿吗
你曾经如此不尿这个世界？
而今这尿声也舒缓明媚
似乎连久患的前列腺炎

都已经彻底痊愈

2010年

☞ *在北京的朗诵会上，我看见小宽和土豆就乐，就仿佛看见自己年轻时候，看见自己年轻时也不曾到达的吨位！小宽胖还从事着断不可能减肥的职业，情何以堪，那就胖着呗，不是有个老胖子说过“胖子写好诗”嘛！印象中小宽的诗就是典型的胖子所为，有气势，但缺精准，或者说一直没有达到我所要求的精度。近年他进步迅猛，士别三年当刮目相看，就像这一首，感觉真好啊！悼念张枣，灭掉了满眼平庸的悼诗。*

东岳

刑警回忆录片段

他干了一辈子刑警
铐过成千上万的人

铐上就走
从不含糊

只有一次
他犯了愁

这家伙
只有一只手

他想了又想最后像电影里一样
这边将自己也铐上

2009年

☞ *论坛末期，我几乎没有欲望去点看东岳频频发布的新作：新意少、无变化、语言僵。但到了《新诗典》，他却叫我选得心悦诚服，选得理直气壮，不但第二首选出来了，第三首也同时选出来了。而有些名气比他大印象中状态比他好实力比他强的却并非如此。这是什么道理？你一组诗每首都得八十五分，谓之“状态好”；东岳大部分得七十五分，却有得九十五分的，被《新诗典》笑纳。我坚信后者才是历史的选法。*

崔征

无题三章

1

做足疗的时候
他睡着了
打起了呼噜
呼噜声
是带着和弦的
他的手机也睡着了
打起了呼噜
那是有人
打响了他的手机
他的手机响了
那是他的手机
睡着了

2

天边发黑
站牌边上的路灯就亮了
灯光衬着晚霞
照在站牌前的水泥地上
让我觉得很不真实
仿佛置身于
话剧的舞台上
我左右看了看
然后表演了起来

3

消防员在火灾发生之前
就到达了现场
准备就绪
焦急地等待着
大火燃起
以便进行扑救

2011年

☞ *这是标准的现代诗，作为老师，我感到欣慰；作为诗人，又觉得不够满足。走向现代是必需的，不现代一切免谈，但是走向现代之后呢？或者说我们应该走向一个什么样的现代？是西方人早就定好的那个标准吗？从斯特鲁加归来，我在想现代汉诗不该在达到现代这个标准后丧失自己的心跳、脉搏、体味，中国诗歌的希望在于现代之后的出位、出格、爆发力！与追求洋范儿的青年诗人们共勉。*

马非

两条毛巾

办公室墙角有一把椅子
上面放着时刻有水的脸盆
两条毛巾就搭在椅背上
一条颜色深一条颜色浅
深色毛巾供本人使用
浅色是专为客人准备的
深色毛巾已经脏得
比它的原色加深了一倍
而浅色毛巾依然散发着
它最初的洁白光泽
倒不是因为没有客人造访
而是因为尽管得到主人提醒
客人依旧我行我素
视主人的脏毛巾为己物
难道在他们的理解里
主人留给自己的
一定是干净的毛巾吗
无论如何深色越来越脏
浅色干净得有点过分
我倒不是没有想过改变一下
两条毛巾的主客位置
但从没有付诸行动中去
一个来访的诗人对我说
“这多么像我们的人生啊”
至于像怎样的人生他没说
我也没有进一步追问

2008年

☞ *马非诗路太直，需要写得曲折一点；质地太粗，需要写得细腻一点；一心求爽，需要写得节制一点。他不止一次说过的话令我始终难以下咽:“诗歌是简单的。”我对其“状态好”时反而不放心，现在更加如此，“人生得意须尽欢”太不适合他了，别看他好酒。胆小、敏感、谨慎的马非才是本色，才有好诗。本诗才是马非真正的好诗，与《那个人》一样来自办公室，这是耐人寻味的。*

李轻松

锈是可以传染的

我说过，我爱那些被遮蔽的部分
那张满是锈迹的脸，有些失传
我越来越善于生锈
就像善于生育。从腐蚀中透析出铁
从铁中炼成钢。
金属、黄金和白银构成了今日行情
我的身体症候。暖湿气流一路北上
而西伯利亚寒流也已袭来
我被夹在中间，冷暖自知。

一些雀斑像旧时光。需要重新锻打
我和我新鲜的女儿，需要重新出生。
我被锈死的灯，低下头
在胸口之间寻找首都
一种亡国的气息。
锈的委靡气息。它是一个君王
洞庭花犹在隔岸
腐烂却在内心。我们最后的晚餐。
指甲花做的花瓣饭。一道蛋花
还有西芹百合这样的尤物
都被锈腐蚀。
在头发上涂榆树油
那时我还擅长奔跑
膝盖上留有的伤疤像个月牙
我已成为前朝岁月的遗民
用做爱来还原爱，用牺牲来还原生

2007年

☞ *李轻松的诗人身份不够凸显，一个原因是她写得太广、太多。20世纪90年代初，在中国图书市场还不懂得“畅销书”这个概念时，她已经出版了发行上百万册的《玫瑰血》。后来又搞剧本。她的诗在我看来，还是意象范儿，状态不好时，千诗一面，所有的诗像一个大组诗，状态好时便如本诗，充满灵气、鬼气，化腐朽的意象为神奇，警句多多，并且并不压抑自己的女性气息。*

人邻

夜色里一匹悄然吃草的马

不远处，一匹夜色里的马
奇怪的沉，也奇怪的轻柔。
我看见它，
只是凭借马的大致轮廓。

马并没有因为
我的到来
而停下来。
它甚至看都不看一眼。
马垂下它柔韧修长的颈项，
咬住一撮草，用力，
那一撮饱含汁液的青草断裂的声音
是水的，也含着泥土。

我是和她一起过去的。
我牵着她，她的冰凉的手。
我们注视了那匹马很久，
直到夜的露水下来，“呀”的一声凉了。
我奇怪的只是
一直没有听到马的有力的呼吸。

2007年

☞ 网络自由发表的时代，诗歌浩如烟海，每个人的视线都是有限的，我当然也是如此。所以希望有识之士向我推荐优秀诗人，人邻便是来自唐欣的举荐。八年前过兰州，我见过人邻一面，留下一个谦谦君子的印象。对其诗，我口味重，嫌其太淡，又见他老在《人民文学》上发诗，就忽略了。此番细读，深得其妙，有些地方，妙不可言，荐与诸君共赏。

琳子

无题

他说我是他的好女人
隔着那么多头顶
那么多衣裳
那么多腿
他说我是他的好女人
他是正确的
我一生只遵守三个男人的习惯：父亲
丈夫和儿子
我守着广场一样大的黑夜
在天亮后
去广场义务献血
而我刚刚来过月潮
而我多么适合每一次
逼近肉体的哺乳
我经常想象
我小腹中埋藏着很多人的父亲，很多人的祖父
他们永远都是
不可更改的男性
现在
我亲吻了我的第一块墓碑

2007年

☞ *如果一个诗人不在现场，另外一些诗人在非关八卦只触及诗本身的话题中喜欢谈及她（或他），那么这一定是位好诗人。刚刚去了一趟北京，主持了具有中国最高水准的“新世纪诗典北师大朗诵会”，在诗人会下的话叙中，琳子的名字不止一次地出现——说明了一切：越来越多的同行认识到她的实力。她的实力，已经达到了强悍的程度，不信你读读这一首：强悍的实力、博大的母性、纯粹的诗歌。*

岩鹰

泥石流

这泥沙中的石头
多像头颅！

一千颗头颅在沉浮
一千颗泥沙中的头颅

一千颗头颅
在挣扎，在挣扎

一千颗头颅的嘴
被泥沙塞满了

一千双痛苦的眼睛
在石头上睁开着

那最大的石头
在最深的泥沙中

那最大的石头
——那最大的头颅

一千颗头颅
从脖颈上砍下

滚落到泥沙的河里
绝望地发不出声音

这泥沙中的石头
多像头颅！

☞ 我个人认为：岩鹰是20世纪90年代比较重要的一位诗人。在新世纪这十来年，其重要性明显下降了，从外在看，他不在网络这个现场；从内在看，这个讲究形式的诗人在形式上几乎一成不变。在形式的新意不够的前提下，诗的成败取决于轻重。这一首写得重，所以好。文学永恒的法则不变：以小见大还是要大；以弱胜强还是说强；举重若轻还得先重——妄想把这个颠覆掉，除了无知还是无知。

李勋阳

慢死

他死了好多年
还是没能死去

亲戚总是传言
“他就要不行了”

到表叔家去看望他
我只在潮湿阴暗里看见
一双干枯而苍白的眼珠子
扑闪扑闪
像在呼吸

在汗气、屎尿和湿气
以及各种腥臊味中
蠕来一道游丝
“好娃哩，你来看我干啥……”
白眼珠突然一跳
我什么都看不见了

过了几天
传来他死去的消息
我感到自己
和所有亲戚一样
莫名其妙地
长吐一口浊气

他那做厨子的儿子
我的表叔感叹
“人啊，有些
是爆炒而有些
就像有些菜
要经过文火慢炖
最后才能熬好
不过作为人哪
还是爆炒来得舒服
说出锅就出锅了”

2011年

☞ *举贤不避亲——话虽这样说，但我在第一轮推荐到自己的五位“关门弟子”时，还是心存顾虑的，我从来不惧闲话，只怕给被推荐者带来压力。现入第二轮，我的心理变了，我一想到他们就有一种质量上的放心感。李勋阳借助《新诗典》所取得的明显进步，我看在眼里，你看这一首，何止写得好，从中看到的是一个青年诗人全方位的文学才能和坚实的准备。呜呼！本师人端，吾生路正，必修远兮！*

杜涯

桃花

最初看见桃花，是在我的幼年
那年春天，父亲和一群大人带着我
去给一个邻村的表哥上坟
走出那个村子，我便看见了
满园的桃花
当时我欢呼一声
一头扎进了桃林
那个上午，我在桃园中兔子一样
穿行着，桃花在我的头顶
开得绚烂而又宁静
猛然，我吃惊地站住
我看见父亲和那群大人
正坐在一座坟前　哀哀地垂泪
一堆纸灰被风吹得
四处飘散，然后像黑色的蝴蝶
消失在桃花间
后来我知道，那座坟中
埋着我的从未谋面的表哥
他在十八岁那年死于一场疾病
那个春天，我记住了桃花
还有纸灰　坟墓　大人们的泪水
后来我注意到，在我们的村边
也有一片硕大的桃园
每年，桃花都开得异常绚烂
那时，我常坐在门口
看着父亲走在路上
然后消失在桃林的那边
后来父亲死去，桃树也被一棵棵砍掉
如今许多年过去
那个地方不再有桃花开放
而故园的人也已相继老去

☞ 十五年前，在江南，在《诗歌报月刊》金秋诗会上，我见过杜涯一面。但老实说，十五年来，我没怎么关注过她的作品，有些事没有原因只有结果。零星读过的印象是沉稳、朴素、敦厚。上个月在青海湖国际诗歌节上遇到一个来做电视报道的美女，很懂诗，是老《诗典》读者，说起当下优秀女诗人，除杜涯外，都已入选《新诗典》，当时韩东在场。我信任那美女的眼光，当即决定将杜涯一网打进来。

零雨

有时

有时，我们创造魔毯
给飞行，床给仰卧，吹笛人
给蛇，蛇给印度，则印度
之古老早于印度

有时
我虚弱得如在死亡的前一刻
你向我跑来
把我撞开

天地的裂缝中掉下
几个语词

先有爱，还是先有恨
先有快乐，还是先有父母

一面是镜子，一面是涂了铬的
隐喻？

是汗，还是头发，把黑夜打湿
增加了语词的重量

喉咙还是书写
赋予了不同的高度
不同的年龄

对不起，我原谅你
何者为真，或更真

语词，如沉重的布帷
揭开或遮蔽。但揭开
或遮蔽本身，不需语词？

有时，我虚弱得如在
死亡的前一刻

天地饱满，胸臆温热
而未置一词

2000年

☞ 大陆诗人读台湾诗，总觉得有些“不顺”，尤其是口语诗人，这是两岸不同的用语习惯以及各自的诗歌小传统造成的。一条浅浅的海峡，造成了语言形态上的差异（连最外在的符号都各有不同：繁简字体），站在“中文”的高度上，如此差异弥足珍贵，是大好事。在此推荐去过鹿特丹的女诗人零雨，也许你们又会遭遇“小不顺”，但与“大诗意”相比它重要吗？这是一首素养极好者才能够写出的诗。

黄海

小镇

暮色中升起的尘土
长途汽车正缓慢地停下来
晚安的杂货店
有人敲门
肥胖的人道出商品的价钱
你好，她用方言问候你
沿路的花圈店、小旅馆
要比黑夜的星辰闪亮
它的招牌被风翻来覆去

标语涂写在墙上
无数的脸孔和我一样
青春已去
昏暗的街灯下
那些不可靠的消息
四处张贴，正被经历
路过的人
他们张望
他们到此一游
他们把垃圾和烦躁扔在了
汽车尾气的后面

他们还要去远方
不知道下一个是谁
相比这夜色沉寂的小镇
他们更像经历一场苍老的人
三十年后到此的迟到者
三十年前的人民公社
他们油灯下写字
没有差别

今天手机打天下
没有差别
但汽车就跑过了
他们到达了这个地方
他们还要去不同的地方
没有差别

2010年

☞ *认识一个人，有时候真的需要十年，譬如我对黄海。十多年前，我们创办《唐》诗刊和唐论坛；十多年后，我们一起经营着长安诗歌节。他是长安及时雨，润物细无声。他是好朋友、大男人、好诗人，懂得给予、敢于承担、真正舍得、世事洞明、又很懂诗。他说："不是天才就要少写。"令我无言以对。写得少，是为了写得好：写得更讲究、更艺术。他如此做。*

面海

八只小狗齐刷刷地睁着眼睛

八只小狗齐刷刷地睁着眼睛
我肯定它们是我今天见到的最好的事物
这时候走来一个人
他看了不到一分钟就买走一只
现在还有七只小狗
它们仍然齐刷刷地睁着眼睛

2009年

☞ *面海刚上网时说得太多，一副得道的样子，急于宣扬他的道，满嘴诗歌的真理，我还与之争论过两次。他在《新诗典》对待别人作品的态度改变了我之前的印象，能够公正待人（尤其是“异己分子”）者，是真正地爱诗，他的作品就值得认真对待。此后我遇其诗便读，整体上尚有概念之嫌，但这一首直接打动了我——打动我的是这些小狗的形象，乃活生生文字的雕塑，而不是什么写法，或者蕴藏其中的道。*

君儿

色与空

儿子　我没想到
我曾遭逢的尴尬
你也要重新遭逢一回
比如肤色
我们竟成了介于
黑人与黄种人之间的
又一物类
在非洲显得白
在亚洲显得黑
如果我们为此骄傲
其实又有什么不可以

2009年

☞ 这是从我记忆中蹦出来的一首诗，在北京我与人聊诗时，它被我脱口而出——这样的诗，岂有不推之理？重温它时，我又收获了读一首好诗才有的体会：初读时我觉得它是一首抗议的诗，发自身体的抗议；再读时我又发现不是——这是一首不知道在写什么的诗，你说：它写的是什么呢？就算你知道也说不出来……这才是大好之诗。

艾蒿

棺木

棺木放在堂屋
我们进进出出
奶奶死了以后
会住在这里
她很喜欢这口棺木
没事时她会把它抚摸一会儿
每次看到她这种动作
我总会害怕
她们似乎在建立某种关系
奶奶八十岁了
很长寿

2002年

☞ *老诗人入选《新诗典》，似乎诗写得越晚越好，说明现在的状态好嘛；新诗人入选《新诗典》，似乎诗写得越早越好，说明你是个天才嘛！但如果入选的两首作品都写于早年，即便你是新诗人也不会只有快乐。艾蒿现在就遇到了这个情况，写这首《棺木》时他才二十岁，尚在西工大读书。所以说，天才的对手不是别人，是自己的早年。*

新世纪诗典

{第一季}

四　我在双鱼座上给你写信

欧亚

爱情

如果我要安全地走到对面
如果路上有个坑
如果我绕开
如果我掉进坑
如果我爬上来
如果你还在对面
那么
我嘴里含的泥沙
是不是叫爱情

2001年

☞ *爱情，世上最难做的诗题。我发现：几乎所有大诗人都在“爱情”与“祖国”上留下过佳篇，否则便是可疑的。欧亚敢于面对这个永恒的考题，说明他自信而勇敢。整首诗的思路与写法也并未落入俗套，超出了我的预料。这样的诗，读完了你马上就想重读一遍，甚至不止一遍，细细品味其妙。单纯写出爱情的个人经验易，能够写出普遍经验难。*

毓梓

梦境

母亲穿着少女时代的百褶裙
解开头发上的蓝手绢
挥舞着，沿着河岸奔跑
我跟在父亲身后
他刚刚结束演出
还没来得及卸妆
穿着他的涤纶衬衣
在母亲对岸，奔跑
呼喊着母亲的名字
我紧紧地跟在后面
焦急，却逐渐变成了透明人
两岸树叶黄了，眨眼间
又变绿，一条河
可怎么也找不到桥
河水泛着金色
粼粼地晃动

2011年

☞ *由于我自己在写《梦》系列，所以对诗人笔下梦境的真假异常敏感，在长安诗歌节某一场首次听毓梓朗诵这首诗时，我惊讶于她写得真，惊讶于“涤纶衬衣”这种过往年代的逼真细节。梦真来自情真以及写作的才能。“逐渐变成了透明人”是这首《梦境》的梦眼。抒情诗从传统抒情发展到冷抒情，现在又有了梦抒情。还值得一提的是：毓梓有一种超越年龄的老练，也是其才能的一部分。*

朱剑

磷火

路经坟场
看见磷火闪烁
朋友说，这是
骨头在发光

是不是
每个人的骨头里
都有一盏
高贵的灯

许多人屈辱地
活了一辈子
死后，才把灯
点亮

2000年

☞ *这是一首堪称经典的作品，它的作者是一位经典意识很强的诗人，甚至是过强了，恨不得将自己的每首诗都写成经典，但是在我看来，经典意识也是一把双刃剑，博尔赫斯说："只有二流诗人才只写好诗。"——我理解：此处的"好诗"指的就是经典。一流诗人应该有反经典的意识、反经典的努力、反经典的作品，写未来的经典，还要写些非文学功利的生命作，值此诺贝尔之夜，与朱剑君共勉。*

赵思运

我的中世纪生活。洗澡

我的家里很穷
兄弟姐妹也很多
我们都去小镇的公共澡堂洗澡
整个小镇只有一个澡堂
澡堂里黑乎乎的
找不到存放衣服的地方
通往水池的窄道黑暗而潮湿
把衣服放在那里既不卫生
也不安全
我们就把衣服脱在家里
然后赤条条地穿过长长的胡同走到澡堂
那些骑士或者有钱的人家
有仆人一直跟着他们拿衣服
看管他们的贵重物品
我们只有在家里脱了衣服
然后赤条条地穿过长长的胡同走到澡堂
我们这个小镇很小
拐两个街角
就会到达镇子边缘
在我们这里
我常常看到十几岁二十岁的女孩或者男孩
坦然地赤身走过胡同走向澡堂
见到人时
他们就捂住前面
微微一笑
流露出久已失传的天真

2008年

☞ *在去年衡山诗会期间，在我的房间，我对赵思运说："首先是诗人，还是首*

先是诗评家，你必须现在就作出决断。”赵答曰:“首先是诗评家，但我会一直写诗，保持对文本的敏感。”我很遗憾，嘴上说“那你可以当教授了”，说出才知人家已经是教授了。依我看，思运取法乎中，采取中策。拿本诗来说，视角、细节都很好，但如果去掉诸如“中世纪生活”这种结石般的硬词，是否会更纯粹些呢？

宋雨

哎哟，妈妈

妈妈，我真的不喜欢你再给我梳头
我坐不住。外面的小草都发芽了，妈妈
你还要给我扎上红头绳，绿头绳
一边骂我是黄毛丫头，一边拧着麻花。
伙伴们在野外喊杀阵阵，穆桂英就要挂帅了
我的杨宗保他，他，他
他在等待一个失而复得的我
哎哟，妈妈。
桃木梳子不小心生出了桃红
我这个命犯桃花的
无可救药的
你的野丫头。

2010年

☞ *某个已经学会跟中国主流媒体打情骂俏的某国汉学家某某，胆子越来越肥，老在教育中国作家、诗人：什么是好的中文？什么是好的中国文学？读宋雨这首诗时我竟想起他，我想对他说：真正好的中文和中国诗歌，你这个二转子咂摸得出味道吗？眼前这首正是，搁您一准抓瞎。诺贝尔奖颁布了，无根的中国诗人又开始自我检讨，我只有兴趣指给你们瞧这开在天山北麓的中文之花。*

西毒何殇

苦

我以为再残忍的病
都抵不上
我母亲的朋友
患的那种
他舌头失效
尝不出任何味道
不到一年
由一个胖子
衰变成老人
我心里想
他可真苦啊
可他自己却尝不到

2011年

☞ *我知道人之将死不再有唾液分泌，失去味觉也是一种致命的病症——因有这样的经验和知识，所以不会将本诗看成一种靠脑袋思考出来的哲理诗，而是对“事实的诗意”成功开掘的现代诗。进入不了现代诗的读者，大多是出于对生活和生命的无知无觉。西毒何殇不是早熟的天才，他是新世纪以来青年诗人自我教育、训练、成长的典范，我可以预见：在不远的将来，很多天才都没了，他还在。*

于坚

便条集258

不知几万里也
这是您的大地
20米×48米
占地960平米
这是您的小区
23米×51米
占地117.3平米
这是您的套间
6.5米×4.22米
占地27.3平米
这是您的客厅
5.6米×3.4米
占地19平米
这是您的卧室
2.1米×1.8米
占地3.8平米
测量员以为还可以退一步
结果撞到了墙壁
这是您的厨房
1.6米×1.1米
占地1.76平米
这是您的卫生间
1.4米×1.8米
占地2.8平米
这是您的床位
1.6米×0.5米×2
占地1.6平米
这是太太和您
本人
0.2×0.3米
占地0.06平米
先生，这时……测量员停顿了一下
您的盒子。

2008年

☞ *九年前，在瑞典，本诗作者手指一棵高大的橡树对我说："我的诗就是要写成这个样子！"我明白他的意思：轮廓高大、枝繁叶茂。我也能够理解：他来自植物同样高大盛行图腾崇拜的云南。只是觉得其诗过于注重轮廓和枝叶了，忽略树干的存在，还有地下的树根。他写的好诗，是有树干的，譬如本诗，仿佛《0档案》灵光版，是我所读过的他在新世纪里写下的最佳诗作。*

空白

情殇

她，和他是一对情侣
争吵的弦音
令房子迎来地震
危难之际
一个人留下来
另一人跳了下去
从此空旷的屋顶上什么也没有
只有一个女人的眼泪
改造成的游泳场

2011年

☞ 在《新诗典》北师大朗诵会上，空白是唯一主动报名登台朗诵的非《新诗典》诗人，我素来欣赏北京女孩的这种性格，刚好她朗诵的本诗已经提前进入了我的视野："一个女人的眼泪／改造成的游泳场"——真有点特朗斯特罗姆的意思呢！90后作为一个整体还尚需时日，但85后已经瓜熟蒂落地鱼贯而出，通过网易微博《新诗典》，也是应运而生的事。

韩东

卖鸡的

他拥有迅速杀鸡的技艺，因此
成了一个卖鸡的，这样
他就不需要杀人，即使在心里
他的生活平静温馨，从不打老婆
脱去老婆的衣服就像给鸡褪毛
相似的技艺总有相通之处
残暴与温柔也总是此消彼长
当他脱鸡毛、他老婆慢腾腾地收钱的时候
我总觉得这里面有某种罪恶的甜蜜

2009年

☞ *在第三届青海湖国际诗歌节上，《新诗典》诗人韩东自诵了本诗的母语原文，另一位《新诗典》诗人、美国汉学家梅丹理朗诵了本诗的英语译文，前者赢得中国诗人的几声叫好，后者赢得外国诗人的一片欢笑。有同行诧异道：老韩怎么忽然变有趣变幽默了！我不以为然：说此话的人还是不了解韩东的诗才，我觉得老韩制造什么样的意外都是有可能的，在诗上。*

何小竹

观音

我喊出你的名字
在二月这个暧昧的月份
其实在别的月份我也一样
想喊你

我有求于你
但是我却胆怯着，或者隐藏着
因为我深深地知道
你的名字一旦喊出
就再也没有退路

2004年

☞ *新世纪最初十年，堪称“论坛时代”，诗人们在论坛上发布的作品构成了同行的主要印象，但我通过去年编选《被一代》、今年推荐《新诗典》发现，这个印象还是粗略、大而化之的，容易被某些虚张声势的东西和出镜率带走。我现在对新世纪诗歌的评估与两年前相比有了不小的变化，一些诗人升值了，一些诗人贬值了，何小竹是明显升值的一个，他现在于我心目中是中国顶级诗人之一，轻而不空，淡而有味。*

凸凹

上长松山，或陪父母订坟

！！突至的肺癌，五公分大的阴影
，要命的墓穴，偏偏选中我生命的上游
——把父亲作为它容身的坟山。走在
去长松寺公墓的路上，牵着父亲如一把骨签的手
，我甚至不孝地提前结束了他的命数
：我想到了三月、七月、十二月，中间的
火葬场，上边的白烟，和下边的墓坑
——我对想的拼命不想，哪里抵得住
死的无穷之想。父母感情尚好，陪二老上山
选定的是夫妻合葬墓；母亲身体尚好
，她提前看到了自己的另一个娘胎：她正被石头
吸进去，成为地风和无：成为再一个少女、老妪
出胎、出胎、出胎……出胎又入胎。但是
，她没有说出健康在阴历的晕眩，正像话多的父亲
背着阳历的风，这会儿只说好、好、好
。夕阳西下，残忍的出行在继续吐词。有
那么一会儿，择墓的感觉竟像京郊
，一个出宫视察国墓工程的皇帝。可事实是
，当五公分大的肿块慢慢变大，成为一堆高坟
，一片坟山，一个国家，父亲就小到了一捧土茔
蜷伏其中，永远蜷伏其中
。如此，长松寺一座新墓的半国之城，就到了
盖棺论定的时候；如此，一滴回望来路的温热的精血
就望见了黑暗：蛋的内部，坟的内部
——生命不能选择，死亡还需预订
。而这一切，又正被无数亡灵睁大眼睛看出天地界面
：如果你胆怯，就像作假：就像影子
忙前跑后，被太阳左右，或突然消失于鞋底

2007年

☞ *我在编选一部诗集时曾编入本诗，但出版社以“标点符号不能放在文字前边”为由将其删去了。看来有关的出版规定与诗歌探索水火难容，好在还有《新世纪》，会鼓励任何形式的探索（只要是严肃而有艺术价值的），哪怕标点符号飞起来呢。本诗所做的形式探索与所表现的内容融为一体，一点都不突兀、生硬和多余。凸凹也是一员宿将了，祝他将辉煌留在《新诗典》。*

邢非

收废品的男孩

只有十六岁
健壮的手熟练地把我的废报纸放进口袋
我问他是哪里人
他说了个地名，我不可能知道
他看我疑惑，站直身板大声说
大头娃！奶粉！不知道吗？
我恍然大悟，那个著名的地方啊
他呵呵笑了
露出一口洁白的牙齿

2006年

☞ 百年以后，我们的子孙后代不会在历史课本中读到“毒奶粉”和“大头娃”，但他们会在邢非这首诗中读到，并且自行弄懂这些奇怪的字眼究竟指的是什么。在历史中读不到的，在史诗中能够读到。在此我提醒那些痛恨诗歌咒骂诗人的愚众：诗歌极可能是这个时代最后的文明，诗人是那最后一颗良心！《新诗典》是多元的，但我并不讳言：本诗所代表的置身中国直面现实终成史诗的一脉，乃《新诗典》之脊骨！

邢昊

花

南姚村的向日葵都已枯死
广阔的田地上
一杆杆痛苦的长矛
旋转着黑乎乎的光盘

2011年

☞ *向日葵是苏联国花，上个时代过来的中国人也对之有着不浅的情结，不论结构还是解构，中国诗人多有涉及，譬如芒克《阳光中的向日葵》，譬如在下《浴室中的向日葵》。在邢昊笔下，它是一种《花》，是一种怎样的花呢？“一杆杆痛苦的长矛／旋转着黑乎乎的光盘”——呜呼！专营意象的诗人应该羞愧！本诗又一次印证了我的观点：为什么好的意象老出现在口语诗人笔下？因为他们使用的是“语言”而不是“词”。*

李淑敏

白色蝙蝠

一只白色的蝙蝠
从暗夜出发
飞在白昼的光中
孤独，骄傲
不被它的王庇护

它患上了要命的白化病
却必须从夜里挣脱
飞向白光
刺热的太阳
烧伤了它的眼睛和皮肤

就是一只白化病蝙蝠
翅膀正在消失
那一处可以藏身的黑色
它已经到达不了

近在眼前的幻觉
加速跌落的毁灭

2010年

☞ *看到某个第二首推荐成功的青年诗人提出了“奔三”的目标，我哭笑不得：但愿他别觉得一切来得太容易。事实上，某些著名诗人已经让我找不到他（她）的第二首。我以为我的“小荷才露尖尖角”的女弟子李淑敏也找不到，所以读到本诗有意外之喜——读到题目时我就知道本诗成了，何况还有“它患上了要命的白化病”这样的不凡手笔，让一首想象的诗落回到大地上，成为一首及物的诗。*

李伟

查一查这个圣诞老人

查一查这个圣诞老人
究竟是谁派他来的
属于什么组织
目的是什么
有没有前科
家住哪里
一定要仔细查
一个人背那么大的包
还精心化装
绝不只是表面上送糖果那么简单

2007年

☞ *《新诗典》北师大朗诵会，如果要评一名“最佳现场效果奖”，非李伟莫属，当全场多次爆出笑声的时候，我觉得大家是在集体嘲笑南京“庸诗榜”的小丑们，老李，你是中国最牛逼的诗人之一！老李又带着快乐来了，本诗显然是对上个时代红色话语的调侃与解构，但在新世纪，它有了新意义：来自西方的圣诞老人真的是可疑的！*

沈奇

甘南印象

僧人是曾经的俗人
青草是曾经的足印

看与被看——谁的手
将人世分为两半?

城市重复欲望
草原重复忧伤

比绿寂更辽阔的
是无名的惆怅

没有措手不及
只是一声叹息

只是伴肥懒的旱獭
静静睡了一会

醒来才悟:俗人
可是曾经的僧人?

2007年

☞ *沈奇以诗评家名世,原本就是诗人,一直坚持写诗,据我所知:他更爱写诗,只因做诗评家更得世俗回报——这便牵涉了他在本诗中写到的一个不小的命题:僧人还是俗人?僧俗两面,人皆有之,贯穿一生,一念之间,便可转换。此为禅诗,是作者在新世纪写下的最佳诗作,是《新诗典》的收获。但是人生啊,悟透了又如何,还得一步一步朝下走。*

薛松爽

流星

我住在这个灰暗的小城。
高速公路的利刃插进一个个饱满的梨子
它是遗弃一旁的皱纹密布的干果。
我在窄街道上走动
想象着去会一个未曾谋面的情人
常常这样。我年纪不大，未老先衰
孤单的影子后，塑料袋随风飘起
孩子和狗擦肩而过
来往的脸孔黯淡，我看到蠕动的白骨。
拐过石牌坊，又看见了那个女疯子
她在雨中歌唱。我默念一声：妈妈
妈妈活着时从没这样

2009年

☞ *国庆长假，我与家人去南阳省亲，在一座小县城得遇默默无闻的薛松爽，见其信息灵通、见识不俗，再读其诗，果然不俗。妻说："想不到在这么土的地方竟然还有人写得这么洋气。"这"洋气"指的就是现代。一个网络时代涌现的现象再次得到了验证：生活在中小城市的好诗人多起来，网络时代，城市平等。中国县城多如麻，不知有几座还潜伏着薛松爽，有一个就赶紧推出来。*

刘脏

大恐龙

在阿富汗
我看见温顺的大恐龙
和废弃的坦克待在一起。
早已习惯了旱地生活。
习惯了当地的警察和
手握着枪械的美国大兵。
能轻盈地越过地雷区
越过铁丝网、高压电网
能用一口流利的部落语言
与当地的原住民
畅快地交谈。
（甚至在黄昏来临时
与原住民一道
向麦加所在的方向
虔诚膜拜。）
白日里就躺在锈蚀的
坦克的骷髅上。
以为是那最后几个
有待被孵化的鲜活的恐龙蛋。

2006年

☞ *六年前，在北京，在拙著《无知者无耻》首发式朗诵会上，刘脏留给我不俗的印象：帅哥，与众不同的童话色彩的诗。但我不会把他称作“童话诗人”，因为已经有过一个“童话诗人”，其命运和结局一点都不童话。在我看来，即便写一辈子童话也都没有问题，我在等待童话中成人的智慧和力量！今天，我等到了，这是奇诗，也是力作。*

唐果

我的墓志铭

她喜悦过、悲伤过、幸福过、彷徨过
如今，只有喜悦伴随着她
——一种小偷得手后的喜悦
她需要您的会心一笑
当您站在乳房一样，微微隆起的土堆面前

2007年

☞ *这是一种无人命题的命题诗，摆在每位诗人面前，有人写了，写好了；有人写了，写坏了。有人没写，或不敢写，或自知写不好而放弃。我已经读过了不少很好的同题诗，还知道很多伟大人物牛逼的墓志铭，总之要让我感到些许意外已经很难了，但唐果还是做到了，这样的诗人便会令我尊敬、钦佩、欣赏。*

高歌

文化宫

拆除之中
骨架裸露
隐约路人
驻足观望
几十年的尘埃
旋即烟消云散
你听见一些
怀念的声音
有人曾在那里打球
有人曾在那里约会
有人曾在那里比赛
而你也想倾诉
泛着诗人的酸
那年夏天
你曾在那里唱歌
三个人找了一个三陪
你抱着那个东北妞儿
泣不成声地谴责爱情

2008年

☞ *一些事物正在消失，起初是变味，后来再消失，徒留“文化宫”一个词，那就将这个词记下来，这便是本诗的意义。现代诗需要关注那些新生的事物，也需要关注那些消亡的事物，哪怕对下一代人来说是一个陌生的词，相信他们会自行搞懂这个词所对应的物以及时代的背景。新世纪的现代诗人，要在空前不稳定的词汇表前写作，是冒险，也是挑战，更是机遇，陈词滥调不好混了。*

林忠成

隔

隔山喊话的是虫子
隔梦喝水的是母亲
隔纸写诗的是秋风

隔水发芽的是石头
隔皮生活的是人类
隔夜种瓜的是季节
凡是能隔的，都被遣返

虫子做皮革生意
母亲梦里失火
秋风吹得人心越来越远
人们在各自的皮后面做睁眼瞎

季节把瓜种到人失眠
人们拣错了皮生活
这是隔夜的事了
第二天，风和日丽
人们摸着墙上班

2005年

☞ *又是一首直刺世相人心的力作，用的还是才情毕现正面强攻的方式。我已经习惯了《新诗典》佳作由不那么耀眼夺目的诗人创造的"反常"。假如《新诗典》不是荐诗，而是点将，朴实无华的林忠成会浮出海面吗？论坛时代的虚张声势，诗坛会海的出镜率，由此所造成的一个颇不靠谱的印象，已经在我心中俱往矣。你是英雄，就要有穿过我毒眼的过硬的文本。*

了乏

他用力向易拉罐踢去

他抬脚
用力向易拉罐踢去
易拉罐向前滚动
发出清脆、尖锐的声音

易拉罐滚过路口
滚进路灯照不到的街角
他跟上去
像一位严厉的教官
把易拉罐揪出黑暗

易拉罐在空无的大街上继续向前滚动
发出清脆、尖锐的声音
他跟在后面
走走停停
像在指挥一支军队

从零时三十一分的人民路
到三时四十七分的五马街
他感觉从未有过的牛逼

2002年

☞ *这是一首优缺点同样明显的诗，这是一首留下了青春遗憾的诗。踢易拉罐似乎谁都干过或看过，被了乏抓住了，你可千万别觉得这不是本事，抓进诗里就是本事，别把写作当做单纯跟词语较劲的桌面活儿。这是含金量颇高的“事实的诗意”。缺点呢？在过于强调主观感觉的“教官”、“军队”、“牛逼”——这个“牛逼”用得不牛逼，孤独、寂寞、无聊……至少一半的可能性没了，典型的青春式自伤。*

吴投文

回家

父亲说母亲病了
让我回去看看
我感到他嘴里的烟味
更加难闻了
母亲一定又骂了他
说他熏死了一屋子的蚊子
还有没熏死的
从话筒里飞了出来
使我打了一个趔趄

2005年

☞ *吴投文说我“忽略了湖南诗人”，我回答他：“湖南诗人要努力啊！”我没有先入为主的地域倾向，当然也不搞庸俗不堪的地区平衡。我奶奶还是湖南人呢，只会有偏爱。湖南诗人先不论才华，普遍投入精神不够吧？包括吴投文本人，好像给自己留了余地，在别处。本诗写得好，好在蚊子，“从话筒里飞了出来”，想象的诗意与事实的诗意对接得严丝合缝，是新世纪口语诗的一大成果。*

图雅

听母亲说

我从来没有见过人怎么断气
亲人死了三个
一个也没有送到终
我并不遗憾
只是老是不能忘记母亲说的
她说，外婆最后的日子是她陪的
外婆死的时候她俩睡一床
早晨她才知道外婆死了
说明外婆死得很安静
但是有些生命知道外婆怎么死的
它们啃外婆啃了一夜
它们是老鼠

2009年

☞ *一定又会有人说：此诗写得真酷！写得如此之酷，到底好不好呢？文学理论里没讲。在新世纪过去的十年间，我读到过不少酷作：现实之酷、人生之酷、爱情之酷、死亡之酷……有的令我激赏，有的叫我厌恶。总结起来有两点：一、你是出于爱还是人性恶；二、你是自然的还是故意的——有此两点，高下立判。图雅这首，让我能够感到她的揪心之爱与平和自然，是首佳作。*

潘洗尘

盐碱地

在北方　松嫩平原的腹部
大片大片的盐碱地
千百年来没生长过一季庄稼
连成片的艾草也没有
春天过后　一望无际的盐碱地上
与生命有关的
只有散落的野花
和零星的羊只

但与那些肥田沃土相比
我更爱这平原里的荒漠
它们亘古不变　默默地生死
就像祖国多余的部分

2009年

☞ 中国是农业大国，中国人的农民思维根深蒂固：将土地硬要分成有用的和无用的，都是以农业作为唯一的标准。如今这唯一的“农业”被扩大成了“能源”、“旅游”……不吐粮食你得给我吐钱啊！还是要划成有用的和无用的。难道这仅仅是对土地的划分吗？难道我们没有将这种划分推及人类吗？潘洗尘一句“多余的”让我直冒冷汗，隔壁王二不读诗，他视诗人为盐碱地！

韩敬源

有风吹过

有片刻的
片刻的间歇
我从九楼上看见了
看见了你
一个扛花圈的人
匆匆忙忙
从广场中央走过
这个人和花圈
是多么的小啊
就像
就像蚂蚁拖着
寻觅已久
找到的食物
有风吹过
我仅眨了一下
发酸的双眼
扛花圈的人
已消失在广场尽头
就像一片树叶
被风吹走

2003年

☞ *这种带有一丝诡谲意味的作品，是我所理解的最为纯正的现代诗。这一方面来自作者的天赋和领悟力，另一方面来自他所受的教育——很自豪，我是这份教育在诗歌专业上的直接提供者。写本诗以及首次推荐的《儿时同伴》时，韩敬源尚在西外读书，写下这样的两首诗便是为现代汉诗贡献了一等一的经典，自然也是最出色的80后诗人了，但是一切非得等到今天才能看清楚，而如今作者的状态又如何呢？*

第广龙

我害怕的是人

黎明前，早起锻炼的我
有时，会遇见流浪猫
远远看见我，加速穿过马路
钻进了篱笆，流浪狗也遇见过
远远的，我放慢了步子
我从小就怕狗，而流浪狗
也小跑着，跑到墙背后去了
多数情况下，都是我一个人在走
空荡荡的街上，我时常回过头
看一看身后，我看见的
虽然是我的影子，有时
竟然也让我心惊

2011年

☞ *我没有见过比第广龙酒风更好的诗人：你随意，我干了！先把自己搞大，再逗朋友开心。这是我心中大唐的长安的李太白的酒风：饮者善饮因为爱酒。酒风好者往往仗义，我听说了，虽然我们并无交集。酒风也会与诗风相通，本诗最冒险的一招是作者竟然将自己的诗路暴露在题目上：《我害怕的是人》，如果最终到此为止那就失败了，但是无限风光在险峰，人被自己影子吓着，吓出我的冷汗！*

杨森君

安息日

我梦见自己躺在床上去世了
曾经和我相爱过的女人
来迟了，她们要看我最后一眼
她们轮换地抓起我的手
放到自己的脸上
唉，我爱过的前三个女人
脸上都有了皱纹

2004年

☞ *有一年，韩少君从宁夏过长安回湖北，我们见面，他说宁夏有个“教父”级的诗人，这是一个反广告，我后来得遇这位“教父”便不读。就像我不读“打工妹诗人”郑小琼多年。这位宁夏“教父”便是本诗作者杨森君。此次是来自西娃的举荐，我读了十首，非常之好，是那种写得冷静、清晰且有真功夫的诗，特选出其中最撞击我的一首，无论“教父”，好诗则可。*

王小妮

十一月里的割稻人

从广西到江西
总是遇见躬在地里的割稻人。

一个省又一个省
草木黄了
一个省又一个省
这个国家原来舍得用金子来铺地。

可是有人永远在黄昏
像一些弯着的黑钉子。
谁来欣赏这古老的魔术
割稻人正把一粒金子变成一颗白米。

不要像我坐着车赶路
好像有什么急事
一天跨过三个省份
偶尔感觉到大地上还点缀了几个割稻人。

要喊他站起来
看看那些含金量最低的脸
看看他们流出什么颜色的汗。

2004年

☞ *像油画，像列宾的画作，“画”出的是中国大地的风景，全诗处处可见对颜色的敏感，写本诗的王小妮像一个用语言作画的画家。这是一位不断用新的佳作赢得同行尊敬的资深诗人，是现代汉诗最有成就的女诗人。回顾她的80年代、90年代、新世纪，每过一个阶段，都会有从内容到形式上的变化，但一直保持艺术上的高品质，今晚，请允许我代表《新诗典》向王小妮致敬！*

哨兵

悲哀

没有一条河流能在洪湖境内
保全自己——

东荆河全长一百四十公里，横贯江汉平原，却在洪湖县界处走失，归于长江；
内荆河全长三百四十八公里，串联众多小湖，也在洪湖县界处走失，归于长江；
而夏水是先楚流亡路，深广皆为想象，早已随云梦古泽走失，归于长江；
而其他河汊，还不足以
与长江
并论

而长江全长万里。穿越十亿国度，但在地球某角走失，仿佛众归宿；
唯洪湖能保全自己，如我命

2010年

☞ *这是《新世纪诗典》开栏以来读者向我成功推荐的第一首诗，过去我没有读过。首次读的第一感觉是：前些年那一首从炒作开始到争议结束的形式主义的河流诗算什么呢？现代汉诗目前的成熟度已经达到不给单纯形式主义提供一招鲜吃遍天的机会了，与那首相比，本诗又承载了多少东西？甚至可以毫不夸张地说：这几乎是我所读到的最棒的写河流的中文诗。感谢推荐它的那位读者！*

唐突

中国戏剧

我没有骑马
但我拿着马鞭
我没有拿着马鞭
但我挥舞着马鞭
刚才我还在树林里
现在就到了江边

我没有乘船
但我拿着船桨
我没有拿着船桨
但我划动着船桨
刚才我还在江心
现在就到了岸上

我没有喝酒
但我端着酒杯
我没有端着酒杯
但我碰响了酒杯
刚才我还是饥饿的
现在我已经醉了

2005年

☞ *我记得《被一代》编定时，刚巧老德打电话来，我在电话中发毒誓一般对他说："这次我一定要把还非、唐突推出去！"当时我无法预知还有比一本书更好的机会等在后面，那便是网易微博《新诗典》，今天我可以说：我践约了，收效也十分理想。这是唐突的第二次亮相，从其诗依旧无法看出其年龄，对于本诗，我想说的是：切莫将它读成一首简单的解构之作，它是对本质的逼近。*

唐诗

如果蚯蚓被误伤

如果蚯蚓被误伤，也就伤着了
泥土中褐色的天空，深处的泪水不再行走
草根急急地赶来问候。如果蚯蚓
被误伤，就等于伤着了我兄弟的手足
安详的气息遭破坏，我的文字岂能不暗暗地
流血？如果蚯蚓被误伤
锄头必然隐隐作痛，并默默地忏悔
我的故乡会猛烈地颤抖

2009年

☞ *漂亮意象迭出，灵气在诗行间游走。如果归类，这应该算作一首“环保诗”——是目前世界上热门的种类，丰富着《新诗典》的宝库、现代汉诗的生态环境。我恨不得在此一举囊括所有的诗种、诗型，关键是写得要有艺术个性。在重庆刚刚见过本诗作者，是那种社会能力很强、十分健全的诗人——这样的诗人给人以安慰：不是所有的诗人都是社会排斥的对象，故意使然就更加可耻。*

梅花驿

牛逼

我经常见一辆三轮车
在大街上跑
车厢的外面
用红漆喷着两个
耀眼的大字
“奔驰”
我觉得它挺牛逼的
一个男人蹬着它
风驰电掣
满世界地跑
我也觉得他挺牛逼的

2007年

☞ *我刚说过了乏多用了个“牛逼”，而本诗的“牛逼”用得恰到好处；类似的情况是：面海多用了一个“色与空”，而君儿在题目上用得很绝。本诗写得好玩有趣，很有意思，我过目不忘，还曾与朱剑聊起过。但估计相当一批同行和读者会抓瞎：这有什么意义呢？尽管我不情愿，但还是给你“意义”一下：这是一首平民主义者的颂歌与宣言，OK？*

桑眉

永远很遥远

也许还可以想想你
想那件二十年前织过的毛衣款式
现在我打算织给你
你不许不要不许不喜欢
也许可以继续答记者问
获悉从相遇到离散都不敢轻意试探的心事
你知道么?
你享受的是初恋般的待遇
咋还说我法西斯
法西斯一定会向世界要版图
法西斯一定会向国家要城堡
法西斯一定会向国王要爵位
我从不向你要永远

2011年

☞ 三年前,长安之秋,我见过辛酉、桑眉夫妇一面。一年前,衡山之夏,又见辛酉,他却奇怪地不认识我了。诗坛如江湖水深,有些事我将永远不会知道为什么。今春辛酉突然走了,从失踪到离世的过程,我也很关注,便读到了桑眉一系列悼诗,几乎首首皆佳作,堪称抒情诗极品,只是代价太过昂贵,令人扼腕叹息!诗人夫妻,对先去者在天之灵最好的告慰应该也只能是为其写诗,写出好诗!

李亚伟

我在双鱼座上给你写信

我在双鱼座上给你写信
从天上一笔一笔往下写，我是天上的人

我看见平原上走过一条很短的命
在被寂寞刻破的北方的平原上
蟋蟀正无休止地拨着情人的手机

2003年

☞ *李亚伟的成名作《中文系》掩盖了他浪漫主义诗人的本性。在这个现实得不能再现实的时代，生为浪漫主义诗人将注定走得艰难。亚伟的新世纪，得了许多奖，出了不少镜，不过是对其80年代天才时光的追认。浪漫诗人如空军，如其所写："我是天上的人"，但是天空说大也小，因为单调，飞机翻滚的招式和飞行线路容易单一。这一首是向下向大地上看，多少找回了他拿手的风月与风采。*

本少爷

相逢何必曾相识

五月
听说有槐花香
五月
听说有火车来

想写给
小丽的信
一直
也没有
动笔

清晨下细小的雨水
壮怀激烈
口红涂唇

拿起镜子
笔是颓的

身子骨
空啊空
远山是远山

2005年

☞ *本少爷名字取得很少爷（为此我还在网上损过人家），人也长得很少爷（典型闽南帅哥）。就是这么一个少爷，却敢于在我背后替我仗义执言，为此还受到某歹徒以暴力相威胁。如今诗坛有一路诗堪称“少爷诗”，玩的就是少爷范儿，好不好，关键要看你真不真、颓不颓、带没带点山河之殇、家国之恨、风月之痛？如此，本少爷领了少爷诗的风骚。*

李琦

真是奇异的梦境

真是奇异的梦境
我竟然梦见，一些从前的衣服
列队而来，簇拥着我
那上面飘浮着我自己的气味
像是有声音说，你好，主人
我们来找你，一直没有忘记

全是我从前喜欢的衣服
花色，样式，依然让我倾心
有的尺寸之小，让我惊诧
我曾有过那么纤细的腰身
它们与我亲密无间
熟悉我身体、生活一些隐秘的细节
它们沉默忠实，从不乱说
什么也不曾吐露

那些衣服让我在梦中动容
我和自己的过去猝然相逢
多少往事，在衣服中一一浮现
我甚至在那条蓝裙子里
翻出一张字条：江边，纪念塔下
不用急，我会一直等你

我终于明白了，为什么
不再年轻。我的好时光
被这些衣服带走了
它们包裹着稚嫩、青春、光芒
一个女人饱满丰盈的岁月
优美地消失在尘埃里
如果回来，也只是在沉睡之时
一经醒来，就倏然消失

2010年

☞ *读完本诗，我心头滚过一句话：去他的女权主义吧！女权（观念）决定不了诗好，由于女权是以女人的天性为代价，所以往往带来诗的不好，女人的天性带来好诗。这是一个真正的女人才会有的梦境，当我读到蓝裙子里翻出的那张字条，我想大喊一声，赞美这美好的人生！现代汉诗终于有了越老越好的女诗人（是其成熟的一大标志），南有王小妮北有李琦。*

人面鱼

旅行

有的人走了
再也没有回来
有的人转身向后
但回头狠狠吐口痰
有人朝前猛跑
喘着粗气
时不时回头看
有人干脆飘起来
冷冷地俯视

一个人拄着一个人走
一个人踩着一个人走
一个人孤独地在旁边走
一个人只有一条腿走
一个人嘴巴死死咬住腿
坚决不让自己走

一个人犹豫走或不走
一个人不知道自己
到底是不是在走

一人一直静静站在原地
某一天突然彻底消失
一人当了别人的影子
一人成了另一人的脚印

一人和另外的一些
一起拼成第三个人
继续朝前走

☞ 人面鱼是我编《被遗忘的经典诗歌》时发掘出的80后诗人，近年有所减产、有点沉寂，据说是为职业所累。我希望《新诗典》带给他一点刺激，最近读到他精选出的诗，令人欣慰的是：还是比六七年前有着明显的进步，写得开阔、厚重、硬朗了。以下之言说给如人面鱼这般有才华的年轻诗人：如果你写，就有可能与民族的最高智慧发生联系，如若不写，哪怕在职业上混得再好，也就芸芸众生中的一个。

阿齐

美容院

在老家那条破旧的街道上走着
看到街旁的那个“美容院”
突然意识到它开在这儿
大概已经十几年了吧？
从我很小的时候它就在这儿
那时候它无视我这个小屁孩
渐渐大了，到了十五岁左右
里面的女人开始在夜里
站在门口朝我呼唤
让我感觉自己是个大人
现在我远离家乡
在远方工作生活
它还在这儿
夜里，它依然弥漫着红色
让从它门前走过的我
感到安详和平静
有那么一瞬间
我甚至觉得它就是这座
不断变化
但又不变其底色
的小城的中心

2011年

☞ *1995年，我刚接触到布考斯基原作时看到一篇评论说：“布考斯基比金斯堡老实”，此后我一直在琢磨这“老实”二字，我现在的看法：它指的是通过个人感受的诚实所反映的客观事物的真实。美容院在社会公共视野里是藏污纳垢之地，但是在本诗中，在一个十五岁少年的心中，它代表着女人和性，充满魅惑的红色，“感到安详和平静”，是“小城的中心”，我相信这不止是作者一人的感受。*

娜夜

祈祷

在无限的宇宙中
在灯下
当有人写下：在我生活的这个时代……
哦　上帝
请打开你的词典
赐给他微笑的词　幸运的词

请赐给一个诗人
被他的国家热爱的词
——这多么重要！

甚至羚羊　麋鹿　棕熊
甚至松鼠　乌鸦　蚂蚁
甚至——

请赐给爱情快感这个词
给孩子们：天堂
也给逝者

当他开始回忆
或思想：
在无限的宇宙中
——在我生活的这个时代……
噢　上帝　请赐给他感谢他的国家
和您的词

2002年

☞ *两年前在哈尔滨，我听作者亲口朗诵过本诗，她一开读，这首诗的语感就吸引了我，并让我初步判定这是一首好诗。好诗往往都有鲜明的语感，来自作者成熟稳定的口气。《新诗典》是英雄荟萃之地，既是英雄不问出处，不论你是鲁奖获得者还是主流诗坛的宠儿。话说回来，如果鲁奖颁给的都是李琦、娜夜这样的诗人，还会遭人唾弃吗？*

乌蒙

河边的错误

正午的阳光安静如铁青色的石碑
你感到有谁跟踪你
一个人的河边
你拿不定主意
是否该去对岸
此刻，河水在自己的声音里流着
一只黑蜻蜓
在你的肩头站了一会儿
又飞走了
挽起裤腿的你
害怕破坏这份空旷
好大的太阳啊
沙滩上泛白的鹅卵石
瞪着死鱼的眼睛
加速你的恐惧
一个人的河边
你拿不定主意
是否该去对岸

在你来这里之前
河面离天空很近
道路是谁伸出的手

2000年

☞ *真是句句有感觉！因为作者对总体感觉有把握。读完本诗我有三大收获：一、出色的感觉；二、是我先前不止一次提到的：漂亮的意象为何老出自口语诗人之手；三、此诗写作时间的早，当时作者只有二十三岁，但谁又注意到了？网络时代诗如汪洋大海，选好诗如大海捞针——这也正是《新诗典》目前所做的工作和它所承担的使命，在过去的七个多月里，你感到好诗空前的多，因为有了《新诗典》。*

李小洛

到医院的病房去

到一个医院的病房里去看一看
去看看白色的病床
水杯、毛巾和损坏的脸盆
看一看一个人停在石膏里的手
医生、护士们那些僵硬的脸
看看那些早已失修的钟
病床上，正在维修的老人
看看担架、血袋，吊瓶
在漏。看一看
栅栏、氧气，窗外的
小树，在剪
再看看伙房、水塔
楼房的后面，那排低矮的平房
人类的光线，在暗

2005年

☞ *我以为，李小洛的这一首要比她更出名的《省下我》写得好，来自她熟悉的生活和最初的敏感。有一年，我收到一本她与唐果、苏浅的合集，三位女诗人带给我一个中午的阅读享受，为此我还写过一首诗。读她近年的诗感觉平淡了，出道真是一道关，当越来越会写的时候反倒没有以前好了，这不是李小洛个人的问题，已经构成了一大现象，不分男女。还是为自己写作吧，切莫为诗坛。*

叶匡政

葡萄藤

我三岁的女儿
她喊我哥哥，她喊我姐姐
她喊我宝贝

我都答应了
因为我渴望有更多的亲人

傍晚，坐在后院
我们一起仰起头
我们一起喊："爸爸，爸爸……"
我们喊的是邻居屋檐下
那片碧绿的葡萄藤

我们多么欣喜
我们紧紧地抱在一起
因为我们都喊对了
它是我们共同的父亲

2000年

☞ 1996年，浙江湖州，《诗歌报月刊》金秋诗会，我与初次见面的叶匡政同居一室，他说过的一句话我至今还记得：他说他搞装修（当时的营生）在全国排不上号，但写诗还是能排上，所以他要专心写诗。一晃那么多年过去了，我想在此对故人说句话：你对这个世界纵有千言万语千姿百态，都不及你的一行诗和你的诗人面目——父辈的经验教训还不够深刻吗？还要公共而且知识而且分子？

封原

我的女友吞下一颗摇头丸

我目击
我的女友
吞下摇头丸的样子
像吃一粒糖果

她说她又可以见到死去的父亲

我干过比这更危险的
那些日子里
我们躺在她家的床上
房间高大　噪音来自窗外

她摇头　流泪
然后笑
她说：父亲来了
带来了这么多的糖果

2001年

☞ *有些在过去十余年间留在我记忆中的诗作已经经不起我现在的审定了，这就是时间的残酷无情。这十年相当于旧世纪的二十年，作品有效期至少被缩短了一半。本诗是封原写于高中时代的"成名作"（反正我就是因此而注意到他的），我本以为已经经不起重读了，谁知重读时我更加喜欢，写得真纯净啊！甚至美！*

阿芒
她说整晚找不到我我是不是和男人一起

有时我晚上和男人一起
有时和山
有时和女人
一群树
有时有男也有女
堆积的叶
变形的石头
有时只是走路
走了一晚
到溪里洗头
等阳光出来晾干头发
没和什么一起
没什么特别需要交代
有时我离掉电话
关掉手机
有时我掉了出去
忘掉密码
有时忘掉妈妈
有时我不想回家
有时我没有带
有时没戴
有时跳了号
有时跳了床
有时用光了口袋
有时我怀上孩子
有时她出了柜
有时我出了血
有时一整个晚上生，生不出
次日清晨太阳出来
不用枝枝节节
不用砍不用钻
就有了
火
大的
有时用来熬汤
有时熬夜
有时捣古老的草
有时舂最新的药
有时熬路
起初很淡，越来越浓
刚开始都是前脚
后来就熬出后腿
刚开始熬着黑暗

后来就煮出落叶
腐殖层
有机营养
月亮
洞
鸟叫
占卜
追踪

追踪蹄子、兽、祖先、我

有时我晚上和白天一起
有时我旋转

有时睡着了什么都不能叫我起来!

2009年

☞ *台湾诗人的“玩性”普遍要比大陆诗人高，他们有着相当普遍的戏耍词语的意识，但是台湾诗学中没有解决口语的问题，他们对口语的涉猎是非自觉的，所以有口语化的作品而没有纯粹的口语诗歌。无论如何，阿芒这一首还是叫我读得快乐、新奇，有点像读老管管诗的开心，但显然更现代更松弛。在中文诗这个大命题上，两岸语言的差异是可贵的，在海那边总会有些出人意料的表现。*

姚风

与马里奥神父在树下小坐

马里奥神父陪我走出圣安东尼教堂
留下耶稣仍在祭台上受难
我们坐在树下，风在吹，叶子有了方向
神父滔滔不绝，满脸神圣的表情之上
人间的红色粉刺含苞欲放
手指像哥特式的塔尖，指向云端
自鸣钟在那里敲响了虚无
信仰与上帝，罪恶与拯救
在苦难与罪恶的学校中
我曾背诵这些词汇，学习批斗肉体
在抵达的路上俯首，祈祷，仰望
如今，死去的人已经死去
没有死去的，向我描述地狱
而天堂，是我已被切除的器官
没有的时候，才感到它的存在
这存在隐隐作痛
马里奥神父不知道的疼痛

2004年

☞ *在新世纪的现代汉诗中，与世界主流话语的接轨有了明显的在场感，这与90年代初海子热衷中国诗人喜欢在诗中惊叫一声“主啊”已经有了明显的区别，这是现代汉诗与时俱进的成果。除了在场感，还有独立性，即中国人真情实感的凸显，譬如本诗中“在苦难与罪恶的学校中／我曾背诵这些词汇／学习批斗肉体”——具备历史常识的人不难理解。就总体而言，本诗也是一首稳健成熟的佳作。*

湘莲子

街头，一个犯桃花癫的女人

她站起来了，操一把剪刀，
她站了很久，操一把剪刀。
她正用这把剪刀剪一块桃红色丝巾，
她只穿了一条白垩粉弄脏的黑裙。

她剪下的碎片似桃花谢落，
满目疮痍。她将花瓣兜在裙里，
撩起裙子，向怜悯她的路人
发出嘲弄而尖厉的笑声。

她含着裁缝的十个乳头，十个乳头
分别长在裁缝的十个手指上。
她说："裙子是裁缝做的，我也是
被人漂染、裁剪和缝制。"

2011年

☞ *"雨急秋思动，花残叶色浓，心听天外雨，魂敲何处钟"——这是湘莲子的一首古体诗，心性才情功夫毕现。在广东蕉岭草鞋岗她的小木屋里，她在谈及诗江湖上的十年风雨时说："整天看，太好玩了！哪有时间找男人啊！"让众诗友笑出了眼泪。本诗是我所认为的标准的现代诗，从现实出发，到超现实结束，写得出神入化。心理医生这个职业对写诗有直接帮助，特朗斯特罗姆就是明证。*

李岩

那些豺狼就是穿得再光堂也没有用

他们就是穿得再干净也没有用
他们就是把一场冰雪
穿在身上也没有用
就是把豺狼皮、狐狸皮、虎豹皮裹在身上
也没有用

他们就是把腮帮子刮得再干净也没有用
把脂粉涂得再厚也没有用
这些豺狼们
就是在台上喊破嗓子也没有用
把高音喇叭装进肺活量也没有用
肾功能比牲口还强把三八枪
“缴获一个，俘虏一个”也没有用
他们就是打扮得再花枝招展也没有用
在耳朵上扎着蝴蝶结也没有用
在白衬衣领子上烫上金也没有用
把口红涂在他们屁眼上也没有用

他们就是把善良的人、正直的人、纯洁的人
用丰田霸道当成螳螂压扁也没有用

2008年

☞ *有了《新诗典》，刊物没法看。但是今天，当我收到从香港寄来的“共和国史上第一民刊”时，我还是为上面无一首能上《新诗典》的好诗而震惊，看来它连羽毛都不爱了或者不知道怎么爱。所以此刻，我更加自信更加从容。有读者喊着要读李岩，李岩正好也有绝不会让大家失望的第二首。本诗给批判现实主义者上了一课：政治正确讲大道理没有用，关键要“出离愤怒”，重点在“出离”，出离成诗。*

树才

心里有烟

心里有烟，
心里有鬼，
心里有烟鬼。

男烟鬼？女烟鬼？

心里有火，
心里有灾，
心里有火灾。

救火车！救火车！

心里有怨，
心里有气，
心里有怨气。

开门，开窗，透气！

心里有情，
心里有人，
心里有情人。

成眷属？成冤家？

心里有数，
心里没数，
心里直打鼓。

一打鼓，烟跑了。

2008年

☞ *我有一个设想：希望获得第二首推荐的诗人，两首诗之间有明显的区别，不似一人所作，但又确实出自一人之手。内容上最理想的是沈浩波，第一首都市，第二首乡土。形式上最理想的便是树才，本诗与第一首《安宁》完全是两种风格：那首是略带沉郁的正剧，这首是游戏词语的喜剧。这两首诗足以支撑起树才的新世纪，他在中国诗坛的地位要比90年代重要得多。*

赵原

刺杀恺撒

最后一次走进元老院　恺撒仍然是
最好的独裁者。好的独裁者
应当由伟大的演员扮演
但是这一次　我却按捺不住了
他倒下时　胸口冒着血
“我只是个演员。”　他痛苦地说。
他叫哈里斯或喀里斯　我一直没有记住
但我还是咬牙
把长矛刺进了他的身体

☞ *论坛时代，我在“诗生活”与赵原有交集，印象中他是一位颇有实力的广东诗人。此次去广东之前，我已决定要为大家推荐其诗，也拿不准会不会见到他。结果却一见如故，网络使诗人一见如故的概率增高了，实质还是价值观、诗歌趣味和人之性情的相投。*

刘亚丽

我有什么地方打动了你

U形的沙发上坐满了熟人
我勤快地端茶递水
和他们无拘无束地笑谈
我的从容源自那些随意的眼神
人人都恰到好处地控制着目光
安置在让人气定神闲的范围
只有你用异样的眼神盯紧了我
你的目光直冲冲地逼过来
像泼出去的水一样不可收拾
你那样疼痛不已地看我
我有什么地方打动了你

我们见了那么多次的面
说过那么多的废话
我们彼此交换过眼神
那是朋友和熟人最常见的眼神
为什么在我放声大笑之后
在我低头为你续上茶水之后
你突然用那样不可收拾的目光盯紧了我
风光已收敛，水土已流失
我再不会一阵慌乱地把水洒出去
我会有什么地方打动了你

太阳落下去了
电灯亮起来了
我们一伙人到亮晶晶的酒楼用餐
一些青绿的黄瓜苦菜西兰花
一些酱色的牛肉艳红的龙虾银白的鲤鱼
有滋有味地端坐在人的中间
你坐在我的对面
再次用疼痛不已的目光盯紧了我

我老了。你看我的头发大把大把地脱落
脸也快挂不住了
有大太阳的光就足够我挥霍了
我还要别的光做什么

2003年

☞ *也许我就是本诗中写到的“熟人”之一，李震、刘亚丽夫妇是我交往二十多年的老朋友，最近一次见面是出席他们宝贝女儿的婚礼。下一代都长大了，许多事都改变了，刘亚丽还在写诗——这件事没有变，也不能变。我在长安诗歌节刘亚丽诗歌朗诵会上说过：她是陕西最好的女诗人，中国一流的女诗人，她是积累性的诗人，每个阶段并不耀眼，回头一看成就了得。*

阿吾

手的一天

早晨的手
还在夜晚的位置
我举起它们
十指交叉用力
骨节咔嚓作响
这是手最初的快感
也是我存在的感觉

手在整个上午
找不到生活的目标
我就叫它们提包
右手提半小时
左手提半小时
直到两只手都很疲劳
我自己还没有着落

中午的手
暂时找回它们的尊严
一只手拿筷子
一只手端盘子
一起配合嘴巴工作
我在吞咽中思想
手在忙乱中沉默

手在散漫的下午
失去了选择的自由
我让它们拿着笔
在废弃的纸上涂鸦
权当对世界的喊话
这是手最后的挣扎
也是我绝望的安慰

晚上的手
先在沉沦中狂欢
再在陶醉中自残
如今它们握紧鼠标的时光
已经超过对乳房的爱抚
手还能陪伴我多久
我一边发问一边昏昏入睡

2007年

☞“出名要趁早”，因为我发现：但凡出国前就已成名的诗人返国后的形象都较好，那些在国外熬出来的，回到中国诗坛这个小花花世界中都跟饿狼似的，叫人不屑。阿吾该算少年成名者，所以至今一派谦谦君子风度，我没见过已经听了一耳朵。另外一个感受是：但凡学哲学的人，必在诗中留下印记，那是一种“思”的痕迹，韩东如此，阿吾亦如此，哪怕是在写一种不变形或还原的诗。

典裘沽酒

重阳节

重阳节，我想起了母亲
想起有次我和她吵架
我举起一张小椅子要砸她
邻居阿姨大叫你这个畜生
连自己的妈都要打呀
我还是把小椅子砸下去了
只是有意砸歪了一些

2005年

☞ *我本不想说典裘沽酒是垃圾派，但是本月初粤东行，一路上听他一直跟祥林嫂似的介绍垃圾派，我对他的打击当面和在此是一样的：他的垃圾诗都不好甚至坏。他只要一发力就要出坏诗。他的好诗缘自他叫沈绍裘时候深植在心的经典意识以及朴素正常的情感和写作时的平常心，就像这一首，真实的，太真实了；中国的，太中国了！好一个“要砸她”、“你这个畜生”、“砸歪”（不是没砸）！*

卢宗宝

词与少年

警察是一个词
它穿着制服
我少年时的一个朋友
爱说摧枯拉朽
让我觉得可笑
估计是跟
鲁爷学的

另一个
爱讲国将不国
后来还被他篡改成了
班将不班
让我觉得
异常的古怪

再后来
据说就是这一个
远离了他父亲的苹果园
穿上了和警察
这个词一样的制服

☞ 语言与生命之间存在着神秘的联系，比较现实的例子是：网络初期蔚然成风的乱起污七八糟怪网名的现象——那些个“网络诗人”，他们今何在？口头禅也一样，朱文最好的短篇《达马的语气》：主人公爱说“我杀了你”，结果被人杀了。本诗涉及的就是这个课题，虽然没有这么强的戏剧性和故事性，但味道已经出来了。其作者也算网络时代的老江湖，他如此年轻我也才知道。

阎安

世界的手

手进入黑暗中
那意味着它进入了土地
手进入凉快的澄明中
那意味着它进入了生育期的水
正在产卵下蛋的水
手进入澄明中随即死去
那意味着它进入了玻璃

世界是一个盲人
手不停地在里边摸索

2007年

☞ 诗刊社一年一度的青春诗会，曾经有过“中国诗坛黄埔军校”之美誉，同届参加的诗人喜欢互称为“同学”，我与阎安就是“同学”。1995年，我、他、李岩一起出现在北京青春诗会上，被视作诗歌陕军东征——那是梅绍静大姐对陕西这块黄土地的一次感恩图报。十六年过去了，阎安同学一路走高，却一直照顾我这个死心塌地的民间分子，以国士待我者我以国士待之，《新诗典》即国士册。

张小云

二奶

清明节来了
宋小二开始给老爹准备坟前的祭品
老爹刚去世一年多
今年是为他坟前烧纸的第一年
小二开始了精心准备

小二开给媳妇一批祭品
纸的
汽车、护照、存折、信用卡、支票、房地产所有证各六件
模特表演赛场、电影院、音乐会、世界公园、麻将馆、足浴场各两座
二奶十三人

媳妇用两部皮卡运回祭品
小二问：几十斤的东西干吗雇俩车
媳妇答：面积太大一车装不下

清点祭品
小二急了：二奶呢

媳妇喊道：
定好了
别人一定就二百个
人家生意太好
咱家才十三个算是散单
只好慢慢排队
要下个礼拜二才能交货

2005年

☞ ***这首诗把我笑疯了，是《新诗典》开栏以来让我笑得最厉害的一首诗——有***

此一首诗，张小云的新世纪就没有白写，中国当下现实光怪陆离五花八门无奇不有的荒诞性，能够成全最出色的荒诞诗——照实写出来就是。我上大学时在“红皮书”上读到张小云的《我去过冬天》，很喜欢，后来被我收进了《世纪诗典》，作者是那种一两首诗被你长久记住的诗人，至少对我来说是如此。

李成恩

高跟鞋

咔嚓咔嚓，这是高跟鞋来了
我的脚长在高跟鞋上，把楼梯颠覆

我喜欢红色高跟鞋，它像我的尖手枪
咔嚓咔嚓，踩死的大象飞翔的蚂蚁

我卧室的门后摆着一双红色高跟鞋
蒙尘多年的青春，高高的鞋跟仿佛纠错的时光

今天我穿黑色的高跟鞋
咔嚓咔嚓，发出红色的响声，声声敲打你的脑门

我要踢踏笨猪，我要驱赶蠢货
淑女们，我讨厌你们摇头晃脑扭动腰肢装模作样

青春向来无敌，但生活中不可少了红色的
高跟鞋，它挂在你的脑门上，叫嚷着你这该死的

咔嚓咔嚓，这是高跟鞋来了
我的脚长在高跟鞋上，尖手枪一样傲慢无理

2008年

☞ 两年前后，李成恩已经完全走到前台，看她频频出席诗歌节、接受访谈、开研讨会、获奖……没问题，这是她该得到的，是一名优秀诗人该得到的，但是我作为一个虚长若干岁的过来人，作为《新诗典》主持人，想弱弱地提醒一下，得到可以，不要丢失，否则得不偿失，最终比的是谁保住的多而非得到的多。就像这首不讲理的《高跟鞋》，你还写得出来吗？现在的东西都像是规划出来的，太正确了啊！

刘天雨

总有一种痛不便言说

一个年轻女人
紧紧攥着我的手
靠在我肩头痛哭

她的丈夫
在我身后的警车上
那双贩卖毒品的手
刚被我戴上一副手铐

我做出严厉的表情
呵斥她
不要这样

不是因为
她使那么大劲
攥疼了我
而是我们现在的姿势
太像一对恋人

我怕我忍不住会搂住她抽动的肩膀
轻声安慰
可我还穿着警服呢

2009年

☞ *我的大学同学、刘天雨大学时代的老师王文彪副教授自陕北榆林致电于我，自豪地说："我虽然没有成为诗人，但我到目前已经培养了一个半诗人。"——他说的这"一个"指的就是刘天雨。那一刻，我感动得不行：这就是北师大中文系1985级同学普遍的价值观，所以才会出四大诗人（三人竟出自一个宿舍）。那一刻，我决定为了王老师我也要再次推荐刘天雨，而他的这首诗当然值得推荐。*

春树

我与Caesar

我将小猫Caesar寄放在宠物诊所

兽医把它放在
一楼的一个笼子里
环境不错

笼子很大
它应该很适应
医生还开了句玩笑：
“这边有很多猫，让它们聊聊天嘛”
明天上午它要做绝育手术
这是我考虑多日后做的决定

希望没有错
从今天晚上八点
它要禁食
为明天的手术做准备

我离开宠物诊所时
突然感到有人在后面看着我
我一回头

Caesar趴在窗口
正看着我

2011年

☞ 我觉得一个真正的诗人应该适时地告诉自己：青春到此结束！而不是想方设法延续青春，至于“永葆青春”，在我看来是个笑话。春树姿态性的东西还是多了点，这个世界在期待这种东西，诗神拒绝。姿态向前就是宣言，宣言向前是口号，还是做个幸福的普通人吧，回到日常人性的现场，你才可以发现真正的诗意。本诗让我看到了这种可能性，但还可以再细腻一点、再松弛一点、再诗意一点。

侯马

项链

九三年
我在前门当警察
有一天抓了一个偷车的
小伙子送女友回家
刚告别
他瞧见一辆车没锁
进院里推上就走
被主人追上扭获
他正在热恋
恳求见女友一面
我也想见见他女友
就通知她来了
小伙子的行为被谎饰为打架
两人涕泪交加地告别
在送小伙子进拘留所的路上
他从脖子解下一条项链
铜链下面拴着一颗弹头
请求我转交他女友
我收下了
但是一直没有照办
也许这太他妈戏剧化了
让我有点烦
也许我觉得不应该
再见他的女友了
那个一头长发
俊俏，浅薄至轻信的女孩

☞《九三年》是侯马上世纪留下的一组佳作，他今年又有新篇续上，本诗是我眼中最好的一首。今天是其四十四岁生日，自然是推荐的最佳时间，在此我要代表《新诗典》向他道一声：生日快乐！作为朋友，还有一句不合时宜的提醒：侯诗既不走狠又不走绝的路子，有点与《新诗典》需要的现场效果不甚合拍——但是且慢，老《诗典》时可是很合拍的，总之在短诗方面似乎没有上世纪富裕了。

周琦

一匹幼小的马

十月，他所好奇的十月
都那么威猛高大，像兽

光膀子的大男人令他好奇
我是父亲，我必须叼一支烟
必须，站稳。

我是父亲，我在拒绝递来的甜品与牛奶
像在拒绝陌生与毒品

马路上卡车在轰响
他在说：卡卡卡……

十月的每一天，这匹马
必须奔向我的车
雨刷、雾灯、远近光
音乐播放器、手刹、变速杆……
一一试探

行走，在每时每刻
而我是父亲，比他更懂得天黑
我握住学步带比握一杆枪更紧

2009年

☞ *两年前，在江湖气息云遮雾罩的衡山诗会上，我与周琦有过一面之缘，他是敢于公开跟我来往的少数人之一，会上有个湖北傻大个不点名骂我，我请周琦走到他面前看清他的名牌，可见我们是朋友。周琦看起来比实际年龄老相一些，他不会说普通话叫人误以为诗会写得土，其实写得洋。超现实貌似一种手法，实则一种气质。超而不超："我是父亲，我在拒绝递来的甜品与牛奶／像在拒绝陌生与毒品"。*

木知力

清洗弹孔

溪水清澈见底，有金黄的树叶
在水底轻轻摇动
姑娘们有的在拾柴，有的
忙于在树林间合影，阳光充满欢乐
这是一个普通的郊游的下午
最瘦的男孩，坐在岩石上
把脚放在水里搅动
没有姑娘看到
他在清洗脚上的弹孔
在他的肩膀和腰部
也有类似的弹孔
他想把它们洗干净
姑娘中最美的那个看到了他，并向他招了招手
山谷陡然开始收缩

☞ *五年前，去武汉，木知力到机场接我，他没有见过我，但是见过不少照片，以为可以认出，谁知对面不相认，那是我急速减肥后首次出门，没有多少人还能认出我。那次诗会上，在对某个以“强制”混半生的伪诗人研讨时，木知力对众人的客套话明显不满，我看在眼里，知道他不吃假招子，走的是艺术正途。本诗在写什么呢？一个弹孔，不止一个弹孔，什么都没说，但什么都有了。*

余幼幼

定论

必不可少的
人间烟火
迟早会抽出一把相赠送
所有的人
俯下身，温柔抚摸
眼神从容不迫

我争取在象牙塔内
保持洁净
开门，就成为
家庭主妇
流浪汉的情人
官员的小三
分文不值的黄脸婆

2009年

☞ *我去年编《被一代》时找了大半年90后诗人，只找到一个余幼幼；今年4月《新诗典》开栏时，我又找了一圈，还是只有一个余幼幼；7月22日第一次推荐余幼幼成功，我又找了一圈，还是只有一个余幼幼；检验在册诗人的第二首，余幼幼又在我这儿过了关。不怪90后的其他诗人成长慢，只怪余幼幼天分高，她才是《新诗典》的宝贝。*

游子衿

梅隆铁路[①]旧址

我惊异于夕阳落在铁轨上
是如此地明亮，仿佛来自
另外的一个下午
另外的一些下午

一朵黄花开在路旁。它高出草丛
高出其他的色彩，在秋风中显得
异常不安。我惊异于它的出现
依然是因为季节交替
时光流转

铁轨上显然曾有火车
呼啸而过，运载着煤
和拥挤的乘客
往返于某个弯道。我惊异于它依然
在奔跑，被昔日的景象拉动

不远处的一间小屋，墙已坍塌
因为与这些事物相邻，它曾经是
一个小站。因为被遗弃
它们联系得更加紧密

随着暮色降临，这里恢复了
昔日的繁忙。我惊异于车厢上的煤
堆得这么高，在这个小站下车的人
这么少

没有一张脸孔
在燃烧，竟然
没有一颗星星
不在天上，竟然

出发吧，火车
前进吧，岁月
当晚风吹过
悲伤爆发出足够的力量

2009年

① 梅隆铁路：由梅四、兴四、兴老三条铁路连接而成，以运煤为主、运客为辅的762毫米轨距窄轨铁路，起自梅县(今梅州市区)东山港，经兴宁、五华，到达龙川县老隆港，正线长172.38公里。该铁路1964年10月建成通车，2005年关闭。

☞ *我和游子衿是老相识，早在20世纪90年代，我就是他主编的《故乡》的作者，上月我作为一名曾经的足球少年，带着对于足球之乡的情结去了梅州，却与他不期而遇。其本职是报社记者，却创造了一个足以载入诗歌史的奇迹：他每月到一所大学去办诗歌讲座，已经坚持了十年！似乎这种奇迹不该发生在广东，但它恰恰发生在广东！我对所有如我一样对诗歌怀有宗教般狂热的人素有好感、心怀敬意。*

北岛

过冬

醒来：北方的松林——
大地紧迫的鼓声
树干中阳光的烈酒
激荡黑暗之冰
而心与狼群对喊

风偷走的是风
冬天因大雪的债务
大于它的隐喻
乡愁如亡国之君
寻找的是永远的迷失

大海为生者悲亡
星星轮流照亮爱情——
谁是全景证人
引领号角的河流
果园的暴动

听见了吗？我的爱人
让我们手挽手老去
和词语一起冬眠
重织的时光留下死结
或未完成的诗

2008年　香港

☞ *此刻斯德哥尔摩时间仍旧是12月10日，诺贝尔奖颁发日，从早到晚，我放下别的工作，翻译了一天特朗斯特罗姆，并将今晚推荐诗人锁定为北岛——我至少心怀两重美意，在此不明说，你们猜猜看。时下臧棣正大批北岛，有些人又开始站队，我的推荐与此无关（如果站队就是对《新诗典》的玷污），只是前一阵子再读本诗，忽然心有感动，像早年读北岛那般感动，感动在何处？我也不明说。*

曹野峰

婴儿

猛灌了三碗孟婆汤
我还是这般清醒
瞪大眼睛，挤过狭窄的门
我不敢发出人声
我知道，我一开口
就会地动山摇
我一说话
必罹杀身之祸

☞ 论坛时代，前后有那么五年左右的时间，有一位爷几乎天天在诗江湖上骂我，在他眼里我大概是中国最差的诗人了（或者最名不副实），在他嘴里中国最好的诗人就是这个曹野峰，于是我就记住了这个名字，并且在当时就读了他的诗：短诗不错，长诗不灵。然后我在最近又集中读了他的诗，依旧是这个看法，于是便在此时将他推荐给大家。这样的事，除了伊沙，不会有第二个版本。

轩辕轼轲

体操课

我的第一堂课就是最后一课
因为我不明白人为什么要做体操
为了说服我，体操教练一甩手
扔出个盘子，盘子碎了
扔出把椅子，椅子摔掉了腿
扔出个同学，他在空中一个后空翻
稳稳地落到垫子上
你看，只有人才是最适合做体操的
我仍然不懂，托着腮坐在角落里
看他们压腿、展臂，翻来滚去
教练向我走来，露出诡异的笑
一拍我肩膀说：坐着旁观也是一种体操
我一愣，站起来，当着全体人员的面
助跑后翻出一连串的筋斗云，上了西天

2010年

☞ 轩辕轼轲是老《诗典》推出来的，我到今年才知道他当年登上老《诗典》的作品竟是他的处男作。他在新世纪以来的表现，怎么说呢？两头有，中间缺，缺的时间还不短。他的才华是显而易见的，也特别能写（说明能力很强），于是便太过相信写，写大于诗，便不能稳定和持久。其实，最好的诗不是来自写，而是来自遇。想要不断地遇，就得把自己全都搭进去。

宋晓贤

乳汁在母体内变质

女儿刚两个月大
叶子就从桂林乡下
来广州找工作
（她没有钱养活孩子
她跟男朋友分手已经半年了）
但　事情并不顺利
她来信说：
我去医院看病了
宝宝没奶吃了
我的乳房痛得很
挤出来　却是脓

2006年

☞ *这是留在我记忆中的一首诗，自然是好诗。作者自上世纪90年代建立起来的一个关怀民生疾苦的优良传统，自己把它继承下来并延续至今，这是令人钦敬的。作为同代诗人，作为同门师弟，也作为《新诗典》主持人，我也想借此机会提醒晓贤兄一下（还是弱弱地）：新世纪以来具有基督教色彩的一路诗，尚未取得如此成就，并且有着一种令人不适的强悍之气。*

新世纪诗典

{第一季}

五　从北京一直沉默到广州

蓝蓝

诗篇

1

我愿为爱而死，爱却让我活得长久。

2

给我悔恨。给我痛哭。
给一朵百合花黎明时爱情的颤抖。
给我长久的绝望和最终
落在餐桌旁黄昏的宁静。

3

我不知道到底爱上谁更早：
土炕，木窗外北方的大熊星；
夏夜有露水的石凳；和
你微笑的眼睛——它们
刚刚哭过。

4

但请相信，由你我爱上了陌生人。
修自行车的。种菜的。

5

我把你冰凉的脚抱在怀中，当它走过
我身体的道路。

6

大地睡去。你是我沉沉的呼吸。

你的肩胛里保存了一座不会毁灭的城市。
神啊，让我关掉灯吧！

7

在一场旋风的被单里躺下，山谷
你双腿深处的风暴呼啸着
穿越城镇的楼群。
黑夜列车驰过时铁轨的震颤。
半月在我凹陷的双乳间
你俊美而疲惫的头埋下来；

8

你嘴唇上的火。
你小腹中燃烧着静静的灯。

9

你插进我。不断地
像干渴挖掘自身的泉水。
勇敢。光荣。
以孤独的献身穿越一个女人，加入
草木、黎明、溪水以及
万物江河的奔涌。

10

我抱紧真理，忍不住快乐尖叫
——被神对幸福的理解所允许。

11

这是晚点的车站在追赶灵魂的列车；
是个人神话的复活来自
一个信仰同土地的结合。而
你是一个星球。

12

我胸口的首都。

我爱它。

街道。村庄。贫困的放牛人。争吵。
廉价的装饰。牢骚。冲突。每天的
炊烟。石磨里的耐心。夜晚。白天。
突然涌出的热泪。

13

你，我的麦穗。我的田亩。
一个宇宙在你血管的茫茫深处。
哦，海浪！让我的世界
呼吸，靠近有风的瓶口；
我攥紧你的手，在慢慢死去的星球那
无知无觉的变凉中。

14

只有受苦的爱那泪水的光芒是热的

2003年草稿，2006年定稿

☞ *像蓝蓝这个段位的女诗人，炮制一些表面完善的文本实在不难，通常不走身心便能做到，还能引得一帮平庸至极的老男人喊好。我推荐本诗是看中它冲动、冲力、心跳尚存，并试图走向抒情的极端，在女诗人中，蓝蓝算是舍得在诗中下本钱的。或许是我最近狂译布考斯基+特朗斯特罗姆的原因，对大词、硬词心怀恐惧，这是中国诗人的致命误区，集体病。女诗人先小下来、软下来，克服“词咬词”如何？*

刘川

如果用医院的X光机看这个世界

并没有一群一群的人
只有一具一具骨架
白刷刷
摇摇摆摆
在世上乱走
奇怪的是
为什么同样的骨架
其中一些
要向另外一些
弯曲、跪拜
其中一些
要骑在
另一些的骷髅头上
而更令人百思不解的是
为什么其中一些骨架
要在别墅里
包养若干骨架
并依次跨到
它们上面
去摩擦它们那块
空空洞洞的胯骨

☞ 此诗尚未彻底读完，我已经笑喷。我早年有一首诗，就叫《X光透视》，只写到“人的抖／是骨头／在抖”。本诗告诉我：X光真是能够照出本质的。这些年，眼见着刘川一路走过来，变风格，量很大，人在场，对其后来的写作我有隐忧：好像一棵树，有树干，有树枝，但不长叶子，过于强调创意了，三拳两脚解决问题。我以为他还是应该回到生态平衡，除非每首诗都能像这一首这么好玩。

桑克

我的拇指

1

我的拇指不在了
我的拇指它死了
你可以认为它是被菜刀切去了
你可以认为它是被刺刀切去了
它长在食指的右边，这是左手
它长在食指的左边，这是右手
我的手盖着一篇文章
关于自由，关于权利
关于我的拇指明明长着
我却瞪大眼睛说它不在

2

我的拇指去过五个朝代
我的拇指去过九个省份
我知道关干时间我说对了一半
我知道关于地点我说错了一半
我知道我是处女地
我知道我是小戏子
我的心田朝廷的铁犁没有耕耘
我的台词班主的钢鞭没有光临
我把我思想的处女膜捅破了
我把我塑造的角色推下山崖

3

你看见我的拇指是怎么长大的
你看见我的拇指和食指的恋爱
它和中指的奸情让手羞愧
它和小指的友谊让手惋叹
我和我的拇指隔着一座高山

我和我的拇指隔着一片大海
如果立场的高山崩塌
如果策略的大海枯干
我和我的拇指将无话可谈
我和我的拇指将惺惺相怜

4

但是我啃秃了我的拇指的指甲
但是我扯掉了我的拇指的披肩
指甲啊是真实的甲胄
披肩啊是比喻的皮肉
我知道我的拇指的疼痛
我知道我的拇指的狂欢
它疼了它的神经战栗仿佛敏感的亚麻
它乐了它的快感来临仿佛神秘的大麻
亚麻茁壮地成长
大麻转移到地下

2001年

☞ *这也是一首留在我记忆中的诗，8月见到桑克时我还问过他：《我的拇指》是不是写在新世纪？他说：是。那一刻我就决定要推荐这首诗。新世纪以来，桑克的诗越写越明晰，越写越通透，而且在部分诗里还增加了一些好玩的东西，这对他来说并不是轻而易举就能做到的，有二十多年的苦功下在里头。杈子，我推荐你我容易吗？今早我在卫生间里读你译的奥登，竟读出了高粱花子味！*

曾宏

鱼与刀

上片：在突然之间

在突然之间
它倾斜着翅膀，俯冲下来
像一颗炸弹
击碎沉寂多年的水面

那看起来坚硬如磐的柔软的镜子呀

你尖喙上的那条鱼
渴望被消化
并在消化中完成
从鱼到鸟

那看起来坚硬如磐的柔软的镜子呀

你们不懂这首诗
我是说，有时它来得那么突然
会让你的生命
在瞬间进化

下片：刀入刀鞘

那把旷世的刀早已生锈
它被丢弃在莽原上，已经很多年了
它的光在锈里挣扎
它想脱掉外套

如果没有一个好刀鞘，它宁可锈着
受日月精华之光

莽荒之地，温柔乡里
英雄之梦变幻

那刀鞘已经走来，一身晶光
纯洁的宝石呀，装饰着
空空的刀鞘
它的内部潮湿又黑暗

大风起，天将晓
一把生锈多年的刀要回到故乡
它从刀鞘口往里张望，它喊：
我来了，我给你带回温暖的光芒

2006年

☞ *前几天我还跟老秦（巴子）说呢，当年曾宏轮编《现代汉诗》约我稿，我当晚兴奋得睡不着觉，最终那期还流产了。我与“老三代”普遍难以对等欣赏，最近才在网上搜到某个我力挺过的福建籍“老三代”当年说我写的不是诗，今日之我自然不会伤心唯有一腔蔑视！对此事曾宏兄也许更清楚。初读本诗，我感觉像在看一部上下集连放的电影，其文本的独特性非常突出，关键在于玩得自然。*

阿尔

呜啦呜啦

你把自己和一切都简化成四个字：呜啦呜啦
你说：呜是，呜啦呜啦
你说：啦是，呜啦呜啦
你不是哑巴
你不用手比画
你指着鸟儿说，呜啦呜啦
你指着太阳说，呜啦呜啦
你指着蝼蛄说，呜啦呜啦
你指着河流说，呜啦呜啦
你拍着树干说，呜啦呜啦
你指了指站在身旁的母亲，说，呜啦呜啦
你指着他——一个过路的陌生人，说
呜啦呜啦
你下定了决心
要把自己和世上的一切
简化成四个字：
呜啦呜啦
我拍了拍你的肩膀，嘿嘿笑了一声，说，呜啦呜啦
你的脸被太阳换上新皮肤
你也嘿嘿笑了一声，说，呜啦呜啦

☞ *我对诗人的好坏有不错的直觉，阿尔——安徽的阿尔常到我博客露面，似乎从未留下过只言片语，他甫一露面我就感觉这是个不错的诗人，便回访，便留意他在别处发表的作品，果不其然。这是一个在百度连张照片都搜不到的颇具实力的诗人——这样的诗人，《新诗典》更愿意推荐。本诗与拙作《结结巴巴》基本一路，语言的虚无感，又玩出了乐子。*

安琪

你我有幸相逢，同一时代

——致过年回家的你和贺知章

想象你在路上，一切有价值的行走，路的行走
轮子的行走，马的行走
想象一群树繁华落尽，倍感萧索，想象
灰色，轻灰色，重灰色
一路伴回家的人相遇故园的鬓毛已衰
想象一下，你的登峰造极在未来的节律里依凭
某种成败而定
江山激昂，或来年春暖，关于此生
犹如诗酒入瓶
犹如我最愿生活其中的春秋与唐朝
犹如马，行走在一路的光上
路在光上
你我有幸相逢，同一时代。

2007年

☞ *我在《新诗典》北师大朗诵会上就曾说过：安琪是极少数懂得给予别人的女诗人。种瓜得瓜，种豆得豆，我近来不断听到有人盛赞其人。小气自私鬼们切莫以为这只和人有关，与诗无关，不信请读本首，一般女诗人恐怕写不来。这里有着真正的大气和情义，古道热肠，女中豪侠，一般小男人照样写不来。你只知诗关风月，却不知诗含山河。*

景斌

人性

一位失手的醉汉杀死了自己的朋友
出事现场瞬间惨不忍睹
监狱里
他一直都在想
刀子怎么进去，怎么出来
想着想着就发疯
就大叫
完全成了一个杀人犯的样子

临行刑的那天
突然的忏悔让他低下头：
既然愚昧摘取了一个人的光明
何不用点真诚弥补：
献出两只眼睛
再搭一个功力无穷的好肾

所有的人全都投去蔑视——
有这样的良知
怎么会酿制了当初？
过多的呵斥
驳回剩余的自尊

于是他只能向前走
戴着脚镣
背影仍是一个杀人犯的样子

2010年

☞ *我曾说过陕西诗人群板凳深度比较深，指的是有一些不甚活跃的诗人却有着不俗的实力，宝鸡50后到60后这个年龄段就有好几位，景斌是他们这群人的老大哥。本诗所要表现的主题被写成了标题：《人性》——起这么大一个标题，写作的过程必然承受巨大的压力，好在作者没有被其压垮，成功地抵达彼岸，完成了这次冒险的旅程。之所以成功，因为有发现。*

沉河

自由

这是关于自由的最新说法
它来源于我的妻子
那个全天下最好的女人
她说：真是自由啊
可以触摸你身体的全部
我们十六年的床上经历
也没有这句话火热
它让我热血沸腾，想到自由
仅仅是最小的自由
在我和我的妻子之间
因为可触可感而分外
真实而幸福

☞ *多年来，沉河为诗歌为诗人做得多，我们为他做得少，所以我在今晚在《新诗典》对他的举荐一定能够代表诸多一线诗人共同的意愿。《自由》是个大题目，大到极难将其做好，但本诗却完全出人意料，往最小里做去，小到妻子一句话，小到一对夫妻的枕边之语，小到床笫之间——如此之小，胜过你所能够想到的任何一种大。自由，本该是小的。*

臧棣

戈麦

此人深爱需要勇气的艺术——
对此，我们似乎早已风闻；
但真正感到习惯，可以断定
是小圈子里的事情。属于角落
只有我和另外一个人知道的
事情，则是你精通你的艺术。
直到今天，我仍然坚持
——你事实上死于过分精通。
1990年，7月或8月的一天，
我们聚集在学四食堂，不分宾主
为镀完金的陈建祖和非莫饯行。
席间，只有韩毓海穿着休闲的
短裤，使夏天准确地服务于人体；
并使我现在的回忆有根有据。
散席后，在布满油渍的台阶上
热风放下的笼子里，苍蝇
像英文单词一样飞舞，拼写着
在《韦伯斯特大词典》中查不到的
讨厌的同义词。我们俩第一次
单独与众人隔开：我很高兴
你谈及你刚刚从贺照田那里
读到《需要多远　需要多久》
——一本自印的处女诗集
你的语调果决、直接、犀利，
似乎在其中，有一种节奏
就像勃拉姆斯的手指肯定着音乐。
直到今天，我还记得你的断言：
它犹如一个艺匠之间的秘密
放置在一具完全由记忆做成的
棺木中。这之后，是我们
在一座寂静的机关大楼，通宵校对

我们的发现；——或者
确切地说，是加上书名号的发现。
我们之间唯一的一次不愉快
是我打断了你谈论海子的兴致。
那是在我们想让眼睛沉入海底的
一个间歇中。这是有时候必要的分歧，
但却因性格的参与显得微妙：
你开始了解我的趣味和偏见，
而我开始熟悉你的判断和固执
——它就像有人用一副宽肩膀
固定住一块铁矿石。你爱过的女人
没有参加你的葬礼。我知道
你不会介意。你的愤怒太隐秘了
——像是从汉译《失乐园》中
直接撕扯下来的一页纸。我理解
你所遭遇的例外：诗歌应该纯粹是
个人的一桩事业。正是在此意义上，
你造就了我称之为金蝉却不能
脱壳的艺术。或者用流行的话说
——深刻到片面的艺术。你死于
无壳可脱。起先，你以为——
诗歌是肉体的盾牌，是灵魂的
伟大的防御术。你到过我们
直到今天还未去过的地方——
这样的旅行似乎让你有权利
在私人通信中宣布：可以面对的
肉体实际上已变成诗歌的盾牌。
“这是怎样一种局面？”——
就好像不论照过多少遍，镜子
都无法把灵魂留在它的里面。
你的死亡使我震惊而悲伤。
你已彻底离开，而这并非是
先走一步的问题。你的死亡
构成了一种评价。你没有留下的
遗书，正如我们尚未写下的诗篇。

窗外是盛大的秋天。这是在
你的忌日，用急促的心跳和
微微颤抖的手，我写下这首诗。
很可能并非是出于一种缅怀，而是
克制不住幻想着能像一个人那样
单独面对你，面对死亡的剩余价值。

☞ *戈麦入选过老《诗典》，但不可能入选《新诗典》，对我们那拨毕业于北京高校的诗人来说，他成了一个特殊符号，能够碰响一连串关乎大时代的回忆。或许正是因为这个原因，我几度阅读此诗都有一种感动，臧棣式的娓娓道来夹杂修辞的叙述魅力在本诗中也展现得比较集中和充分。顺便说一句：时下臧棣批北岛，我认为他是有公心的，但批九万字似乎没必要。*

黄玲君

偶遇

停靠宿松路的
1路公交车，和往常不同地
上来一群民工。
他们手持器械：
铁锹、镐头、钻
这些铁质器具
闪着光。立即，
他们，和车上人
形成某种对峙。
仿佛有所察觉，他们
及时地，把工具扔下了
后面上车的人，无不小心地
绕过地上的器具

☞ *本诗就像一个特写镜头——一个形式简单的镜头，但却什么都有，五味杂陈。让你感到这一幕似曾相识，没有亲眼目睹过相似一幕的人也会产生同样的感觉，为什么会如此？因为我们有着共同的心理，几乎成了我们这个民族的集体无意识。其中有暴力恐惧，有对民工群体因歧视而产生的不信任感，有对劳动工具（实则体力劳动）的本能逃避……深挖一下，可以挖出孔老二。*

詹澈

想再拔出一种感觉

我们赤脚跑在轨道上，童年的玩伴
有一半落在后面，有一半已过了中年
铁轨边的细石粒刺痛脚踝，雨点也是
仿佛赤脚跑在一条干涸的河道上，却又水花四溅
我们努力追着载满甘蔗的全身黑溜溜的小火车

那小火车像是被太阳晒得懒懒的蚯蚓
像是受伤了没有毒的大蛇，在土堤上蠕动
我们追到它的屁股，利落地跳上去
插满甘蔗的屁股像是穿着草裙
我们跳上去用力拔出一枝白甘蔗

我记得那拔出一枝白甘蔗的感觉，从那时
到现在，它躺在我的书桌上——
仿佛从一堆剑鞘中拔出一支白剑
速度要快心情要愉快，利落地跳下来
胜利似的看着火车，摇摇晃晃驶向糖厂……

在月台上看着火车茫茫然驶向北方
恍惚已五十年了，糖厂已关闭外移
回忆很难回味，那甜蜜的快感在胃酸里迂腐
失败似的失业的辞退的中壮年蔗农与职工
如一群年老的父亲蹲在荒废的蔗田，落日冷冷地贴着

我还想要有那拔出一枝白甘蔗的感觉
例如从钢笔套拔出一支钢笔
从海浪似的海绵里拔出一根针
从堆满布袋的谷仓底拔出一支扁担
从泥块夹住的土里拔出锄头，从泥沼中翻身站起

2009年

☞ *此刻正值平安夜，我虽然不想太刻意，但还是想给大家送上一首比较恰当的诗，于是便选择了这一首。尽管关怀民生疾苦的诗在《新诗典》并不少见，甚至是一支主流，但我还是感到本诗充满了让我感动的真爱，在爱面前，那一连串的妙喻反倒不那么重要了。我敏锐的感觉得到了证实，詹澈先生原本就是台湾农权运动发起人。*

孙谦

频有哀祸帖（写生帖之三）

我中学时代的好友王福星
因命案牵连获罪入狱
他的老父闻讯，遂病重卧床
他弟弟携子开大卡在陇山城乡跑运输
突遭车祸，子当场毙命
其本人则躺在病榻，成了只会出气进气的植物人
他们的老父，遂瞪着双目怆然而亡
隔日入葬时，眼睛仍然圆睁
耄耋之年的母亲拖着病体，却要照管废弃的小儿
其时已近疯痴，时常大骂不已
天地鬼神，四邻八亲无一幸免
福星的妻子带着一儿一女
在街角练摊，卖一些袜子、鞋垫、女孩饰品之类
以及政府的微弱补贴挣扎度日
其弟媳业已改嫁
王福星我中学时代的好友
鹰目，鼻尖下弯如鹰喙，尖下巴颏
其聪慧皆用于调皮捣蛋之能事
在老师的墨水瓶里放电石灰
在教室的门上架水盆或笤帚疙瘩
把壁虎放在女生的书包
夏日课时把男生或女生脱下的鞋子互换
喜读侠客书，好行侠仗义
学习马马虎虎
已经四十年了。一日探视时
我看到他旧时的形貌犹在
只是神色慵倦，须发斑白
他嚼着橘子的嘴角有汁水淌出
我唱起一支我们爱唱的黄歌
《四季情歌》[①]，问他可曾记得：
“春天的流浪棍，鲜花开满山

鲜花盛开人人爱，爱情深似海
美丽的姑娘不思我，相逢在梦里
我的小妹呀……”
我说那是在农场劳动时
你时常拿这首歌从沟的这边去砸沟那边的女生
有这样的事吗？真的有这样的事吗？
说着话，他的眼里涌满了混浊的液体

①《四季情歌》：是一首由知青创作在私下传唱的歌曲，在“文革”时期属于黄色歌曲。

☞ *对广泛的诗坛来说，知道孙谦的人似乎不多，但他却是一位很有实力的诗人。这一方面有人未识的因素，另一方面也有个人性格的原因——说得更大一点，是一种与世界相处的态度和方式。将近二十年前，我陪孙谦兄在西安领到了台湾《蓝星》诗刊颁发的“屈原诗歌奖”，一个很严肃的奖，令我羡慕不已，二十年来，我为他在一种几乎不为人知的状况下一直写下来而且越写越好，十分敬佩！*

西川

与芒克等同游白洋淀集市有感，2004年7月

太阳有多亮我不知道
但太阳晃得老汉双眼含光我看到了

太阳照耀多少人聚在集市上我不知道
但太阳让锅碗瓢勺开口说话我听到了

太阳怎样煽动庄稼生长我不知道
但被太阳焐馊的饭菜我闻到了

太阳怎样提携村干部我不知道
但省长训斥地委书记不同于镇长训斥村支部书记我知道

人间的集市。集市上的塑料凉鞋
塑料凉鞋里臭烘烘的脚

上海发卡卡不出河北姑娘的阶级味道
河北姑娘不稀罕白洋淀的菱角

白洋淀的水域在太阳下渐渐缩小
有抗日老英雄一直活到今朝卷入市场经济的大潮

太阳能否照进阴间我不知道
但摆放在太阳下的冥币使阴间通货膨胀我猜到了

太阳像赶牲口一样把人赶得到处乱跑
跑到集市上的人是不是牲口我不知道

但一个人在集市上混半天或一天
然后还得比牲口体面一点地回到自己的槽头我想我知道

人有了钱抽口烟，牲口有了钱睡个眠

白洋淀上的清风干净地吹着我想我知道

2004年作，2009年改定

☞ *今夏第三届青海湖国际诗歌节，西川和我同分在贵德转经广场之夜朗诵的那个小组，记得我上台后对DJ说：我不要音乐。西川接着上台说：我也不要音乐。后来几乎所有的诗人都拒绝音乐伴奏，诗歌之声足够美妙。离开青海前夕，我才听到有人对我们的展示有这样的对比性评价：伊沙圣化了，西川下半身了——至少说明：我们都在求变求宽求厚求丰富，唯其如此方能走得更长远。*

吴投文

山魅

天气有些凉了
凉到了和尚的脖子上
山上所有的落叶
全都下了山
化缘的人还没有回来
眼睛里的女人
已经换了颜色了

2004年

☞ *用几个年轻诗人发明的《新诗典》行话：这是吴投文 2.0。以评论家为第一身份者率先获得二次推荐的竟是吴投文，你们想不到，我也没想到，我唯一信任的就是读诗、细读！我乃科学家之子，做诗人实属大逆不道，好在最大限度地遗传了科学精神。我希望这份殊荣帮助我的这个本家做出一生的决断：先做诗人，后做诗评家，如此一来也才能够成为一个真正有效的诗评家。*

鸿鸿

流亡

我住在别人家里
呼吸别人的空气
穿别人的衣服
读别人写的书
写别人出的试卷
走别人开的路

别人给我钱花
别人走进来翻我的抽屉
我分享别人的爱
我信仰别人的神
在选举日
我投票给别人

是谁在保护我
是谁在评判我
是谁在我的梦里
用别人的语言清洗我

我就是别人
不然
每个人都是我
在别人的喧哗声中
在别人的垃圾堆里
用分明是别人的脑袋
思索着自己的问题

2004年

☞ *在现代汉诗的词汇表里，“流亡”是一个大俗词，早已被用滥了，有的人一见此词出现，就会迎风流泪——有些诗人深知这一点，一没辙就甩出“流亡”。意外出在台湾诗人笔下，一点也不意外，因为他能够挣脱一种集体思维的定式，或者说原本就不曾陷进去。鸿鸿在这里为大家揭示的“流亡”是个人性的，思想性的，因此是可感的、深刻的。*

张执浩

与父亲同眠

夜晚如此漆黑。我们守在这口铁锅中
像还没有来得及被母亲洗干净的两支筷子
再也夹不起任何食物
一个人走了，究竟能带走多少？
我细算着黏附在胃壁里的粉末
大的叫痛苦，小的依旧是

中午时分，我们埋葬了世上最大的那颗土豆
从此，再也不会有人来唠叨了
她说过的话已变成了叶芽，她用过的锄头
已经生锈，还有她生过的火
灭了，当我哆嗦着再次点燃，火
已经从灶膛里转移到了香案上

再也不会有人挨着你这么近睡觉
在漆黑而广阔的乡村夜色中，再也不会
睡得那么沉。我们坚持到了凌晨
我说父亲，让我再陪你一觉吧
话音刚落，就倒在了母亲腾给我的
空白中

我小心地触摸着你瘦骨嶙峋的大脚
从你的脚趾上移，依次触摸你的脚踝和膝盖
最后又返回到自己的胸口
那里，一颗心越跳越快，我听见
狗在窗外狂叫，接着好像认出了来人
悻悻地，哀鸣着，嗅着她

无力拔出人世的脚窝
我又一次颤抖着将手伸向你，却发现
你已经披衣坐在床头。多少漆黑的斑块

从蒙着塑料薄膜的窗口一晃而过
再也没有你熟悉的，再也没有我陌生的
刮锅底的声音

2003年

☞ *这是留在我记忆中的一首诗，甚至我能够记得它结尾的“刮锅底的声音”——不是这个偏正词组，而是空中传来真实的声音，这便是一首好诗的力量。最近疯魔于译诗，整日活在大师堆里，感到透不过气来，有一个问题老跟着我：哪里还有如我之辈中国诗人的存在空间？其中一项回答是：中国特有的亲人之间更浓的亲情，君不见，《新诗典》里多此类佳作，张执浩在这儿又贡献了他的父亲。*

伊沙

9·11心理报告

第1秒钟目瞪口呆
第2秒钟呆若木鸡
第3秒钟将信将疑
第4秒钟确信无疑
第5秒钟隔岸观火
第6秒钟幸灾乐祸
第7秒钟口称复仇
第8秒钟崇拜歹徒
第9秒钟感叹信仰
第10秒钟猛然记起
我的胞妹
就住在纽约
急拨电话
要国际长途
未通
扑向电脑
上网
发伊妹儿
敲字
手指发抖
“妹子，妹子
你还活着吗？
老哥快要急死了！”

2011年

☞ *与老《诗典》一样，我不忌讳做自我推荐，甚至认为这是我做《新诗典》的资格认证：如果自己写不好，是没有能力辨认好诗的，问题是选哪一首？最终选定本诗基于两点考虑：一、它是我在新世纪里最有影响的短诗之一；二、据说9·11发生次日全球报纸几乎都在头版头条予以报道，唯中国除外。今年是十周年，今天是今年最后一天，人类现代文明的《新诗典》决不缺席。*

蒋涛

丽姐给两年未见的丈夫的短信

老公
好久没有联系了
最近我姐们儿
给我推荐了一块
墓地
风水特好
我已经让人把
咱俩的名字都刻成了
阳文
子女这辈儿
该写谁
你想想

2011年

☞ *蒋涛生来就是一玩家，从我二十一年前认识他后见他玩过恋爱玩过日语玩过摇滚玩过办刊玩过日本玩过留学玩过读书玩过日元玩过海龟玩过电影玩过音乐玩过经纪人玩过投资人，当然他也玩过诗歌，现在又回来玩诗歌，大概觉得还是诗歌最好玩，其他皆是浮云。蒋涛名义上是我的学生，但我没有给他上过一堂课。蒋涛甚至不是纯种的中国人，他奶奶是日本人。我给他一年时间上《新诗典》，他三个月搞定。*

莫小邪

两不相欠

很久以前
吵架那天正赶上停水停电
大门还没有关严
你用右手打了我的左脸
质问我是怎么勾搭上了陈洁安
那个陈洁安是个什么狗娘娘腔
一个耳光
一刀两断
两不相欠
从那天以后
我偶尔会月经不调
吃了不少盒益母草
你以为我跟了陈洁安
或者疯了　或者嫁了
其实我没疯　没嫁
也没有跟陈洁安
不接你任何电话
不住在原来的家
不会再次爬上你那船
是船不是床
从此像蒸发一样失踪
一直活到了现在

2002年

☞ *莫小邪的成名作。大约六七年，写下如此诗作的她想要不为人知已经没可能了。现在回头来看，依旧精彩。内容不说了，观念不讲了，我说的是语言，是语感，是语速，是一口气下来的那股子爽！连缺点都是迷人的，或者说缺点不是缺点，因为无法用普通语法文法来做判断。但我也知道，这种状态对莫小邪来说已经久违了，似乎越迷人的东西就越短暂。怎么办？在走出天才时光以后……*

芦哲峰

月下的少女

月光在月光下洗着白骨
风中的少女提着竹篮

风吹过山坡草地村庄河流落日
吹到静止

也吹不动少女
的洁白

2007年

☞ *我从诗人写作的角度将诗分成两类：一种叫轻功诗，一种叫硬功诗，甚至于诗人都可大体分为轻功型诗人、硬功型诗人，还有轻硬兼施型诗人。很明显，芦哲峰属于轻功型诗人，我不想让轻功型的两首都玩轻功（也不想让硬功型的两首都玩硬功），但又架不住本诗的乖巧可爱，轻功诗确实很招人爱，于是便在此推荐给大家。对于作者应该做个提醒：不能一辈子只练轻功而不习硬功。*

马海铁

我终于赶上了那群人

在德龙草原，在布哈河上
我终于赶上了那群人
或许，我还可以超过他们

他们出发得很早
那是黑夜
那是还没有历史的古代

他们走得飞快
快过了石羊 快过了鹰
有时速度就像闪电

他们不知疲倦
因此不会停下来
不会散坐在野草繁茂的路边

他们总在我的前边
扬起阵阵灰尘
在灰尘里，花开又花落

在不知道方向的岁月里
我追赶方向
我追赶那群人

当他们在德龙草原
在布哈河边第一次扎下帐篷时
我终于赶上了他们

或许，我还可以超过他们
但我看见的
却不是他们

2004年

☞ *曾几何时，甚嚣尘上的“西部诗”跑到哪儿去了？——到今天，恐怕连能够发此一问的人都没有了，中国的诗坛只会生造概念，不会追踪诗歌。记得在老《诗典》中，我曾指出过以张子选为代表的具有现代性的西部诗，那么今晚我想说的是：马海铁是西部诗最后有效的坚守者，本诗正体现了西部诗进入新世纪的风貌和高度已从表面深入到本质、从元素深入到精神、从现象深入到哲学。*

杨晓芸

寒露纪事

赶早市的人提回拔了毛的公鸡
被掏空肺腑的公鸡
被倒挂
僵硬的脚爪一前一后
保持着奔跑的姿势

这是清晨，她埋头洗葱，准备
一个人的晚宴
鼻子没来由地发酸。冷啊
不是感觉上的冷
是呼吸里的冷。寒风过境
田埂上，雏鸡围着草垛打转，悲鸣
稻草人抖动着，越来越像个稻草人

她越来越像个受伤的母亲
揉着干涩的眼窝，为自然的更替
唉声叹气

2007年

☞ *说句实在话：新世纪的诗比起旧世纪——比起八九十年代、比起二三十年代——那是进步太多了！所有意识不到这一点的人肯定是诗盲或半吊子！让我发出上述感慨的正是本诗，你从第一行算起，看看本诗中有多少鲜活生动有趣的细节，每隔三四行都会出现一个！而旧世纪的诗人，有些人写一辈子都写不出一个好细节，他们甚至以为诗歌可以不要细节，假大空或词咬词。细节即才气和对生活的爱。*

张永伟

狗尾巴草

一束狗尾巴草，
喜欢在往事里摇曳。
这次刚到柿树园，我
就落了下来。多年前的
夏夜，我和朋友f
就曾坐在红薯地头，干渠坝上，
谈心，听草丛里的音乐。
我们多么年轻——一连几个钟头，
谈诗，谈星空。他总是羡慕
我家地里的红薯叶子，和
芝麻小豆。望着远处
村落里的灯火，我们
还编了一个年轻姑娘
离家出走，到省城去的故事。
当时，恰有一列火车从刘庄方向
开往鲁山小站。它的大灯，
几乎把下洼村照成了
一幕幻灯片。如今，
由于时间太久，我已记不清
她出走的原因，以及
有没有赶上火车了。

2002年

☞ *永伟好酒，真正爱酒，人一年比一年见胖，诗却一直走着冲淡一路，老实说，我不是这路风格的最佳欣赏者，尤其是不赞成年轻时就走此一路（因为不真实），但本诗我是能得其妙的，好在“我们／还编了一个年轻姑娘／离家出走，到省城去的故事”。——这样的“编”是诗意的，并且是真实的，在过往的年代，在我们年轻的时候，我们反倒有着更多“编”的欲望和空间，结尾的呼应也是很见才气的。*

南人

跳楼记

我还记得我从二楼摔下去的时候
两腿发麻有点儿头晕
现在我搬到了六楼

每次吃饭
我都会站到阳台上
把一根头发扔下去
把一块肥肉扔下去
把一截骨头扔下去
把一棵可能会卡在喉咙里的鱼刺扔下去
然后我若无其事地跑下楼去看

那些头发、肥肉、骨头和鱼刺
到底摔坏了没有

2002年

☞ *胖子南人生得喜相，诗写得喜剧中包藏智性，极度自然，并且他做到了人诗合一。拿本诗来说，这种感觉太真实了，人皆有之：从楼上扔点什么下去，再看看结果如何——貌似荒诞，实则真实。里面还深藏着人性的残酷。再看看写作时间，那是“下半身”这个群体的高潮时段，其后的写作千差万别，令人不胜唏嘘：种瓜得瓜，种豆得豆，种根扁担抱着走。*

刘君一

晚上的包晓丽

骑三轮儿的：老板儿　去哪儿
我爹：管球他去哪儿
骑三轮儿的：你这个活儿我不好拉
我爹掏出五块钱：你就给我拉五块钱的
三轮车带着我爹往河边骑
拉到包晓丽站夜的棚户边
我爹顺着巷子转
天黑　我爹没认出包晓丽
包晓丽也没认出我爹
包晓丽：老板儿　玩吧
我爹：玩
包晓丽领着我爹进了棚子
灯暗　我爹才看见是包晓丽：是你呀
包晓丽笑：早看见你个狗卖逼的　白天装得跟个人样的
我爹笑：你才正是个狗卖逼的
包晓丽：走　你走
我爹：咋　不做我生意
包晓丽：你闲球的没事儿了
我爹：玩么
包晓丽：这是你玩的
我爹：多少钱
包晓丽：够你擦十双鞋子钱
我爹：十块　不是说一碗面钱吗
包晓丽：那看是素面还是荤面
我爹：好好　十块就十块
包晓丽：你真的玩
我爹：白天就想玩　你装得跟个人样的
包晓丽：想咋玩你说
我爹：你说咋玩就咋玩
包晓丽：脱

☞ 说实话，我已经习惯了一个文艺青年先诗歌、再小说、后电影的发展模式——这是文艺青年们心目中多么NB的成功之路啊！所以对刘君一这样拍过一串电影依旧还在写诗的现象反倒有点不习惯了，甚至还有那么点狐疑。本诗像用文字记录的一次偷拍，拍到的是中国底层见惯不惊的现实场景。“怎么写”与“写什么”永远不是二元对立的，对无诗意的底层生活的广泛触及也是诗歌美学在新世纪的巨大进步。

海啸

对太阳的另一种解读

小树两岁，他的早晨
总比我提前到来
冬天的暖阳被虚构了
至少，在涂抹着雾气与
夜霜的窗玻璃下
那张老气横秋的脸
被一个孩子揭开谜底
“太阳坏了！”
他将我推醒。指着那个叫太阳的东西
不无惊愕地告诉了我

2009年

☞ *孩子的语言是天然的诗句，孩子看世界的角度是诗意的构成。我和老G刚刚重译了布考斯基的《我遇见一个天才》，诗中那个六岁的孩子说：“海一点都不漂亮”——说出了一首解构的诗。本诗中的小树更小，只有两岁，他说：“太阳坏了！”——什么叫“坏了”呢？孩子没有解释，坏了就是坏了，或许他连坏了的意思都不懂。所以，你若将此看成隐喻，便是玷污了孩子和诗。*

水笔

命运1983

大干七八九，火车司机李建设
在下班路上猥亵幼女
被人揪到保卫处
愤怒的人说
畜生啊，该死
千刀万剐也不为过
事过三天
李建设背着党内警告的处分
继续上班
单位领导说
杀一个，少一个
都杀了，谁来开车啊

1983年
祖国大地上枪声四起
多少冤魂成新鬼
那年，铁路异常繁忙
全国工农业生产捷报频传

2008年

☞ *我说我是看着水笔成长起来的——这句话不算托大吧？因为他叫“水笔仔”的时候我就读过他的诗，在很早以前的诗江湖，后来他把主战场转移到赶路，诗也在进步，但是总有些不尽如人意的地方。在我眼中，他属于成长艰难型的。但是得来容易的，失去也容易；得来艰难的，往往可以受用终生。本诗令我振奋，对它的发现超过了老《诗典》对宋晓贤《1958年》的发现。*

李南

忏悔

我曾经错过了：一个陌生人
一场漫天大雪，和一座开花的果园。
我也不稀罕眼泪、朋友、金耳环
一切世俗的小事儿。

我固执地展开翅膀，飞越一道道山梁
又走了一程程路。
回首我乱麻一样的生活，
真不如这些我错过的，和我不稀罕的。

☞ 我记得侯马曾经两次向我推荐李南（他“青春诗会”的“同级同学”），中间竟然相隔有十年以上，这充分说明李南写得好，并且一直好着。看她在主流诗坛那边颇有人缘，似乎也用不着我来鼓励。我一直留意她的诗，书写能力确实很强，甚至于过强，好像闭着眼都能写出不错的诗，这也就埋伏下了一些思维和抒情的定式。而能进入《新诗典》者，一定在定式之外，如本诗。

鲁若迪基

1958年

1958年
一个美丽的少女
躺在我父亲身边
然而，这个健壮如牛的男人
却因饥饿
无力看她一眼……
多年后
他对伙伴讲起这件事
还耿耿于怀
说那真是个狗日的年代
不用计划生育

☞ *元旦之夜，第六届“让诗歌发出真正的声音”朗诵会在坐落云端的大理学院举行，本诗是当晚朗诵会上最受欢迎的诗之一，也是我这个《新诗典》的主持人在现场的一个收获。诗人鲁若迪基朗诵完后，还讲述了他的不识汉字的普米族父亲经人口头翻译完儿子这首诗后的反应，他直斥儿子道：“你这个杂种，我什么时候会放过一个美女？”全场笑倒。诗却辛酸。又是一首精彩的小史诗。*

路也

辛亥百年，致鲁迅

我们这个大学就是一个鲁镇
具体到文学院，就是未庄了
阿Q们都得了PH.D，住在各自的土谷祠中
或把辫子盘上头顶，或干脆剪掉辫子
更有甚者，剃了光头，闪烁着铁青的革命之光
宝蓝色竹布长衫亦换成西装和T恤
此乃身体政治，至于心里的长辫子和瓜皮小帽暂且不表
赵太爷做了院士，假洋鬼子改名叫海归
而我，就是那不能与时俱进的孔乙己
主讲茴香豆的茴字有四种写法
并胆敢去偷丁举人家的书
爱议论中国改革的同事兼友人吕纬甫
远走他乡，改教“子曰诗云”
某年某月某日，在铅色天空下，在飞雪的废园旁，在酒楼上
可否与他不期而遇？
魏连殳这个异类，与我住同一幢筒子楼
有一双在黑气里发光的眼
为了饭碗，终至给权贵写公文去了
至于爱情，似乎见过，但又不太真切
周围的子君们和涓生们全都分了手
而那个搽雪花膏的小东西，正在男人圈里走红
最终委身于靠往牛奶里添三聚氰胺而大发横财的
那个鲇鱼须的老东西
黄昏，路过校门口的菜市场
看见摆小摊的闰土，正被“城管”红眼睛阿义
驱赶得仓皇逃窜
这时，我忽然不再关心茴香豆的茴字有几种写法
想做夏瑜，哪怕让坟上花环惨白
也要讲清楚这天下属于谁
可是，讲台下面坐着的分明是一群华小栓
遂明白九斤老太的感慨“一代不如一代”

那么，干脆扔掉教案吧，去做那个眉间尺
以青色之剑砍下头颅，交与黑色人
愤怒与秒俱增，首级正变成沉默的水雷
——可实际上，我只有诗歌而已，只有“而已”而已
先生，“双十节”又至，已整整百年
你在天上一定还会笑吟吟曰：
“我也说‘今年之双十节，可喜可贺，尤甚从前’吧”
而今，你的后代们，身体乘上了高铁，灵魂还坐在乌篷船上
皇帝坐龙廷，只是离开了紫禁城
药和头发的故事以及风波，还在上演
先生，你的文字已从课本里删除
有人爱你有人恨你，有人利用你，有人害怕你
而我如此苦闷，将与何人说？

☞ *本诗也是元旦之夜在大理学院举行的第六届“让诗歌发出真正的声音”朗诵会上的一大收获，它是我个人在当晚最为欣赏的一首诗。其实，这种密集用典（尽管所用典故并不冷僻）的写法我并不喜欢，所以在听诗的前半段时内心多有排斥，但最终它却是最叫我感动的一首诗——绝大部分人会在类似概念中纠结一生，我本超乎其上，自然不会放过好诗。诗无定法，贵在真心。*

八零

大婚之日

那么多人
围着我们
这真叫我紧张
在白天。

那么多星星
围着我们
这真叫我紧张
在夜晚
那么多只眼

我突然想到数年之后
那些曾围着我们的人
全站到了天上
看着我们
这真叫我紧张

☞ *结婚确实让人紧张，我觉得婚礼上最可怜的人就是新郎官了，简直是在经历一场身心的酷刑折磨，做中国男人真不容易啊！本诗之好，正是从此真实的感觉出发，从现实到超现实，相信能够得到一般读者的共鸣。但是对专业读者来说，从感受到表现形式，前者太单薄，后者太公式。八零写得勤写得多，但有点芜杂，诗的质地也粗了一点，是为提醒。*

魔头贝贝

乌鸦

活在炎热的冰冷中。
用钢筋和石灰抒情。
狭长的走廊，他们相遇
愣了一下，点点头，各自反向走去。
世上只有两个人，陌生而孤立。
前些天经过文化宫，你又想起他
那烧成了灰的人。死亡多么耐心：磨着
黑暗的镰刀。
年少时，你认为死多么远，多么奢侈。

2001年

☞ *今年御鼎诗歌奖，我作为终身评委投了魔头贝贝一票，还是未能阻止其落败，但平心而论，他没有真败，有点冤。所以，他的这个2.0就算是一个安慰奖吧。来到《新诗典》，我觉其倒真要反思了，在此华山之巅一剑论英雄硬碰硬的较量中，他没有显出来，以十年前出道时的起点似乎不应该。什么问题呢？十年过去，我这胖子都减肥了，你这瘦子也该增肥——这是个隐喻。*

南子

强者不知道的事

他们不知道
我自黑发的沉默里也会泄露不安——
为无所不在的被忽略，被漠视
为不能从弱小者的失败中
获得庇护
也为我？当傲慢者需要赞美的时候
总是以一个外乡人的口音——
可是？当整个人世铺张成一张巨大的蜂巢
我能区分黄色的蒲公英
和一颗星

这不是我指望的智慧——
我只是在遇到祸事的时候
微微低首
从不与之争辩？

☞ *我在读到本诗的同时也读到了另外一位出自新疆的女诗人丁燕的评论，得知此诗的写作有一个大背景——即便我不了解那个背景（背景有时不一定有助于你对一首诗的精确把握，甚至引向简单的善恶是非的理解），我也感觉到了此诗内在巨大的张力。这还是我在二十年前认识的那个小姑娘吗？我们老说才华甚至天才，有人越过这些直接体现为能力。今日南子，能力超强。*

廖人

无题16

身为一根拐杖
你乐见一个跛子

身为一个跛子
你奴役自己的手

身为一只被丢弃的手
你长年
伸出地面

就等一次机会
钻进它悬空的袖子

2009年

☞ *曾在上世纪50—70年代为中国文学史做出过“填补空白”的巨大贡献的台湾诗歌，后来又被大陆同行说得一无是处。《新诗典》2011年终盘点，台湾以入选七首位列全国第十一名，差一点跻身“十大”，位居上游。通过《新诗典》，大家还了解到台湾诗歌中青年诗人所展现的新的风貌，读罢廖人智性十足语言干净利落的这一首，相信你会加深印象。*

百定安

壬辰之诗：无题

他弯腰锯开一截木头
给自己安装假肢。他在造他自己。

两只鸟儿从墓场飞来：一只是他的父亲
另一只是他的母亲；他们三个谁也没有认出谁

他生硬的背上，有两个黑影子在飞。
他没看到；他在锯木头。

2012年

☞ *先请大家注意一下本诗的写作日期：十一天前——此为《新诗典》开栏以来最快推荐记录，就像国际足联颁发的年度最快进球奖。原因当然是写得好，最近我满脑子都是翻译意识，做的梦都是英语梦，我读本诗时想：这是一首特别经得起翻译的诗，你把它直译下来，损失率会很低，为什么会如此？因为它具有“事实的诗意”和准确的语言。刚巧作者本人就是外语专业出身。*

伤水

盗冰者

我要去天山盗取一块冰
阳光包围着的一块冰，整片蓝天笼罩般呵护着的
一块冰
透明、晶亮。
它当然不是火做的，也不会是玉。
我用心去取一块冰
手指夹取的地方，会很快变薄
沁凉的纹印
会成为我的罪证。
我必须避开时光的警察。可是
最终
我知道
冰还没有回来
我就融化在路上。

2008年

☞ *想象力是创造力的基础，初读本诗，当我读到起始句“我要去天山盗取一块冰”时就知道该诗已经成功一半了。想象，不是胡思乱想，它依据的是现实逻辑，对待自己想象的态度说明着想象的严肃性，表现自己想象的能力才是作者全部才华的最终体现：“手指夹取的地方，会很快变薄／沁凉的纹印／会成为我的罪证。”——读到这里，我已完全信服。*

刘二曼

红旗袍

哟，妈妈
她拿出了久违的那件红旗袍
穿在身上
只是中间的扣子扣不上那些陈年脂肪
她站在镜子前
前思后想
左顾右盼
下垂的乳房也难以撑起
旗袍的风韵
硕大的屁股扳平了旗袍的褶纹
谁能想到
这件红旗袍背弃妈妈的身体
永远只能垂挂和观赏

2008年

☞ 记得推荐刘二曼的第一首诗《干休所的小战士》是在去年6月1日（刚巧赶上了她的生日），距今半年过去，但我感觉已经过去了很久，现在的时间因为容量的增大而浓缩了，在这半年里，我没少读其诗，新鲜感和冲击力都在逐步下降，单纯依靠感觉的优势和新一代的生活姿态，恐怕还是不行的，我觉得要想写得更好，还是要自觉、专业，要有经典意识，本诗就是经典意识的产物。

李异

结婚

现在我干净体面地
站在你的面前，
在你面前这件
被套着的方格衬衫：
规矩、本分，
它们一道一道的黑杠
横七竖八地切割了我的身体，
我在你眼里
看上去就像一个囚犯。

2009年

☞ 通过《新诗典》，我的“四大门生”已经变成“六大门生”，我说过我退休前的梦想是坐拥“十大门生”（也许保守了？）。在他们之中，李异的诗歌质感是最好的，但却在选择第二首时两度落空，其中有个什么问题？即便你爆发力出众、诗歌质感出色，诗还是要一首一首写，不能千诗一面，每一首要有每一首的结构与匠心。本诗对其自身的主旋律有所出离，反倒获选。

秦巴子

马赛克

在一栋贴满马赛克的楼里
我听到老导演和小编辑的
这样一段对话：

“这个车子上的商标，
能不能打上马赛克？
“为什么呢？”
“会有广告嫌疑。”

“这个人的脸上，
也要打上马赛克。”
“这又为什么？”
“要保护当事人。”

“这个，给她的胸部
也打上马赛克。”
“她挺漂亮的啊。”
“可是尺度过大。”

“后面那机关大门上的牌子
一定得打上马赛克。”
“这我就不明白了。”
“有什么不明白的？”

“叫你打你就打，
不要问那么多为什么！”
“可是，人家会不会以为
我们在给马赛克做广告？”

2011年

☞ *我要选一位自《新诗典》开办后借其东风将自身的写作调整到最佳状态的诗人作为第三首推荐的开始，在我脑中此人非秦巴子莫属。我认识他整整二十年了，但是过去的一年就像浓缩了前十九年的精华，我对其从人到诗都有了更进一步的认识，具体到《新诗典》来说，他是每天晚上给入选同行献花的人，交谈中对同行好诗多有激赏，自己便得好报，赢来巅峰。态度决定巅峰！*

严力

永远饥饿

掉下来只是时间的问题
挂在墙上的画
一直在与那枚钉子较劲
就像我的肉体悬挂在思想上

掉下来只是时间的问题
于是掉下来了

因为比蚯蚓
穿过耶稣手臂骨上的钉眼更早
打猎归来的人穿过村口

因为比从部落里埋下去的物品更早
弱肉强食的法律
也都研究过恐龙的骨头

因为改道的想象力软弱无力
欲望的口水随肠道汹涌下垂

因为无论如何替换舵手
崇拜天生之乐趣的人类
其财富的全部价值就是听从肉体

2008年

☞ *大家知道，我最近重译经典，整日活在世界大师中间，仔细抠着他们的每个意象、每个字词——在这样的氛围中，我读到如下诗句：“因为比蚯蚓／穿过耶稣手臂骨上的钉眼更早”——哦！我想很负责地告诉各位：如此精妙的意象如此充满张力的句子是世界大师级的，出自现代汉语诗人、出自首届《新诗典》年度大奖成就奖获得者严力先生，这就是为什么我要把他放在大年初一推出的原因。*

沈浩波

墙根之雪

马路上的雪早已融尽
变成水，渗入地下
加大了地表的裂缝

而墙根的雪已经不是雪了
它是雪的癌症
它吃力地扶着墙根，它将
继续黯淡下去，直至消失

沿着墙根行走
每走几步，你就会发现这些
令人心颤的细微之物
它们看上去甚至还很新鲜
而它们到底形成于何时？

呵，在夜晚
竟会有那么多人匆匆奔向墙根
他们解开自己的裤子，或者
把他们的手指抠向深深的喉咙
他们在排泄和呕吐，加深了雪的肮脏

2000年

☞ *请大家注意写作日期，沈浩波写作本诗时尚未在诗上成名（尽管《谁在拿90年代开涮》一文令他先获意外的名声），似乎有人愿意将我和这位师弟的关系说得邪恶一些庸俗一些，但是我要说出来会令他们心灰气丧：说到底我对沈之欣赏甚至不是立场相近，我欣赏他出身名门正派，修养深厚，训练有素。谁若不服，请先在二十四岁写出“雪的癌症”。大年初二。金诗奖得主。*

王小妮

从北京一直沉默到广州

总要有一个人保持清醒。
总要有人了解
火车怎么样才肯从北京跑到广州。

这么远的路程
足够穿越五个小国
惊醒五座花园里发呆的总督。
但是中国的火车
像个闷着头钻进玉米地的农民。

这么远的路程
书生骑在驴背上
读破多少卷凄凉的诗书。
火车顶着金黄的铜铁
停一站叹一声。

有人沿着铁路白花花出殡
空荡的荷塘坐收纸钱。
更多的人快乐地追着汽笛进城。

在中国的火车上
我什么也不说
在北京西我只听见人声一片
在广州我听见芭蕉正扑扑落叶。
满车内全是鸟语
信号灯裹着丧衣沉入海底。

我乘坐着另外的滚滚力量
一年一年
南北穿越中国
我的火车不靠火焰推进
我的心只靠着我多年的沉默。

2003年

☞ *王小妮无须凭借《新诗典》再增加知名度，但是确实有一批青年诗人通过《新诗典》认识到了她的强度。前些日子，我刚在长安诗歌节的某场中对年轻的同仁说过："王小妮都有第四首甚至第五首可以推荐的了，你们要努力！"毫无疑问，她是中国当前成就最高实力最强的女诗人。大年初三，第三个王小妮日，《新诗典》也向全国的女诗人拜年！*

吉狄马加

面具

——致塞萨尔 ·巴列霍[①]

在沉默的背后
隐藏着巨大的痛苦
不会有回音
石头把时间定格在虚无中
祖先的血液
已经被空气穿透
有谁知道？在巴黎
一个下雨的傍晚
死去的那个人
是不是印第安人的儿子
那里注定没有祝福
只有悲伤、贫困和饥饿
仪式不再存在
独有亡灵在黄昏时的倾诉
把死亡变成了不朽
面具永远不是奇迹
而是它向我们传达的故事
最终让这个世界看清了
在安第斯山的深处
有一汪泪泉！

2009年

① 塞萨尔·巴列霍：20世纪秘鲁最伟大的印第安现代主义诗人。

☞《新诗典》迄今，已有将近十位少数民族诗人入选，他们为这座花园贡献了各自的奇葩。在一个多民族的国度及其文化生态中，其内部的差异性是生机之所在。在他们中间，吉狄马加的写作无疑是最成熟和最有成就的，他甚至已经自行打通了直通世界性的暗道。本诗再次证明了这一点：他在巴列霍的身上得到了宝贵的启示。借此，《新诗典》也向全国的少数民族诗人拜年！

黄梁

太古

太古的清晨，等待绽放的无名花朵
承接朝露，双颊绯红
在男人女人邂逅与错过的小径边
花之颜，地老天荒地蹙眉，回首

处子清洁的眼神，樱花般的唇
初春正直地写在鼻梁上的诗篇
衣襟新绿，习习和风
一瞬间，夕照缠绵翻覆，莺啼天涯旷放歌喉

2005年

☞ 玩古风，或民国范儿，扩而大之到小资、小清新们心向往之的那一路，还是台湾诗人、作家们更擅长，味道也更地道。在这热气腾腾的大年之中，给自己十分钟，让黄梁带我们去太古的清晨走一走看一看，也别有一番享受在心头。黄梁是位诗歌赤子，在台出版的“大陆先锋诗丛”就是他主编的，《新诗典》的台湾诗人也是来自他的举荐。借此黄梁日，向台湾同胞同行们拜年！

张耳

四声

四声太难了，歌唱一样地
说话，像书上的小雨点
沙沙沙，小青蛙呱呱呱
远处的雪黏着窗玻璃
龇牙笑，我的太阳
在树枝上一上一下荡秋千
忽闪翅膀汪汪汪
为什么总戴着帽子
小狮子金黄的卷毛？
“狗狗！”上声正确
而且加了重音。“妈妈
是什么字母？”

是
什么字母？

宝宝 bao 宝，bao 宝
和爸爸 ba 爸，ba 爸 是
字母表上第二个字母

妈妈比较复杂，ma 妈，ma 妈，在中间偏后的
位置：两扇走进走出的门，藏起来
吃也吃不完的米，演不完的节目
不能出的名，挣不出的命。宝宝
骑上跑的马，呱嗒呱嗒，地上
蚂蚁忙个不停。妈妈美，妈妈
秘密，妈妈默默，母牛哞哞。妈妈
还是个问题的吗……
第一个字母是a
是爱
也是安

最容易也最难

“猫猫去哪里了？”

猫猫老了
病了
睡觉不醒，不回家了
“猫猫去哪里了？”

不在了
死了

“猫猫去哪里了？”

对不对？妈妈和猫猫
起同一个字母

“猫猫去哪里了？”

2002年

☞ *去秋张耳来长安，我心有感动：她嫁给了美国人，生的是美国娃娃，拿的是美国护照，但那种爱中国爱北京（她故乡）的情感一览无余，在其诗中也不难发现，譬如本诗。我以为，爱国的重音字不在国而在爱，不爱中国的人就爱他国吗？不，只爱自己。在这个地球上，但凡用汉语写作的人就拥有文学上的中国国籍。借此张耳日，向旅居或定居在世界各地的侨胞华裔汉语诗人拜年！*

小招

女奴

一大早
鲜娅就起来了
她来到何路和曾德旷的院子
先是洗菜
洗了一大脸盆
然后，她耐心地
把昨天弄得乱七八糟的屋子清扫干净
当这一切工作结束之后
她就坐在院子里
不停地自言自语，和唱歌
何路点了一根烟
慢悠悠地说
“鲜娅给宋庄人民带来了很多快乐”

☞ *本主持读诗的经验，说出来与大家分享：有的诗外脏内脏，有的诗外洁内洁，有的诗外洁内脏，有的诗外脏内洁——我觉得小招的诗属于最后一种，我可不是死了什么都好的烂好人，他活着时，我在诗江湖上就对他发帖说过：别装垃圾，你也就是一文青。但说老实话，小招还是比文青范沉、实、痛、有才。天堂里的年没这么热闹吧？值此小招日，向所有天堂里的汉语诗人拜年！*

林莽

我们还有许多事情没有完成

我在一个密闭的飞行器中飞行
穿越那么多熟悉的地名
隔着岁月与时空
它们都曾在古老的书本中

我飞越那片世界上最大的草原
我在万米高空中越过乌拉尔山脉的主峰
我追赶太阳　从东向西
我们还有许多事情没有完成

我们还有许多事情没有完成
在一万米的高空下
有一只蚂蚁在搬运它过冬的粮食
有一只鸟儿焦急地寻找它失散的伴侣
有一头牛在为它的孩子进行第一次的哺乳
我们已经历了很多
但我们还有许多事情没有完成

在一万米高空中我读保罗策兰
我知道我读的并不是他
他距我的距离很近　距我的设想很远
我们都是在寻找语言的归属
我们在各自的空间里神秘地飞行
但我们有许多事情还没有完成

2005年

☞ *林莽是白洋淀诗派的老将，《老诗典》的入选者，新世纪这十来年，读他的新作不多，但是今年元旦之夜在大理学院的朗诵会上，我听他在台上朗诵本诗，一下子被打动了！读和写到现在，对一首诗中所包含的真心假意特别敏感，本诗显然是那种出自真心动了真气之作，所以很能够引起读者的共鸣：是啊，我们还有许多事情没有完成——这是人生的大问题，也包括了答案。*

朱剑

菜市场轶事

我决定以后
再也不去那个菜市场

当我得知那儿
从前是一个刑场

阳光在刀尖
跳跃

“咔嚓”一声
头落地

其实是一颗
鱼头

我抬手摸摸
脑后脖子

2004年

☞ *在汉语诗坛，我是“身体写作”的首倡者——这原本是从诗人写作的角度对一首诗的身体性的强调，反过来站在读者的角度上，身体性也会展现它的存在，譬如，我的身体会记住一首诗，我的脖子就记得本诗，因为我以前在阅读本诗的时候伸手摸过我的脖子。我还是固执地认为，凡是被我记住的诗都是好诗（非诗因素除外），何况是被我头脑以外的身体记住的。*

东岳

梨尸

掀开窗帘
我才看到
窗台之上
我前几天
吃掉的一个梨
所剩的梨疙瘩
那么大的一个梨
所剩的那么大的
一个梨疙瘩
如今变得又小又干瘪
我如实写下：
今天，我发现了一具梨尸

2009年

☞ *如果我在选择第一首推荐诗时曾在两首诗之间徘徊过，那么就一定会有第二首推荐；如果我在选择第二首推荐诗时曾在两首诗之间徘徊过，那么就一定会有第三首推荐——东岳就如此这般冲杀到了第三首，这恐怕超出了不少人的预料，论坛时代他是那种惨胜型的诗人，就是要用很多诗换得几首特好的，在不无负面印象的同时，得到了《新诗典》的厚报。*

横行胭脂

给S写信

自认识你，身边事，身后事
宠辱事，人间事
俱与你笔谈。虽说如今
娱乐年代，诗意渐远，书信渐亡

西南大旱，玉树地震
一颗叙述的心，能突破什么？
一颗抒情的心，能担负什么？

“天之病，从天理。”你如此安慰我。
“一群人民狠狠地睡下了。”
我说出这样一句似诗非诗的东西
在远方眼含热泪

我本布衣，忧心如焚
知我者谓我心忧
不知我者谓我何求

这灾难丛生的生活，如轻薄之子
假如我们对它失去了爱
为何还要痛悼往昔的情欲？

一年。一年等于365天
一年等于春夏秋冬之和
一年，等于一棵怀疑的树
长满了犹豫的花
它的体内四面楚歌
舌尖沧桑，果实味苦

夜晚灼烫，春天这蒙昧的朝廷

秦地樱花怒放。

2010年

☞ *诗言志，诗有致。书信体，是中西共有的传统。书信体诗是诗，而非书信——本诗对此一点的把握相当好，它是浓缩的、跳跃的、升华的、向内的，也有像“春天这蒙昧的朝廷”这样的才气一冒。我人到中年，才发现养活了自己半辈子的故土的神奇与深厚，既生长李岩、孙谦这样顽固的老石头，也有胭脂横行诗坛却不在长安抛头露面，我越发热爱故乡的诗人了。*

还非

黄昏草场

该把羊群召回栅栏，夕阳下，
该逐个地清点一遍黄昏的草场。
小时候替邻家放过羊群，总是数不过来，
一遍又一遍地怀疑着还差一头：
天渐渐地暗下来，远山顶上
最后一抹余晖里，该有我恋场的羊儿？

2000年

☞ *如果要盘点这一年的《新诗典》，我会写道：中岛为我们贡献了最有情感震撼力的诗、还非为我们贡献了最有人生含金量的诗……但是这样的诗人，反倒会令一些貌似强调技艺、功夫的自以为天才的同行不服，觉得他们是下足了老本才成全了单篇好诗（那你们怎么不下呢？），所以，还非一定会有第三次出场，我推荐他一首小诗来掌这些脑子糊涂的同行的嘴！*

杨叉

他她

A没有什么想法，B没什么未来
C只知道无所事事
如果在海口，他们将会用一整日
消耗在茶庄打牌
D已经三年没女友了
E习惯每个傍晚之后上聊天室
一个叫未央的女人说：很多时候寂寞
想做爱，在一些可以被偷窥的场所
F买了些杀鼠剂，但没有吃
也无过多表示，一如既往的冷漠
她有一枚硬币，是泰国的
G的生活很正常，每天饮一包纸装的牛奶
H刚打完电话，这个长途
花了他二十多块
接下来叫上一辆便宜的摩的
去海边，自己走走
最好能搭讪一个孤独的离异女人
H的钱包掉了，里面有初恋女友的大头贴
吉林人，当时还是个处女
粉红的奶头小小的
和他们的恋爱那么小
IJKLMN都是网友
今晚相约到唐会喝酒，三男三女
个个都心怀鬼胎
在厕所门口，J对N说：
你瞒着你老公就行了
在楼下公车站牌处，二十六岁的O正喝着
奶茶，她讨厌唱K讨厌酒吧讨厌饭局
讨厌喧嚣，甚至讨厌男人
她有个优雅的女同性恋人
叫做P，到现在

她们都没有过多的身体接触
Q则不同，他有个天生敏感的屁眼
需要男友在半小时里把精液射在里面
很暖和，像被温水泡了一遍
R只喜欢喝冷的东西，比如
冰镇可乐，青岛啤酒
偶尔也会吃雪糕，坐在公园的石椅上
看年老的夫妻耍太极拳
年轻的孩子放幼稚的风筝
H与T原来也喜欢到公园散步
只是现在离婚了
U是第三者，她用隆出来的巨乳
杀死过很多男人
包括一个读初中二年级的小男生
偷偷到夜市书摊买色情杂志
洗澡前总会拼命自慰两次
作为她母亲的V并不知晓
她沉迷于麻将和烟草，当然
也迷恋男人的下体
她有个姘头叫W，在市中心的超级市场卖猪肉，砍骨头的时候很酷
有人说像吴镇宇，有人说像张耀扬
更多人说像黄秋生
至于XYZ，都是死去的人
没什么好说的，即便他们还活着
也是没什么好说的

2008年

☞ *如果允许我有偏爱，如果允许我说出自己的偏爱，那么我想告诉大家：我非常偏爱杨又的诗！绝大部分的好诗，包括我正在译的那些世界级的好诗，只是符合好诗的标准，满足了我的审美经验。只有极少数诗能够让我得到一种超乎文学的享受，它们一定是非文人化的，大到布考斯基小到杨又就是这样。有人还在乎"80后"的座次，有杨又在，即便第一也没有意义。*

晓音

亡者之痛

亡灵说："只有蠢货，才会让山河改道"

但，这是亡灵说的
人类完全可以忽略不计

那些活着的人
面孔下面的嘴
还能吸进空气和爱情
有谁会去倾听
那些尘埃下面的森森白骨
不合时宜的忠告

还有谁，会去谆谆教导
那些在上帝的诅咒声中
诞下的婴孩

2008年

☞ *从写作日期加上晓音的原籍推测，本诗大概缘起于汶川大地震——那次地震对中国当代诗人所带来的心灵震荡，在我记忆中是空前的，当时所写诗歌之多恐怕也是创历史纪录的，但是今天回头看：有几首还能读？本诗就还能读，今天读依然是好诗，因为它有对现实的超越。正译阿赫玛托娃，我更佩服的不是她直面现实的勇气而是她艺术地诗歌地再现现实的能力。*

湘莲子

故事一

海参在遇到天敌时会把身子分成两半，
一半让天敌吃掉，
另一半逃走。
——选自希姆博尔斯卡《自断》

我说过年不谈诗我们讲故事
就像半截钢管砸去了半边脑子的泥水工
像他和他的病友们在病房里
谈天、吵架、抽搐、梦游一样

他说3+2=1
就像三个指头加二个指头等于一只手
两只手加起来等于一双手一样
就像老鼠最不喜欢老鼠药
最喜欢吃老鼠药的一定是老鼠一样

就像他们海阔天空
一下子从数学转向哲学
个数转向复数
手指头转向塌瘪的脑袋
转向老鼠、老鼠药、漏洞、气球一样
就像11+11=22、22－2=2一样

他说漏洞不是不可以修补的
就像老鼠药总是会被老鼠消化一样
就像老鼠在他脑袋上打洞
他脑子有漏洞、漏洞跟漏气
漏气的气球是最难吹的气球一样
就像他半边塌瘪的脑袋
塌瘪的脑袋被哈欠打得一鼓一陷一样

他说放老鼠药的箱子里没有老鼠
老鼠药很伤老鼠
就像读书很伤脑子一样
就像老鼠偷吃了他的脑钻进了他脑子
就像他说他头疼，我头也疼
他要我在他脑子里放老鼠药一样

就像他说：“我快傻了
脑子快被吃光了
老板不要我、女朋友也不要我了”
就像他很绝望
他绝望得跟鬼哭狼嚎一样

他哭起来就像一只捉不到老鼠的猫
就像一百只老鼠也敌不过一只猫一样
他说：“谁都搞不定，谁都补不了这个洞
只有我能，我有法子嘛。我弄点上好的水泥
兑点酒水，啧啧。相信我的技术嘛”

他指着自己缺损的颞骨就像指着某个屋顶的缺口
就像他正在修补的某个屋顶的缺口一样

2012年

☞ 本诗也许会吓别人一跳，但不会吓我一跳，因为湘莲子当面给我讲的发生在医院里的真实故事，写出来就是世界级的短篇小说——这并不是说她沾了职业的光，而是她的文学感觉、素养和价值观，而是她这个人：善良、正直、美好。我相信她还会写出更多吓人一跳的东西。今天是元宵节，萧医生或许还要面对患者，借此祝天下所有的汉语诗人元宵节快乐！

艾先

沙之下

一般来说，沙的下面
还是沙。
如果再向下，是
石砾和水。
如果可以，不断地
不断地向下挖
经过地壳，地幔以及
炙热的岩浆
喂，你说
会不会遇见一个
正在对面
挖沙的人

2004年

☞ *又来一个医生，这回是个中医，一个有脾气的中医，曾留下过在武汉街头提刀追混子的佳话。六年前，他和女儿陪我登上黄鹤楼，前不久，他的女儿都在译布考斯基了……时光流逝，诗歌依旧，艾先不移，本诗完全是借用了一个惊悚片的结构，装的却是哲学的内容，读来大呼过瘾，堪称绝作。我想你们读完之后，未必记得住原句，但一定会复述出它的诗路与哲理。*

新世纪诗典

{第一季}

六　我曾长在葡萄园下

怀金

凌晨笔记

一个银狐。在我喝酒之前，
一定有人伤害过它。柜台上的碎银子，
可能来自阴间。那些号啕的人，以头抢地的人，
这时候是雪豹子，翻白眼，
刚刚细数过一代代祖先。或者月亮，刚刚照耀过
语言的碎屑。记忆也赊账，不见对面的酒客。
我吃下的烤红薯，冒白烟，走盲道，呼唤着它的兄弟们。
那是乡村的一地幽灵，正踏雪而来……

2009年

☞ *近来我陷于狂译之中，译得相当广泛，其中有直译的英语诗人，也有通过英译本转译的其他语种诗人，两者之间有何差别？最大的差别是英译本反而比英语原作语言干净（更好翻译）——吓了我一跳！不能再强调干净了！母语就是不干净，要有其文化性、民俗性、成语、俚语甚至于哈喇子，大家明白我为什么要推荐本诗了吧？怀金好酒、豪爽、热情、可交！*

唐果
一棵随意的树

那是棵随意的树
是棵随意长在悬崖上的树
是棵抱紧石头想往上爬的树
是没喝过牛奶，没听过音乐的树
是棵喝西北风，被风灌耳的树
是棵想喝牛奶想听音乐的树
是棵站在乌云下面等候云白的树
是棵随意倾斜不想立正的树
是棵长得松散，像个松垮女人的树
是棵看到蚂蚁在身上游行不再热血沸腾的树
是棵打探到石头秘密的树
是棵无论身体如何晃动，也拔不出的树
是棵孤独的树
是棵站在悬崖俯视森林的树
是棵只能跟两丈开外的同伴点头
却不能像森林的树一样，跟树搂肩搭臂的树

2005年

☞ *现代诗人们对单一句式的排比句的使用相当谨慎，其原因向外从效果上说是难以出新，向内从写作难度上说是因为必须出新而骤然提高（不是有人爱提难度吗？难度非但不玄反而实实在在），但是唐果敢于通篇这么干，而且干成了，干得相当漂亮，记得当年我初读本诗时心说：这个女孩在写作上是有真本领的，她不是风格派而是实力派。*

唐欣

又到合作

上气不接下气　高原无恙
是我自己上了年纪
我受命来给一群干部上课
我念得结结巴巴　他们发现
古文和外语都差球不多
实际上于我而言　也是如此

和其他地方一样　这里的变化
可以说很大　也可以说几乎没有
破败的房子　许多都刷上了“拆”字
但看上去　一时半会儿
也还很难拆掉　我在人大招待所的
台阶上　刮掉皮鞋上的泥巴

送走朋友我就感冒了　已是子夜
下着小雨　药房紧锁
大街上路灯暗淡　空无一人
我敲开一家杂货店的门
一个藏族姑娘拿出她剩下的半包药
“你把这个吃了”　我要付钱
她说　“病好了就行了”

接下来我就来到了广场
已经不止一人向我提到它
此刻这儿只有几个喇嘛在玩着单杠
我对宗教　知之甚少
他们置身其间　想必深谙奥秘
现在我们的手都紧握着冰凉的铁管
相对这个小城来说　这个广场的确
真够大的　但它未必就大得过

今夜我的孤独

2005年

☞ *每到春节期间，唐欣就要现身长安——掐指一算，连这件事都快二十年了！我家门上猫眼里的诗人由细变粗，由青年变中年。落座之后，我们谈话的内容则始终不变：以诗为核心，散射到整个文学，再远也跑不出文艺（电影啥的）。二十年来，不变的还有唐欣的诗，每年不多但也不算很少，我是他诗的一个欣赏者，他或许震撼不了你，但让我读来舒服，让我舒服诗神就舒服了。*

冯晏

敏感的陷入

——致荷尔德林

你神经的枝叶由于繁茂，而变得
纷乱、虚幻、漂移，如果
做一名渔夫，你无法编织出
一张有规则的网，但在海岸边
一位伟大诗人的内心细节
却影响了落日的光辉。这些看上去
并不相关，你的灵魂，沉寂在
文字里，散发出持久的灿烂诗句
后来的人们，焦虑，源于难以深入
你的遗物，看来，每一个部分
都很重要。还能记起吗？你到底
是为什么付出了生活。爱情，
并不是你深陷的主要原因
还有孤独的花朵，忧郁的藤蔓
这些敏感的末梢物质，是否
生来就缠绕在你的快乐上
只是你没有提早发觉而已
究竟是头脑中的哪一些细胞
率先跳出来，不愿像数字一样
按秩序排列？他们到底比常人
要复杂多少？这些细胞，假如
经过生物的冬眠之后长出翅膀
也注定比雄鹰的有力，比海鸥的洁白
是什么，托起你的灵感
在天空飞翔，接着又神秘地下沉
直至深渊的底部？那座塔楼
在荒野上接着你，似乎是天意
破碎与修复的道路上，控制力对于你
究竟意味着什么？情绪
在极限中往返，你是否经历了炼狱

你的诗，是提炼精神的见证吗？
一行诗句，犹如一棵树干
在身体上刻下年轮。有多疼痛
只有词语知道。假如再轻浮一点
再平庸一点，你的神经是否就不会
在时间里折断？那塔楼的渔网
或许就不需要，罩住你三十五个春秋
假如心碎能让我陪伴一位天才
我宁愿，从出生一直心碎到老年

2005年

☞ *一方水土养一方人，冯晏留给我至深的印象是在滑雪场的大雪坡上左右腾挪身轻如燕的英姿——她的诗可视性可感度就没这么强了，这也是《新诗典》开办快一年了，我才迟迟将其推出的原因，中间经历过几番犹豫，因为微博乃至网络这种快速传播的形式还是对感性—性感—口语—智性风格的作品更适合一些，而冯晏是向内—内向—哲学—追问的，但是我想，每一种风格都会有其相应的读者。*

吕叶

楚：诗

我深陷于希望　为了一个永远无法到达的未来
腐烂的气息葬送了所有的墓地
保持了三十九年的沉默会不会在今夜敞开它所有的暗

我已经感觉不到疼痛　被剥夺的自由弯下腰身
撕开的夜不可能再一次被缝合
我洞开着自己　绵延而至的路口没有理由不将梦想护送得更远

孤独地面对永恒　花开花落或者海枯石烂
词语的外壳早已无懈可击
有人依然会以分娩的方式来到我们中间

预谋已久的沦落将自己献出　我将再一次被塞进巨大的时间
当然更多的时候我沦陷于自己巨大的阴影
更多的时候我空无一物

人类最大的悲哀是
诗没了　人还在

2009年

☞ *吕叶是最早出道的一批“70后”，早在90年代中期，这令其诗显得老相一点，词语化的痕迹重了一点。他留给我最深的印象是一身的清洁之气，从十多年前的俊逸小伙，到今天的潇洒中年，这一点始终没变。在我见过的人中对他人最宽容者当属吕叶，他说：“人类最大的悲哀是／诗没了　人还在”，并且以“楚”为题，那就更加痛切！*

琳子

观赏

哦，坐着这一地腐叶，我们是幸福的。我们
两个鞋底干净的小女人，我们
生育过的屁股结实肥美，坐着田野的高处。

2006年

☞ *这是《新诗典》迄今为止推荐的最短的一首诗，但它却不是一首小诗，而是大诗，因为“两个鞋底干净的小女人”，更因为“我们生育过的屁股结实肥美”！《新诗典》开办快一年了，现代汉诗的原有秩序已经在我心中大乱，琳子已经跃升为顶级女诗人，若比“实力”她不输于任何人，我希望她不要计较诗坛待遇的种种不公——那往往是老天要成全你的兆示，胸怀世界继续前进！*

宇向

圣洁的一面

为了让更多的阳光进来
整个上午我都在擦洗一块玻璃

我把它擦得很干净
干净得好像没有玻璃，好像只剩下空气

过后我陷进沙发里
欣赏那一方块充足的阳光

一只苍蝇飞出去，撞在上面
一只苍蝇想飞进来，撞在上面
一些苍蝇想飞进飞出，它们撞在上面

窗台上几只苍蝇
扭动着身子在阳光中盲目地挣扎

我想我的生活和这些苍蝇的生活没有多大区别
我一直幻想朝向圣洁的一面

2001年

☞ 本诗的整体和立意都不错，但最出色的却在一个与整体不甚和谐的局部："一只苍蝇飞出去，撞在上面／一只苍蝇想飞进来，撞在上面／一些苍蝇想飞进飞出，它们撞在上面"——太意外了！太大胆了（不是意思而是突然改变的写法）！这一段可爱的文字令全篇陡然增色。这当然是才大使然。绝大多数诗人只敢在一个观念下信守一个写法；即便胡来，也是在胡来观念的指引下。

贾薇

张翠莲

有人半夜在楼下喊
张翠莲
张翠莲
没有人答应
小区的院子里
一百零八户人家大都已睡
来人在楼下喊
张翠莲我的钥匙丢了
张翠莲没有答应
张翠莲是一百零八户人中的一员
半老女人
常牵了狗在院子里溜达
张翠莲我的钥匙丢了
喊的人声音沙哑
半夜来风
把他后面的几个字
倏地
抛到了院子的后面
没有人听清他说的是钥匙丢了
只是听他很着急
很无助
带着哀求的哭腔
叫那躲在不知何处的张翠莲
那个半夜我也无心睡眠
陪着楼下的人一起喊
张翠莲
我们一个在楼上
一个在楼下
喊声很大
后来一百零八户人中
有好些人都跟着喊了起来
张翠莲我的钥匙丢了
这个沉得住气的半老女人
始终没将钥匙
从窗台上扔下

2003年

☞ 这是最好的那个贾薇，最好的贾薇尚未落笔，一首好诗便已注定——总是能够抓住“事实的诗意”，所以她曾经是我最欣赏的女诗人（无需加“之一”），在90年代，她是中国女诗人中唯一具有新增点（先锋性）的。2007年在昆明，贾薇说过的一句话我一直记得：“十年前跑步的老头都死了，十年前走路的老头都活着”——那么，十年前待着不动的老头呢？

徐江

半首朗诵诗

在黄昏临近时
写一首模仿之诗
夕阳下的空气温暖
天地昏黄宛如
沙尘暴驾临金秋
我忘了我声音的原样
和第一个召唤我的声音
所有第二位第三位的声音

现在请让我喝一口水开始说
艾略特是伟大的因为他
辨认着戒律且呼吁遵守它
金斯堡是伟大的因为他藐视戒律
并对另外一些不成形的戒律卑躬屈膝
同时歌颂了手淫和母亲
布考茨基是伟大的因为他更粗鄙
并从这里出发走向了真正的高贵

王维是伟大的因为他没有比陶渊明更加伟大
李白因为杜甫的崇拜而伟大
杜甫伟大因为在漫长的岁月里一度没什么人
选他的诗还想把他从唐朝驱逐出去
李商隐是伟大的因为他朴实地
把《锦瑟》放在了诗集的第一首
屈原是伟大的因为我们吃着粽子而顾不上
他的委屈和诗
苏东坡伟大是因为他的啸他的傲他的铁砧把句子敲出
银质的润泽还有街边那些酒楼附会的红烧肉

普希金伟大因为他歧视自己的阶级而且让一些
仇恨这种歧视的中国人厚颜无耻地崇拜

歌德是伟大的因为他老奸巨猾小心翼翼在泥流中
没有弄脏自己贴身的内衣他的诗心
聂鲁达是伟大的因为他多变幼稚却没有像马雅可夫斯基那样
死在独裁者的阵营里他为自己选对了死
鲁勃佐夫是伟大的歌手没有死于酒但死于老婆的擀面杖
他让一阙抒情变得雄浑粗壮起来
雅姆艾吕雅普雷维尔是伟大的他们曾让我初近诗歌的天空
充满了金子一样富足的华彩

帕拉索列斯库是伟大的因为他们是另外的伊沙
傅立特是伟大的因为他平静口语更嚣张和挑衅
策兰是伟大的因为他让北岛和家新吵
其实他可能比他们吵得还要略微伟大
但这不等于说他就比巴赫曼汉特克高级
诗歌史是伟大的因为同样伟大的名字你不可能数清
而且那些伟大的私生子还在源源不断地被生出来
诗人也只能是语言的私生子
他们像卡通片里的宝宝让观众看着别扭但看看也就习惯了
更伟大的是诗歌虽然高高在上它却只是文学的一部分
文明的一小角智慧和昏聩的寄居壳

你不会一下子看到花甚至有人死上八辈子也照样看不到
我说的是他们这些人这些世界只要他们还有一天心无和谐

2009年

☞ *我和老G的这个年是在遍译大师中度过的，某夜她一声感叹："这都是徐江当年整天挂在嘴边的名字啊！"——一句话，照亮了多么可贵的徐江，如果你同学或朋友的小圈子里有一个人整天津津乐道这些伟大的名字，这个圈子的人就不会在此恶俗时代随波逐流。本诗是徐江全部的文学修养在自身诗歌创作上的一次集中回报，是一次厚报，本诗在中国没有第二个人能写。*

君儿

给不在世的姐姐算命

姐姐
以前我用书
现在我用电脑
给你算命
给一个不在世的人
算命
这有多荒谬
你得了四十六分
我得了五十八分
我们姐妹都没及格
十二分之差
你赴黄泉
我仍在尘世上
懒惰　梦寐　挣扎

姐姐
屏幕雪白
我看不到你的音容
你现在的世界
是什么样的
如果也是六十分
才算及格
那我们姐妹的同病相怜
要持续到第几次
轮回
第几又几分之几世
以后

2012年

☞ *本诗之入选虽不一定能打破百定安保持的“最快进球纪录”，但也差不了几天，以网络微博为传播工具的《新诗典》就是如此：求贤若渴，只争朝夕！我以为，《新诗典》这种拼刺刀玩法并不完全适合君儿这种整体好大过单篇好的诗人，她在思维或诗维上不坏不怪不绝——如此反向的特征容易成全单篇佳作，但似乎并不利于整体和持久，君儿心正、敬业、勤勉、努力，必得后（厚）报。*

二毛

饮食与美女

欲火之上　我烹饪什么
香辣少鸡或17岁的瓶儿
宫爆仅仅是爱的手段
饥饿使雪白的肌肤
在蒸笼里冲动
然后快乐地成熟
哦，我粉蒸的粉子
哦，我热气腾腾的美女
为了烹饪
我在丰厚肥硕的土壤中播种美女
然后在麦田里守望
香酥胸、雕刻的亲吻
以及红油娇嫩的指头
这些滋阴补肾的糯东西
这些亩产98斤的美人儿
要长到多少芳龄　才能拦腰收割
谁能告诉我
体温要达到几成油热
情欲该拿到什么火候
才能使美女细嫩可口
然而真正的美女
拒绝爆炒或红烧
顺从清蒸、沐浴或骨瓷器皿
她们在红案里快乐地尖叫
又在白案中被揉捏成花朵
浑身上下裹满鱼子酱的少女
被10000双筷子指向的美女
使我从一匹烈性的情场老手
一跃而成为一头戴眼镜的美食家

☞ 中国的诗，颓废的享乐主义；第三代的诗，没心没肺的范儿；莽汉的诗，有着莽汉通用的修辞法。其作者二毛是个诗坛外的诗人，将餐馆从成都一路开到北京去——“天下盐”，地道的川菜！不知道有多少中国诗人在他那儿吃过饭，希望《新诗典》诗人及读者都到他那儿去，毕竟老板是诗人的餐馆是不多的。从老《诗典》到《新诗典》，今晚二毛续上了这段诗缘。

周瑟瑟

性本爱丘山

这一生我爱过很多东西
小时候爱拖拉机
它的样子像父亲亢奋的样子
我第一次坐上拖拉机时
我也亢奋得像只公鸡
后来我爱呼呼飞跑的单车
骑上单车，尤其是后座上的女孩
她淹死后好多年
我还感觉到她的鬼魂
跟着少年的单车疯跑
现在我爱丘山
爱与丘山说话
说我内心的拖拉机
说我胯下的单车
它们笨重如废弃多年的丘山
有风的夜晚
我抱着黑沉沉的丘山散步
犹如抱着庄学
陶渊明生锈了
他趴在南山
也已废弃多年

2009年

☞ *记得，我大学毕业刚回长安那阵子，跟周瑟瑟通过信，当时他还在武汉读书，是个著名的校园诗人。他消失得还是挺早的，说明下海及时，新世纪以“归来者”身份归来。“归来者”是个大现象，里面有不少人，我发现他们重拾诗笔后都带着离开之年的包袱。拿本诗来说，“丘山”就是个含混的文化包袱，前面已经写得足够精彩了，为什么还要把它背起来——这90年代初的文化包袱？*

唐突
少年时代的朋友

少年时代的朋友
在喀什
他的名字“艾尔克”
他的头发有点卷
他的眼睛是淡淡的蓝色
我和他在喀什嘎尔河
玩过玉石一样的石头
他会扭动着脖子歌唱
他会围绕着石榴树旋转
石榴花就转动着开了
我和他都搞不清方向
我和他共同写过一首短诗
短得只有两行一个疑问
“喀什嘎尔河是不是要流向
是不是要流向塔克拉玛干沙漠”
他给它谱上了曲调
在转动着反复地唱着
他唱得比我要好唱得真好
后来他死于一次意外的爆炸
我看到石榴树上
挂着他鲜红的血肉
我活到现在继续写诗
有时想到他想到我们最初的诗句
就像少年一样嘤嘤地哭了

2007年

☞ *本诗的浑然一体已经抵达同一个句子内部，那种不隔断的长句用法属于80年代，但已被作者玩至自然娴熟的境地。回忆少年时代，少年写不好，没有感情没有诗意没活明白的中老年（中国是这种人的汪洋大海）也写不好，唐突写得超好，读得人心里潮乎乎沉甸甸的，毫无疑问，唐突凭其实力进入了中国一线诗人的行列，《新诗典》不过是他命中注定的展示平台。*

丁燕

我曾长在葡萄园下

我沉溺于自己灵魂的影子
而难得对自己早发的青春报以微笑
我徘徊在叶片的呼吸中
追逐着茎与纹脉的不断膨胀

我在弹拨琴弦中期待阳光手指
一根根从空中垂直跌落
期盼夜的翅膀上飞起月亮的梦

只要你还未出现
只要你还不出现
那些长在绿色金子中的成长岁月
便无法打开阅览
无法细细点数成长的呼唤

只要你还未和我的呼唤融为一体
和我的韵脚和上一曲天籁
我那葡萄园内遮蔽着的光线
便无法散发出智慧的光芒

只要你还未双手捧出我的乳房
用耳聆听我的呓语
一个女人的呓语
我那些过去岁月的绿色藏金
便无法早见天日重放光彩

2002年

☞ 丁燕是能力超强的写作者，不仅仅是诗人，还是各种文体都能操练的作家。我当面鼓励她多写散文，一个原因是其散文写得真好，另一个原因是为其诗考虑：散文需要多说，诗歌需要少语;散文需要放言，诗歌需要敛言，让散文把过多的话、过于旺盛的表达欲释放出去，再写诗。丁燕以“葡萄诗”名世，但现在似乎可以关门了，反正《新诗典》下一次不能再推荐“葡萄”。

陈陟云

清明即景

清明时节，雨光闪动
一座村庄沉默得像一座坟头

我走进黄昏的村庄
瞩目屋顶上飘动而渐渐收敛的光线
仿佛有一只手抚过
明暗沿着老旧的瓦面起伏
让一些事物入梦，一些事物醒来

屋檐上的水滴，像岁月不停的泪
落在盆钵上，发出滴答的声响
窗前的花，开放得无声无息

屋檐下
对弈的一老一少是谁
旁边那壮者，却在静静地观棋

2006年

☞ *陈陟云是海子的同学，三年前在佛山见面时我心有一念：海子同学中成为诗人者肯定远远少于像陈陟云这样在地方中级法院做院长者。有一批诗人来自社会的中坚力量，用俗话说：是活得比较好的那一部分人——我认为这是本民族精神追求的尊严体现。本想在清明推出这首很好的关于清明节的诗，欣闻陈陟云作品研讨会即将举行，提前推出以表祝贺！*

面海

敌人

显然一不小心
打出了“敌人”二字
换句话说
是一次常有的误操作
而我的确
也不喜欢抽象的敌人
更不喜欢具体的敌人
我删除敌人
这和删除其他
多余的字的道理是一样的
然后集中精力
打出了需要的词组

2011年

☞ *集中读了面海2011年的一组精选，坦率地讲，其中大部分我是不能接受的，或者说我不接受他诗歌的过于单调的结构方式，而且我也能够看出如此局面是某种观念干预造成的，用我的话讲：他大部分的诗是“想”出来的，但本诗不是，是“遇”到的，这恐怕是大家的普遍经验了，而“敌人”二字又着实有意思，有意思当然好，硬有意思就不好了，希望面海的写作如其读诗一般面朝大海。*

宋雨

年关

我的年关就在今天
明天是穆斯林的宰牲节
我的包裹越来越重，从老家青海到新疆的母亲、唯一的姐姐
远在石河子的儿子、还有心中想念的男人
我是一个负债的人，也是一个无法偿还亏欠的人
年关的门槛越来越高
坐着祈祷和思念多好，躺着、梦着多好、无声地流泪多好。

2008年

☞ 我在译了阿赫玛托娃二十岁上下的几首诗后，说以后不敢用“天才”这个词了。但如下场景发生在此之前，我仍然愿意传达给大家：在读了宋雨自印的一部诗集后，我跟秦巴子在长安诗歌节上，在一对一的交流中，确认宋雨是个天才——就此一句评价，什么都没有多说。拿本诗来说，不用说因为什么所以才好，我直接读到的就是一个“好”字，什么都不用说。

发小寻

王静

集体照片里唯一一张女人面孔
唯一不在人世的身体
好像一朵发霉的桃花
在清明时节
四处留情

2006年

☞ *发小寻应当算是中国诗感最好的诗人之一 ——是的,是“诗感”,不仅仅是“语感”,更不是游离在诗歌之外的语言小杂耍。它包含了一首诗从形式到内容的最合理最有分寸感的种种综合设计和安排,而从诗人角度,那仅仅是一种说不清的感觉,有人有此感觉,所以成为诗人,有人感觉好,所以成了好诗人。难能可贵的是:小寻并不滥用她的好诗感,反而是慎言的。*

韩敬源

人流无痛

在我最早的词汇系统里
人流是说很多人在移动
我离得很远

后来满大街都是人流的广告
说的是女人们在狂欢后怀孕
让医生把未成人形的人
从杏肉般的内体中拿掉

以至后来
我看到大街上很多的人在移动
我以为他们都是无痛的

2011年

☞ *我对自己的学生一贯的态度是：你写得差，我在公共场合装作不认识你；你写得好，我为你叫好的声音比任何人都大。我以为韩敬源没有第三首可以推荐了，结果他跑到长安诗歌节上来拿出质量很高的一组，其中就有受到交口称赞的本诗。他也是我近期选诗最大的兴奋点，我深知他比一大批比他资格老名气大的诗人实力更强，作为老师我肯定是偷着乐，大声喊！*

三个A

新神笔马良

他要把白色
涂改成黑色
把黑色
涂改成黄色
把黄色
涂改成红色
把红色
涂改成蓝色
把蓝色
涂改成青色
把青色
涂改成金色
如果效果
没期待的理想
他们就会
再涂改一次
直到看起来
他们成功了。
这个世界
是他们的了。
如哪种颜色
不幸太耀眼
他们会加上
一些底色
看起来更柔和
如果再不行
就把你涂改成
黑色的
一片漆黑的黑
或者白色的
从头再来。
就算全世界
只剩下一种颜色
他们也不会
放下手中的笔
他们是手拿
神笔的马良
人在笔在
人亡笔亡。

2007年

☞ *与其短诗相比，三个A是一个更加优秀的长诗写作者，他的长诗《纪念》是我脑海中留有印象的并不太多的新世纪以来的优秀长诗之一。对此情况我曾有点纳闷，更多的我更习惯的情况与此相反。道理是容易想通的：短跑选手并不适合马拉松，马拉松选手也不适合短跑。但经验告诉我们：长诗往往难度更大。我估计是爆发力和对短诗结构掌握的问题。加油，三个A！*

原委

变化

我该用怎样的变化
回应你的
变化

我该怎样做一个女儿
来回应你
去选择一个女儿

我们都曾有过
无能为力的童年
我们都曾暗含着一种
抗衡
在心底里随时爆发

可我心底里有一个父亲
天空的高度
就是他的肩膀以上的距离
我可以原谅他
遗弃他的女人
可他仍旧
有一身江湖人的打扮
和亦长亦短的头发

2010年

☞ *第一次见到原委是在七年前，她还是北京印刷学院的在读学生，她的感觉挺好的，写得也够早的，起点也不低，七年下来她果然已经成长为一名诗人了，但我总觉得她应该成长得更好一点，其实她是被自己预先设计好的一些东西给捆住了，在需要搞复杂的地方想简单了。女儿写父亲，往往能出彩，本诗是我这些年所读到她写得最好的一首诗。*

韩东

工人的手

他悬挂在高楼上
抓着墙的手纹丝不动
我觉得是女人就应该爱上这只手
就应该接受它的抚摸
是男人就应该有这样的手
结实、肮脏，像吸盘肉垫
是女人就应该做那面墙
降低一些吧
最好躺下
是男人就应该死死地抓住那女人
浑身大汗淋漓，但手不出汗
心不跳，腿也不抖
如果是个恋物癖就这样恋吧
工人的手也是最棒的工具

2010年

☞ 读了本诗，那些以为韩东的诗歌写作已经无戏可唱或压根儿就不希望他好的人会失望，他依然能够写活一双手（早在80年代，他有非常出色的《你的手》），并且写得更厚、更酷、更好。说起来还是状态决定作品，我以为韩东和我是中国最具职业精神的作家和诗人，是时刻活在写作之内的，这确保了质量的稳定和作品的品质，心在诗内还是诗外？我可以一眼看穿。

姚风

中国制造的十字架

蓝色的工人们坐在流水线旁
正在打磨
一个个金属的十字架。

怀疑上帝
但不拒绝他的订单
但上帝是否知道
这些神圣的象征
在中国的生产成本
是多么低廉。

工人们在聚精会神地工作
神情像是充满虔诚
他们相信上帝吗
如果遇到问题
他们是会亲吻着十字架
向上帝诉求
还是拎起卑微的生命
爬上资本家高高的楼顶?

☞ *直面现实没有错，公共事件也可以写，底层关怀也没有问题，关键在于：诗歌（文学中的文学）不该机械地反映现实而应艺术地再现现实，公共事件应有诗人个性化的切入角度及认识，底层关怀要看你是否动了真心和真情……我以为，姚风的这首诗正是因为具备这些特点而在同类型的作品中脱颖而出，是具有艺术性和文化性的佳作，它来自一位读者的推荐。*

欧阳昱

孤独的男人

他忽然发现这一生
都是在孤独中度过
如今他已经从中国的耐寒动物
耐热动物耐脏动物耐气动物耐革命动物耐性饥饿动物
过渡到了澳大利亚的耐寂寞动物
和耐无聊动物
完成了生命和文化的大换血
他也常想起远方的朋友
那些从来没有见过面只通过几封信而且不再通信的朋友
那些从小在一起长大今后再也不会在一起衰老的朋友
那些曾经见过一面就永远也不知去向的人
那些只是从电话中能认出声音却永远也未曾谋面的人
那些他十分熟悉却根本不知其是何人的名人
他有时看看镜子也不大认识自己
这个半老不老半嫩不嫩半中不中半洋不洋的人
发现就是跟自己交流也有些困难
有一天他到夜深才去睡觉
走到玻璃门前发现外面有幽光
近前一看才知道原来又是那曾伴随他走过很多地方的月亮
这时他心中的孤独感真是一言难尽
这时他才发现伴随这孤独感而来的原来是文学的感觉
原来文学就是这种置之死地而后生
置之死地而后死、置之死地而后快的欲望
全不想让人知道
只想记下来独自瞧瞧

☞ *来自海外的现代汉诗，我最鄙视的是那种用西方式"政治正确"来咒骂中国（作者的祖国）的诗（连一点个人的发现都没有），我最欣赏的一如本诗：以本诗为镜，你会发现来自海外的现代汉诗非常虚假，不说真话，避重就轻，自我粉饰。欧阳昱的诗歌意识和勇气，远远高于这拨人，他直面生存的严峻和内心的复杂，写出了真实诚信之诗。*

李琦

黄昏的光线里

黄昏的光线里
父亲说我，长得
越来越像祖母了
他已不止一次这么慨叹
这个年过古稀的老人
竟是从女儿的五官上
不断见到逝去的母亲

唏嘘和伤感
苦涩在空气里弥漫
儿子对母亲的回忆
斑斓而丰润
最为深邃的思念里
有此生最熟悉的气息
有许多深藏于心的场景
有刻骨铭心的一切

祖母安息了，可她的神情
经常在我的面庞上回来
我的父亲，常常会在这样的时候
怆然止语，不知他又想起了什么
他不愿，与人分享那一刻
只是安静地，独自沉默

2010年

☞ *据说，某知识分子诗人已将“中国的阿赫玛托娃”送给了三个女诗人，对其中的八卦色彩我没兴趣，它证明的是中国的知识分子多么不懂阿娃。我集中译了一个月才知什么叫高山仰止！中国目前没有阿娃，如果说到某种气韵上的相通，我觉得最接近的是李琦，这是大地决定的——她们处于紧密相连的广袤大地，甚至于是体格所决定的——这个不解释，懂者自懂。*

陈超

未来的旧录像带

石家庄西郊的植物园
在满地落叶中伫立。瞧这老头儿
刚刮了脸，干干净净的皱纹
亚赛一头步入慈祥期的火鸡

西风翻越抱犊山，涂出一片
铁锌的天气。这老头刚好七十岁
腿脚儿晃得厉害，三杯淡葡萄酒
就麻利地将他郑重的风格歪曲

1988年10月，他三十岁生日
录像就在此地。那一头长发像黑烟炱
穿合身的红T恤，跳起够柿子
那时，他对三个女人都有二意

在铁线莲和鹳草花之间
他没心没肺地唱过《别让爱悄悄溜去》
还有两本书写得，还有冒险的许诺做得
还有数不清的小乱子等他参与

……录像带已走音、褪色得邪乎
多年后，他仍站在这里。在电磁
来得及说出生活的讥诮之前，他
已无法将剩日的荒瘠从心中抹去

后生们，我最终认输。“老狗不学
新把戏。”日子就是变花草为碎泥
在植物园稍后的双凤山公墓
我爹我娘会招呼我，以他们不变的年纪

2000年

☞ *在近期的一次诗会上有人谈起陈超的诗歌创作，我一言以蔽之：陈超的诗歌写作不是批评家陈超的诗歌写作，而是诗人陈超的诗歌写作，他是所有以批评家为第一身份者中写得最专业的。我初读本诗曾有会心一笑：他写得很口语嘛，他的口语自觉甚至超过一般口语诗人，而在一般人眼中他是知识分子批评家。近期狂译几十位大师后我发现:朦胧诗和晦涩诗是中国人的发明。老陈真懂，诗不骗人。*

哑石
清粥

晚餐，只喝一碗清粥。
这事可赞美。用哲学，或斜阳下的垂柳。
走进一家粥店，看见老板娘
和两个小妹，正埋头点数一天收获——
钞票花花绿绿，壹圆归壹圆，贰圆归贰圆
暗花木盒中，不时落进几枚闪烁、
滚圆的硬币。灶台，听了响动，竟一旁淡淡闲着。
这事，毕竟有些喜乐，可赞美。
能否喝上那碗清粥，完全不要紧啊。
她们有的穿红、有的着黄，腰身里有火星
被我惊动，忙不迭跑过来时
多么像一条条破雾而来的河流——
真的，能否喝上那碗清粥，完全不要紧啊!
——晚风，吹开胸前大片晦涩的自由。

2007年

☞ *哑石是我同龄人，还几乎同时段在北京读大学，算是20世纪90年代初期登上诗坛的同一拨人，甚至还做过以袁勇为中心的诗歌同仁（袁勇在90年代推助过不少诗人），但坦率地说：哑石上世纪的诗我几乎读不懂，这位北大数学系出身的诗人写得很哲学。我们必须承认：新世纪对诗歌的改变是大范围的，眼前的哑石，我不但能读懂，还能品出其中的味道，不止一碗清粥的味道。*

陈铭华

越战退伍军人

一只脚已在雨季失踪
另一只要到福利局排队
以致刚刚担保回国
据说是唯一骨肉的女儿
离家出走
他连良心都早给白宫炸掉
不在乎只剩下
这宪法坚持的
一张嘴
用来灌酒

☞ 海外汉语诗歌，有一种写作模式是最恶心的：西方是天堂，中国是地狱——代表人物我随手可以给你列好几个。对现实的批判是一个现代诗人题中应有之义，那么这个现实就不该有地域划分，“天堂”一样可以批判，本诗即是。过去的一天是学雷锋日，陈铭华才是诗人中的活雷锋，越南华侨出身，到美国创办中文诗刊《新大陆》，已经坚持了二十年，无大爱不可能为之！

马非

与会者

1

他已经很好地解决了
人类在睡眠中
或躺或趴
至少耷拉着脑袋
闭眼，不如此
无法入睡的问题
在一次会议中
坐在我身旁的同事
我递烟给他时
发现他双目圆睁
脖子挺直
居然睡着了

2

还是他
在另一次会议中
他迷茫的目光
突然明亮起来
顺着他的眼神望去
我看到他的水杯边缘
停落着两只恋爱中的苍蝇
难道他没有产生
恶心的感觉吗
那是他喝水的杯子啊
看来情况相反
我看到他细微地笑了

3

我朝窗外看的时候
发现他也在看
几个工人在光秃秃的电线杆上
架设电线
他太投入了
当一顶黄色安全帽
打某个工人头顶滑落
他“啊”地惊叫起来
当时领导正讲到高潮处
他的惊叫恰逢其时
领导投来赞许的目光

2004年

☞ *有目的细读多么重要，如果没有《新诗典》，如果不是为了《新诗典》，那么连我这个看着马非长大的最熟悉马非创作的人也不会了解：马非是写中国特色的办公室文化的专家，他被《新诗典》推荐的三首诗竟然全部得自办公室：《文学概论》说得好啊！——作家要写自己熟悉的题材。我曾说过马非笨，他嘴上承认心中不服，于是写了一嘟噜才子式玩性情的东西，几无成功。*

旋覆

戒酒一周

去戒酒者互助会。
是第一次。
他们讲的事都熟悉。
但总忍不住笑出来。
谁都看得出来我抑郁。
给我倒茶的大叔留心着给我加水。
我低头又笑了。
看到我的脚。
不适地挪来挪去。
这里是十层。
我们聚在顶层，做着意义不明的抗争。
上面是空的。
脚下——只要除掉物理意义的楼板。
也是空的。
他们还提到一个词“精神”。
仿佛我们聚在精神的上下虚空中。
能够迎来结实的胜利。

毫量不饮的人几次发问。
怎么会在酒上不可自拔呢。
你不懂。

主讲人戒了三年。
每天鼓励自己打游戏。
“一想到打游戏得这样。
还得那样。
麻烦死了。
但对自己讲。
就打一会儿。打一点点。
打不了就停。”
微博上的故事是游戏少年把自己耗死了。

临死说“真是太有意思了”

有意思？
我觉得下次活动我不会参加了。
但。
几个小时后。
天刚亮。我就想去。
但现在天刚亮。

2011年

☞ *我能从一首诗里看出这个作者读不读外国诗，跟世界诗歌亲不亲——我的这句陈述中毫不掩饰价值取向，旋覆肯定是读的，而且亲，所以她的诗不土且洋，又没有脱离中国的现实——我说国门打开都三十多年了，中国的现实也在变洋，不再只有满嘴高粱花子或玉米糙子就算得上“中国质感”，包括对欧化句、翻译腔的包容都比先前大多了——现代汉语的胃随着新人类的加入而变大。*

刘斌

讨厌的人

坐在对面的
我的小学同学
他曾经把我打倒在地
破布鞋踩在我的脸上
他在操场扒下我的裤子
面对围观的人
兴奋无比
这么多年了
他仍然是话最多的一个
大概也是最穷的一个
他大口喝酒
骂娘
我和小时候一样
待在一边不说话
唯一不一样的是
手里夹着烟
可我心里还是怕他
即便他骂的是
他以前的女人和老板
即便他的一只袖子
已经空空荡荡

2011年

☞ *将近一年前，《新诗典》开办时，我曾设想：应该有一拨年轻的诗人会随着《新诗典》的延伸而成长起来，刘斌便是我当时看中的人选之一。他在此期间的成长比我预想得要艰难，似乎情绪也有些波动，但总算捅破了这层窗户纸。本诗好在写出了内心隐秘的复杂的真实，这便是人性。我到这会儿通过小档案才发现他是个90后，《新诗典》也便收获了第二个90后诗人。*

鬼石
抽烟

路灯下
我抽着烟
烟也抽着我
两个烟鬼
没有半点言语
就这样
你来我往
相互抽着对方
一丝丝烟缕
向上升腾
明晃晃的
像灰色的鞭子
我笑了笑
站着
与此同时
又续上
新的一根
摸出打火机
随后
还打了个
冷战

2011年

☞ *张承志有云："烟是男人的伴儿。"——在香烟这个题材上，男诗人出多少好诗出多少佳句都不奇怪，本诗算是这样的一首佳作。其作者鬼石也是追随着《新诗典》这一年的延伸而取得写作上进步的一个例子，我希望他离《新诗典》更近一些，离垃圾派的低级趣味更远一些，在通过密集翻译摸到天之后，我更加厌恶大地上的垃圾，以及制造垃圾的人渣。*

陈衍强

我娃写给他妈的《保证书》

我保证
以后我不去
我爸爸办公室打游戏
如果去了就让妈妈打
以后要听话
要按时完成作业
再犯就在乡下过一个假期

2008年

☞ *短短七行诗，但是信息量极大，如果你不是中国人，则更要读得心惊肉跳：第三行，办公室里打游戏机？！第四行，妈妈会打人！要不要报警？第七行，“在乡下过一个假期”竟然是一种惩罚措施！——这一点老外更加读不懂，中国的驴友和假隐士你们不要装作读不懂，咱们都是中国人。本诗展现出密集得让人喘不过气来的中国经验，绝对是本土原生态的中国诗。*

康蚂

盐

亲人紧闭双眼
躺于冰冷的
太平间
泪水
流进我的嘴里
那股子味道
无法形容
三十岁的时候
我恍然大悟
泪水是咸的
冻僵的眼泪也是
咸的
生命总有一天也会
是咸的
咸得让人感觉
苦
我一辈子要做的是
躺在铺满盐的大地上
管住我的嘴
阻止盐的形成

2007年

☞ *康蚂创造了这样一项《新诗典》记录：自2011年4月22日首次被推荐的《秃鹫》到此时此刻的《盐》，还差十天将满十一个月，是迄今为止从1.0到2.0用时最多的。什么原因呢？首先是其《秃鹫》写得太好了，那首诗很神秘（阿赫玛托娃评价一首诗好坏的口头禅即“神秘”与否），压了其他诗，其次是在此期间我没有读到他的新作品。本诗不神秘，但不错。*

张玉明

天堂村上空的飞行器

乌鸦，蝗虫
天堂村上空的
最常见的
两种飞行器
大雪那天
我孤独而绝望
骑着乌鸦
巡视苍茫大地
饥馑的日子
我乘着蝗虫
视察旱情
怜悯我的百姓
我和张映红
只坐过一次喜鹊
那是霜降之日
天多么蔚蓝
我们幸福得要死了

☞ 我记得前几年去张玉明博客，看见他选一些西方的名画贴出来，下面是他的诗——并非是为这些画所配的诗，那为什么他要贴出这些并不难见到的画呢？我理解为文化上的自我补课和创作上的心理暗示，我们正面说某人的诗“土”，指的是他写出了生活的原汁原味；我们正面说某人的诗“洋”，指的是他懂得了距离感和对现实的超越，张玉明懂得后者，便在作品中体现出来，一如本诗。

庄生

父亲的模样

又到了心痛的季节
没有了绵绵细雨
阳光灿烂
这样的日子
多少年未曾遇到
如今，我已经可以想象得到
你白骨的模样
多么安详
与
沉默
我的父亲
你住的房子没有门
我进不去

2012年

☞ 一个平台要搭建得好，不仅要展示好诗，还要催生有潜力的年轻诗人——对于新老诗典，我都是这么要求的。我希望将来别人会说：某某们是从《新诗典》走向诗坛的。刘斌、庄生都是我在开办之初看准的好材料，经过这一年的淬火，他们都成才了。庄生年龄不算小，但诗龄很短，这一年他最用心用力，进步很快，我预感他还有很大的上升空间。

李傻傻

烟

爸爸　二十八岁那年你
在县城买下了
一包什么牌子的烟

爸爸　二十八岁那年你
抽完那包辰河之后
兜里最后一块钱
换了一包什么牌子的烟

爸爸　二十八岁那年你
把最后一块钱的车费买了包什么烟
你咬咬牙齿背着刚刚把我挤出体外
的妈妈
你们在路上吵着架往家里走动
爸爸　三十里山路上你
抽的什么牌子的烟

爸爸　二十八岁那年
是什么牌子的烟
的烟灰落到你一天大的
孩子的额头
爸爸你说那是什么牌子的烟
还有那产后依然有力气和你吵架的女人
她随手夺下你什么牌子的烟

爸爸　如果你不愿意回答这个问题
请你猜猜我抽的什么牌子的烟

☞ *又是一首写父亲的好诗。儿子写父亲，好像特别能出好诗，因为儿子对父亲想说的话往往是憋在心底的，心里有而当面不说的话大概就是诗。再加上父子之间的情感从来都是深沉、复杂而微妙的。本诗形式上亦有佳处，行云流水而又节奏鲜明。李傻傻原本诗人，后因散文、小说而走红文坛，他在长安诗歌节上用本诗感动了在场者，我希望他做回诗人，再出佳作。*

欧亚

传统诗人一种

电灯垂下来
像一颗胆
灯光舔着我
疲倦的脸庞

爱情在卷册中
沙沙作响
我一打开
就吐出芳香

茫茫人世间
我是一根蜡烛
既不躲进黑夜
也不相信太阳

2001年

☞ *时间真厉害：诗歌的“论坛时代”说没就没了，代之以“微博”（现在还不敢妄称“时代”）——这种改变也带来了阅读的变化：前者看气势，后者比精致；前者看状态，后者重单篇。譬如本诗，如果是发在当年的诗江湖上，几乎不会被注意到；但是在今日之《新诗典》，它的细腻、精致、考究就会被大家看在眼里，《新诗典》的存在就是在召唤诗人出精品出经典。*

余毒

词条：靖港

雨注湘江
蚊卵遍岸
穿越迷雾
古镇乍现
前朝作古
今朝仿古
李靖的风湿曾国藩装扮
在改做酒吧的当铺前
唱念道：
蒸锅饭，十八碗，恭迎太后

2010年

☞ *余毒年纪不大，但已算老江湖了，他是个好玩的诗人，在中国好玩的诗人属于濒危动物，诗坛装的是“闷死你丫”的死水！他走的是一条“一点正经没有”（说成“后现代”有人要跟我急）的诗路——关于这条路，我有一点发言权：就是一定注意“身正不怕影子歪”——余毒能够做到身正、心正，关键的问题是小余飞刀甩出去扎得还不够深。*

杨克

人民（之三）

——卢旺达或苏丹

欧洲的孩子不知道
“短缺”
美国的孩子不知道
“其他国家”
非洲的孩子不知道
“粮食”

在黑非洲
两只干瘪布袋的乳房
挂在
依稀可辨的肋骨上

那趴倒在荒野
只剩下皮包骨头的小女孩
与一只硕大的秃鹫
对峙

眼睛里
对死亡的恐惧早已不再闪过

谁是谁的盘中餐？

那只绝望的螳螂
向前伸着几椏枯枝

妄想
挡住比车轮更巨大的饥饿

甚是恐怖

不远处
成堆的尸体里
突然出现一个张大的嘴

2006年

☞ *没有人能够揪住头发把自己从大地上提溜起来，也没有人能够兀自逃离自己所在国家、民族的大环境，正是因为这个原因，中国的开放进程带来了诗歌的现代化——“全球视野”是其中的一大表征，这在新世纪的诗歌写作中变得愈加显著，本诗正是这样的产物。杨克跟“人民”较上劲了，上一首是中国人民，这一首是世界人民，这很好，但我希望他不要忘了个人性。*

摆丢

小虎

江苏老友刘四
带八岁儿子小虎来看我
我欣喜于久违的聚首
带他们去福湘堂吃饭
路过天堂华城门口
小虎，小虎
有人在喊叫
刘四下意识
停下脚步
小虎，宝贝，快
刘四以为
有人在喊他儿子
我们朝四周扫描后发现
不远处一中年妇女
在唤她的宠物——
一条正张开腿
在路灯杆下撒尿的狗
看到这幕
沧桑的老刘蹦出——
他妈的，城里人活腻歪了
越活越往低级靠

2012年

☞ *舞台搭好，大幕拉开，自会有人围观，自会有新人登台。一年前，我想到过：除了那些我已经注意到的新人，还会有新人从我看不见的地方跳上舞台成为一场好戏的主角。一年前，我可不知道摆丢，一年来，我眼见着他成熟，直至今晚登台亮相。三十七岁，作为新人，已不年轻，可见网络的论坛时代也照样可以形成新的遮蔽，好在微博《新诗典》应运而生。*

南煜

我的朋友小吴

我的朋友小吴，出了车祸，三十岁
当人们以穆斯林的白布
将他裹起来时
我确定，他是死了，
并且再也不会
活过来。
曾经我们谈到过生死，我说我死后
不能葬在城南墓区
他拍着胸脯保证，一定会雇车，用冰块
让我新鲜地回到甘肃
他的承诺让我很踏实。如今
他随车流走了，我的灵魂
再也不能还家

2011年

☞ 与摆丢一样，南煜也是《新诗典》在此一年中意外收获的“新人”，虽然他是甘肃人在新疆，与本主持同属于西北，但我以前从不知道这位诗人，实际上像南煜者本已接近于成熟，只需要《新诗典》的淬火。而与摆丢、南煜们形成鲜明对照的是我在新浪微博经常见到的一些我知道的名字，整天关心世界和国家大事（主要关心祸事），唯独不关心自己的诗，恕我不关心尔等。

旻旻

他世界（节选）

12

天空才完成一半
最后一滴拯救的水
从光中沉入地底
阳光编织好一顶草帽，缀上星星装饰
而你，亲爱的，你手指温柔
触及之处，皆滑向衰败

21

在星星的眼中，我看见自己
像昏睡的衰草脱掉外衣
展露欣欣向荣的灵魂
闪光的蝴蝶在水中扇动翅膀
——带来天空的气息
她们隐藏多年，不为人知的梦
在星光下异常生动

24

死神在即将盛开的花蕊上
举行最后的盛宴
请戴上洁净的贝壳花冠，诗人及爱人们
请开始倾听，请自由歌唱
没有大片大片的时间
只有大片大片的梦，盛满天空的酒杯

25

那个在风中赋予黑暗翅膀的人
在纸莎草盛开的水边睡去
他的梦摇晃着大地，拨旺篝火
他用耳朵畅饮光的回声

让水中长出天堂之梯

2011年

☞ 译完阿赫玛托娃，我在心里承认：她是我迄今为止在这个地球上所读到最好的现代诗人，比任何一个男诗人都好——说出来却不容易，男权社会男人的面子啊！冷静一想：女人本就应该比男人写得好，贾宝玉道出过天机。这时候我读到以阿娃为偶像的旻旻的诗，又佐证我的一些感觉：在触觉的敏锐上，在诗感的纯度上，在细微处的爆发力上，在情真意切方面，女人都胜过男人。

古河
七月钓鱼

一条鱼在线上三斤
放进篓里二两
一条鱼里有我的八字
故事没有秤砣

湖在山下是祖母
坐在石头上的是外婆
我用鱼皮挂满暑假
秋天带给城里的郭素娥

一条鱼在水里自由
我在树下：我坐在树下数叶子
母亲站在村头喊三遍
你是弟弟我是哥

2012年

☞ *古河乃文学赤子，诗歌痴儿。他的感觉和积淀也不错，但这些年来，我感觉他停留在浮表现象的时候多，就像一名老瞄准 7 环打枪的射击运动员，只能打出 6 环的成绩。你需要瞄准 10 环打，不论你用立姿还是卧姿，不论你的范儿是黄金还是垃圾，都必须瞄准 10 环打。本诗的成绩是 8.5 环，说明瞄准了 10 环。我以为古河的精进，也是《新诗典》催的。*

侯马

留学

在欧洲生活了一段时间
我们学会了像当地人一样
碰见陌生人也微笑

但是偶尔碰见同胞
我们还是像在国内一样
板起严肃紧张的面孔

☞ *翻译阿赫玛托娃期间，朱剑说阿娃才是“短诗王”，我听了不太接受，因为我从来没有觉得她写的“短诗”——我想其原因在于她篇幅虽短，但写得大写得厚，绝非一闪念的小机巧（这种才是典型的“短诗”结构）。同理，侯马这一首，我也没觉得是“短诗”，因为也写得大写得厚，这一首诗所揭示的东西够写一本书，而微言大义正是诗之特长。*

西毒何殇

农事诗·夏天到沙地干活

夏天到沙地里干活
记得带两颗生鸡蛋
浅浅埋在沙土里
干活干到脚底板发烫时
刨出来
就着军用水壶里的绿豆汤
当午饭吃
不老不嫩溏心的
有天中午
我的祖父
唉声叹气回来
说没吃到午饭
问他原因
他说干活太入神
忘了刨鸡蛋
等想起来时再去看
只剩下两个空壳
鸡蛋不知什么时候
变成两只小鸡
结伴跑掉了

2011年

☞ *长安诗歌节的现场是非常刺激的，大家读自己新作，我认为特别好的就说一声："订货！"——当然是给《新诗典》订货了。近段时间都在冲击3.0，对同仁、对朋友我从来不会降低标准（但也不会提高标准），上一场西毒何殇一口气拿出两首佳作，都被我"订货"了。《新诗典》这种玩法本来也不适合他，但他知道自我调整，加大单篇投入，这才是真正的聪明。*

李东泽

火车，玉米地

铁路一侧的玉米地
抖动了一刻钟
枯黄的叶子
让他以为
此刻
应该是秋天

可如今的确是
深冬
玉米秆上没有玉米
也不是被人收了
同行的诗人说
今年大旱

他再次望向窗外
雪
落在玉米地上
那一棵棵农民
披着麻
戴着孝
正把火车送走

2007年

☞ *距李东泽的第一首推荐《两条金鱼》，中间也已经相隔了不短的时间，这期间我没有读到过他的新作，还有一点：我总觉得他的诗总体上说应该再强悍一点。不是说只有强悍才好，而是说具体到李东泽需要强悍一点。他擅长的还是静物风景画，这首诗本身写得不错：懂克制，有层次，有穿透。但就其整体写作而言，还是需要更丰富一些，哪怕从驳杂开始。*

温永琪

柳荫街甲14号

恭王府里的传说
翠锦园里的旧闻
和珅的旧马厩
郭老的故居
大学士的土妞加洋妞
合计二十八
郭大文豪的婚事
一桩接一桩
人世自古梦幻真
难逃撒手谢红尘
沙尘暴刚刚粉刷了北京城
柳荫街飘起了漫天棉花

☞ *本诗给我读乐了，继而又感到很有必要写，它的现实意义太强了——君不见：有多少和珅的徒子！又有多少郭老的徒孙！别看诗人们和文学青年们进行道德审判时爱拿郭老当靶子，其实心里想得很呢！前一阵，我和身边的朋友还在慨叹某位爷："写了大半辈子，都一把年纪了，还是想当郭老，可见情结之深！"时代进步了多少？没有。*

李岩

一个干哑的笑声从楼底下传上来

——听觉练习之一

一个干哑的笑声从楼底下传上来
我从未听过他大笑、狂笑、纵情地笑
开怀放声地笑
从胸腔里爆发出来地笑
这是一种训练有素的笑
但也不是扭扭捏捏、皮笑肉不笑
假惺惺的笑
嬉皮笑脸的笑
嘻嘻哈哈的笑
这是一种高高兴兴的笑、兢兢业业的笑
但不是发自内心的笑
这是一种干哑干哑、喉管锈了的声音
——这是一种短斤少两的笑
这是在铁锈上刮了一下的笑
这是铁锈在笑
这是生了铁锈的喉管在嘀嘀嘀直笑
这是一管挤完的牙膏卷到脖子上的笑

2007年

☞ *有缘者，顺其缘，多绽放。什么样的诗人与《新诗典》有缘？我想是手中握有干货的实力诗人，并且不尽然，还要尊重《新诗典》的读者，你看重《新诗典》，《新诗典》便看重你。毫无疑问，李岩便是这样的有缘者。他的前两首荐诗均大受欢迎，本诗又颇获我心：这是一首颇见功夫的诗，功力不够做不来，或做不到这种程度。*

云经立

哦，泥土

我每天吃的
每天身上穿着的
其实都来自这泥土
来自这泥土里的生长
而我每天都要在这泥土上踩踏
并且行走

2010年

☞ *一年来，《新诗典》收获了相当数量的短诗精品，精短、凝练是诗的题中要义，短诗才是诗的常态与本质，长诗或出现在文体分化之前，或是文化意义上的一种特殊样式。所以，短诗写不好而长诗写得好的诗人是可疑的，而只把短诗写好也足以成为优秀的诗人甚至于大师。本诗又是一首出色的短诗，一看就知道作者具备了经典意识和相当的功力。*

异才

甲鱼

她买来甲鱼
打算炖汤
为我补补病中的身子
那鱼是活的
买它时就没有杀

过了一星期
甲鱼没有饿死
她心生善意
让我陪着放生

来到市中的小河
我们把甲鱼送回水里
它在水面拍了一下
几秒钟就不见了

回家的路上
她轻语着
它摔疼了吗
它不会被人钓起吧

2008年

☞ *有人来此世上走一遭，他的脚步多么轻。异才就是这样，作为人我不认识他，作为诗人我在其生前没有读过其诗，只是隐约记得他的名字在诗江湖上出现过，是他自己贴诗还是别人代他贴诗，我记不清了，听其名最多时还是在朱剑口中，在其生前也在其死后。有人来此世上走一遭，他的脚步多么轻，但只要留下一缕慈悲，就没有白来一趟，何况他还留下了诗！*

沙白

白露

小伞对大雨，久别对重逢
会说些什么？
大道至简，不过就是这
剥去怨尤百感交集的三个字——
久违了

香烟与火柴久违了
晚宴与素食久违了

久违了，金骏眉
久违了，金莲花
久违了，欢喜
久违了，梦想

久违了，你

露从今夜白
明天，带露的草叶要为清晨诵诗
吃素的人们，要彼此相爱

2011年

☞ *读到最后一句，我会心一笑：吃素的人们，要彼此相爱；不吃素的人们，也要彼此相爱；吃肉的人们也可以和吃素的人们，彼此相爱——所有人都要彼此相爱！我理解：这是一种追求东方意境和中国韵致的诗——这样的追求当然是有价值的，但需谨防一种约定俗成的集体无意识，本诗好在写得干净、轻灵，一句亲切的口语“久违了”带活了全篇。*

黄海

志丹县

那里生产有名小米和南瓜
那里出产黑黑的石油和煤
那里的路有些弯曲，是被卡车压弯的
那里的土地长出肥胖的叶子
那里有条河流淌着溪水
那里有好多座山，有些长着稀疏的树和草
那里有羊，我没见到
那里早上停水，我来不及刷牙
那里的小贩不喜欢洗脸，街道很干净
那里有电视新闻，是县领导讲话
那里有安静的早晨和夜晚，人民睡得安稳
我早就走它的路上。昨夜我梦里也想过
它应该有鸟声，唧唧喳喳
我已听过，它和我们一样喜欢争吵和开会
也像苍蝇一样喜欢去叮新鲜的事物

2007年

☞ *前不久与一个外省诗人聊起陕北，他唯一的反应是一个字：“穷！”我说：陕北不穷了，富得流油……他问我为什么不穷了，我问他听没听说过“煤老板”，他说那不是山西的嘛……看来，指望这样的诗人写出时代没可能。志丹县是以刘志丹命名的陕北县城，自然也随着这块世界上唯一的黄土高原富起来了，很有代表性，本诗用敏锐的观察和精妙的细节写出了它的变和不变。*

高世现

我妹慈悲

如来请三更爬后窗学猫叫三声
如不来挂一月亮天上
如来是阴暗的思想、羞耻和怨恨
你也要在一尊佛面前问个明白
如来是男是女
如果没有结果你就爬上屋顶将繁星铺到嘴边
如不来退一步天荒地老
如来往前一步海枯石烂
如来如不来，南无阿弥与陀佛，岸和水
如来相去甚远，如不来而又相连

2011年

☞ 我为什么不原谅抄袭者？因为我清楚地知道他们是诗坛黑恶霸权的最后一环，他们抄来的诗纵横驰骋的页码是通过欺男霸女的掌权者从真诗人手中剥夺来的！替天行道的《新诗典》推出了从未发表过作品的古河，现在又推出从未发表过作品的高世现，当然是在人为刀俎我为鱼肉的纸媒上。请大家细读本诗，如此作品不该发表吗？如此作品发表在任何一家诗刊上都会凸显出来。

李振羽

《项链》新版

路过一家小餐馆
看见马蒂尔德夫人
艰难提起外溢的马桶
奋力倒进下水道

2012年

☞ *李振羽老相，我一分钟前才知道他是70后；李振羽嗓门大，但要谨防在诗中变成直嗓子；李振羽热情高，但没必要对一些意思不大的诗歌活动过热，也不要太相信大道理，把什么都翻译成大道理去理解或发言，诗歌更多时候只是一种感觉、一种分寸感、一种平衡之术。本诗就拿捏得不错，既没有用力过度，又没有浅尝辄止，多少还是耐人寻味。*

晴朗李寒

秋宵令

秋色老了，众神孤独。

庄稼交出粮食。北风
趁夜翻过太行山。

野鸟高飞，众神失语。

露水淋哑了虫鸣。月光
熄灭最后一盏灯火。

夜冷霜寒，万物收心。

在女人那里，男人找到
涌动的泉水。

天高月小，万物沉酣。

有醉归人，一路与影子对话，
敲错了谁家的门。

2008年

☞ *同行相轻，同译一个诗人似乎就变成了潜在的对手，关系也会变得微妙起来——这便是我目前所面对的，在这些翻译家中间，晴朗李寒是最健康、最大气、最美好的，他甚至为我译的阿赫玛托娃诗集贡献出他译的阿娃自述。看兼做译者的诗人的诗，我很注重其文本的原创性，反感译谁像谁，拿本诗来说，与诗人长年译的俄国诗歌关系不大，甚至于很东方，甚至于有太行。*

伊沙

春天的乳房劫

在被推进手术室之前
你躺在运送你的床上
对自己最好的女友说
“如果我醒来的时候
这两个宝贝没了
那就是得了癌”
你一边说一边用两手
在自己的胸前比画着

对于我——你的丈夫
你却什么都没说
你明知道这个字
是必须由我来签的
你是相信我所做出的
任何一种决定吗
包括签字同意
割除你美丽的乳房

我忽然感到
这个春天过不去了
我怕万一的事发生
怕老天爷突然翻脸
我在心里头已经无数次
给它跪下了跪下了
请它拿走我的一切
留下我老婆的乳房

我站在手术室外
等待裁决
度秒如年
一个不识字的农民
一把拉住了我
让我代他签字
被我严词拒绝

这位农民老哥
忽然想起
他其实会写自个的名字
问题便得以解决
于是他的老婆
就成了一个
没有乳房的女人

亲爱的，其实
在你去做术前定位的
昨天下午
当换药室的门无故洞开
我一眼瞧见了两个
被切除掉双乳的女人
医生正在给她们换药
我觉得她们仍然很美
那是我已经做好了准备

2006年

☞ *我在以老《诗典》为蓝本的《现代诗经》（漓江版）中选的是自己的“老三篇”，河南一位现象级“诗评家”说：瞧，他也承认自己后来的诗没有超越这三首。先不论超越没超越，在自己的选本中选自己的作品，要顺应民意，否则难以服人。在此自荐本诗，就是顺应民意之举，本诗是我新世纪以来创作的短诗中最受国内外读者欢迎的一首，我自己亦很珍惜，诗到高处总关情。*

附录一《新世纪诗典·第一季》推荐表

日期	篇目	作者
2011年		
4月5日	《玛丽的爱情》	沈浩波（北京）
4月6日	《火焰与词语》	吉狄马加（青海）
4月7日	《我一生都会和一个问号打架》	中岛（北京）
4月8日	《怀孕的女鬼》	王有尾（陕西）
4月9日	《怀念》	君儿（天津）
4月10日	《秋阳》	食指（北京）
4月11日	《柯索》	徐江（天津）
4月12日	《朗诵者》	秦巴子（陕西）
4月13日	《那个人》	马非（青海）
4月14日	《负10 》	严力（纽约/上海）
4月15日	《三缺一》	发小寻（河北）
4月16日	《南京大屠杀》	朱剑（陕西）
4月17日	《麻雀。尊严和自由》	侯马（北京）
4月18日	《月光白得很》	王小妮（海南）
4月19日	《人全食》	西毒何殇（陕西）
4月20日	《写故乡》	黄海（陕西）
4月21日	《童年》	唐欣（北京）
4月22日	《秃鹫》	康蚂（天津）
4月23日	《人民》	杨克（广东）
4月24日	《梦见在梦里活着》	春树（北京）
4月25日	《卑微者》	宋晓贤（广东）
4月26日	《大限祈求》	还非（福建）
4月27日	《就算天空再深》	李异（海南）
4月28日	《烟疤》	东岳（山东）
4月29日	《一天一夜》	安琪（北京）

4月30日	《虚构》	艾蒿（陕西）
5月1日	《遗嘱》	张建新（安徽）
5月2日	《孤独的火车》	梅花驿（河南）
5月3日	《突然想起尤国英》	了乏（山东）
5月4日	《美香妃》	宋雨（新疆）
5月5日	《喜羊羊与灰太狼》	刘天雨（陕西）
5月6日	《遗物》	唐突（湖北）
5月7日	《我心中住着一名恶房客》	陈克华（台湾）
5月8日	《族谱》	吕约（北京）
5月9日	《皈依》	李勋阳（云南）
5月10日	《一个人一生总该大错一次》	李琦（黑龙江）
5月11日	《囚》	邢昊（山西）
5月12日	《诗骨》	南人（北京）
5月13日	《看相》	老德（江西）
5月14日	《阳光照在需要它的地方》	宇向（山东）
5月15日	《妈妈》	崔征（河北）
5月16日	《植物人》	姚风（澳门）
5月17日	《展览》	魔头贝贝（河南）
5月18日	《找王菊花》	杨黎（四川/北京）
5月19日	《中国诗歌的脸》	李成恩（北京）
5月30口	《写生》	如风（河北）
5月21日	《犹太人》	巫昂（北京）
5月22日	《一个农民在天上飞》	高歌（山东）
5月23日	《母亲在我腹中》	图雅（天津）
5月24日	《对面》	芦哲峰（辽宁）
5月25日	《致从20世纪走来的中国行者》	孟浪（波士顿/香港）
5月26日	《这些年》	韩东（江苏）
5月27日	《遭遇马拉美》	梁晓明（浙江）
5月28日	《我住持圆通寺一个下午》	独化（甘肃）
5月29日	《年关的集市》	谭克修（湖南）
5月30日	《十四行：给十六岁的阿文》	野鬼（重庆）
5月31日	《气不够》	何小竹（四川）
6月1日	《干休所的小战士》	刘二曼（辽宁）
6月2日	《那东西》	琳子（河南）
6月3日	《雾中树》	莫小邪（北京）

6月4日	《母亲是这样老去的》	赵卡（内蒙古）
6月5日	《睡前书》	娜夜（甘肃）
6月6日	《我在地球上的位置》	邵春光（吉林）
6月7日	《命运，被一辆马车在黄昏带走》	南鸥（贵州）
6月8日	《高兴》	贾薇（云南）
6月9日	《请允许我做一个怯懦的人》	刘春（广西）
6月10日	（某诗人在推荐七十一天过后宣布“退出”，特予取消。）	
6月11日	《祖母的墓志铭》	黄灿然（香港）
6月12日	《今天我进了聊天室》	小鱼儿（上海）
6月13日	《哥特兰岛的黄昏》	蓝蓝（河南/北京）
6月14日	《儿时同伴》	韩敬源（云南）
6月15日	《5·12瞬间》	任意好（广东）
6月16日	《章子怡漂亮不漂亮》	李伟（天津）
6月17日	《我们得到黄金》	欧亚（广东/北京）
6月18日	《真的太像人了》	唐果（云南）
6月19日	《换马掌》	欧阳昱（澳大利亚）
6月20日	《黑海》	秦客（陕西）
6月21日	《你在病中》	路也（山东）
6月22日	《凤头猪肚豹尾》	魏理科（湖北）
6月23日	《海啸》	海岸（上海）
6月24日	《画面》	西娃（北京）
6月25日	《门童》	八零（安徽）
6月26日	《雪的谬论》	潘洗尘（黑龙江）
6月27日	《中俄边境有我的哥哥》	张小树（辽宁）
6月28日	《战争与和平》	篱笆（浙江）
6月29日	《破胆》	封原（天津/北京）
6月30日	《拒绝我》	天狼（山东）
7月1日	《皈依之后》	毓梓（天津）
7月2日	《青海：夏天的夜晚》	嘎代才让（青海/甘肃）
7月3日	《旧日的蜘蛛》	郑小琼（广东）
7月4日	《高原狮吼》	徐敬亚（海南）
7月5日	《暖冬》	陈超（河北）
7月6日	《为母亲迁墓以手机记诗纪念》	曾宏（福建）
7月7日	《痛和一缕死亡的青烟》	潇潇（北京）
7月8日	《我们一家都生在河边》	阿吾（新西兰）

7月9日 《在山区，我看到神》 马海轶（青海）
7月10日 《暗恋》 南子（新疆）
7月11日 《访北岛于美国伊力诺伊州伯洛伊特小镇》 西川（北京）
7月12日 《两条金鱼》 李东泽（黑龙江）
7月13日 《我一点也不担心小力的小偷小摸》 小招（北京/湖南）
7月14日 《人民，在腊月傍晚拥挤在公交车上》 李岩（陕西）
7月15日 《罂粟花开》 晓音（广东）
7月16日 《抒情》 柏桦（四川）
7月17日 《我现在没有地址了》 鸿鸿（台湾）
7月18日 《奇迹的喀什》 李淑敏（北京）
7月19日 《雨天》 海啸（北京）
7月20日 《和月亮有关》 小引（湖北）
7月21日 《在没法儿再深的深夜》 贺中（西藏）
7月22日 《裸睡的老太太》 余幼幼（四川）
7月23日 《背后的爱情》 起子（浙江）
7月24日 《今夜我们播种》 多多（荷兰/海南）
7月25日 《致侯马》 张小波（北京）
7月26日 《棕榈》 蔡天新（浙江）
7月27日 《Sunday》 燕窝（广东）
7月28日 《杀驴》 王彦明（天津）
7月29日 《特朗斯特罗默》 王家新（北京）
7月30日 《一个痛点》 程小蓓（北京）
7月31日 《安宁》 树才（北京）
8月1日 《终结者》 张执浩（湖北）
8月2日 《半岛里的蛇》 田原（日本）
8月3日 《死于非命》 旋覆（北京）
8月4日 《闪电集》 陈黎（台湾）
8月5日 《我喜爱蓝波的几个理由》 臧棣（北京）
8月6日 《子宫坏了》 唐熠然（海南）
8月7日 《墓志铭》 桑克（黑龙江）
8月8日 《乒乓球葡萄来了》 丁燕（新疆/广东）
8月9日 《我的明天，我的肾》 换（陕西）
8月10日 《她们》 李少君（海南）
8月11日 《像一个多余的人》 阿翔（安徽/广东）
8月12日 《长跑》 余地（云南）

8月13日	《尼日利亚天空下》	孙家勋（尼日利亚/北京）
8月14日	《青春旋律》	张耳（美国）
8月15日	《悼张枣》	李笠（瑞典）
8月16日	《下班》	阿斐（广东）
8月17日	《黑色地图》	北岛（美国/香港）
8月18日	《多年后的清明当我已不在人间》	老巢（北京）
8月19日	《带着流浪的麻雀回家》	苏历铭（北京）
8月20日	《贝加尔十四行》	大仙（北京）
8月21日	《债主》	鬼鬼（北京）
8月22日	《吹动》	叶舟（甘肃）
8月23日	《惊春》	鬼叔中（福建）
8月24日	《姐姐》	杨叉（海南/广东）
8月25日	《还魂歌》	马知遥（山东）
8月26日	《斑点狗》	车前子（北京）
8月27日	《暮冬，我去看张映红》	张玉明（山东）
8月28日	《再写母亲》	陈衍强（云南）
8月29日	《我是一个被漠视的诗人》	白立（陕西）
8月30日	《灰烬之歌》	洪烛（北京）
8月31日	《到北京见一见芸》	韩少君（湖北）
9月1日	《倒淌河小镇》	古马（甘肃）
9月2日	《亲人们》	谷禾（北京）
9月3日	《硬石镇》	魏风华（天津）
9月4日	《稻草人之歌》	小海（江苏）
9月5日	《我们那儿的生死问题》	沈浩波（北京）
9月6日	《Ride on》	发小寻（河北）
9月7日	《小春天》	秦巴子（陕西）
9月8日	《身份》	吉狄马加（青海）
9月9日	《缘分》	西娃（北京）
9月10日	《父亲的骨头》	中岛（北京）
9月11日	《风雪中，父亲……》	王有尾（陕西）
9月12日	《瑞银当空》	梅丹理（美国）
9月13日	《鱼钩》	严力（美国/上海）
9月14日	《真好》	欧阳昱（澳大利亚）
9月15日	《一阵风》	宇向（山东）
9月16日	《隐私》	还非（福建）

9月17日　《家》　食指（北京）
9月18日　《想象（Imagine）》　徐江（天津）
9月19日　《青藏高原》　唐欣（北京）
9月20日　《天使去撒尿了》　小宽（北京）
9月21日　《刑警回忆录片段》　东岳（山东）
9月22日　《无题三章》　崔征（河北）
9月23日　《两条毛巾》　马非（青海）
9月24日　《锈是可以传染的》　李轻松（辽宁）
9月25日　《夜色里一匹悄然吃草的马》　人邻（甘肃）
9月26日　《无题》　琳子（河南）
9月27日　《泥石流》　岩鹰（山东）
9月28日　《慢死》　李勋阳（云南）
9月29日　《桃花》　杜涯（河南/北京）
9月30日　《有时》　零雨（台湾）
10月1日　《小镇》　黄海（陕西）
10月2日　《八只小狗齐刷刷地睁着眼睛》　面海（海南）
10月3日　《色与空》　君儿(天津)
10月4日　《棺木》　艾蒿（陕西）
10月5日　《爱情》　欧亚（广东/北京）
10月6日　《梦境》　毓梓（天津）
10月7日　《嶙火》　朱剑（陕西）
10月8日　《保钓运动》　吕约（北京）
10月9日　《我的中世纪生活。洗澡》　赵思运（浙江）
10月10日　《哎哟，妈妈》　宋雨（新疆）
10月11日　《苦》　西毒何殇（陕西）
10月12日　《便条集258》　于坚（云南）
10月13日　《情殇》　空白（北京）
10月14日　《卖鸡的》　韩东（江苏）
10月15日　《观音》　何小竹（四川）
10月16日　《上长松山，或陪父母定坟》　凸凹（四川）
10月17日　《收废品的男孩》　邢非（天津）
10月18日　《花》　邢昊（山西）
10月19日　《白色蝙蝠》　李淑敏（北京）
10月20日　《查一查这个圣诞老人》　李伟（天津）
10月21日　《甘南印象》　沈奇（陕西）

10月22日	《流星》	薛松爽（河南）
10月23日	《大恐龙》	刘脏（贵州）
10月24日	《我的墓志铭》	唐果（云南）
10月25日	《文化宫》	高歌（山东）
10月26日	《隔》	林忠成（福建）
10月27日	《他用力向易拉罐踢去》	了乏（山东）
10月28日	《回家》	吴投文（湖南）
10月29日	《听母亲说》	图雅（天津）
10月30日	《盐碱地》	潘洗尘（黑龙江）
10月31日	《有风吹过》	韩敬源（云南）
11月1日	《我害怕的是人》	第广龙（陕西）
11月2日	《安息日》	杨森君（宁夏）
11月3日	《十一月里的割稻人》	王小妮（海南）
11月4日	《悲哀》	哨兵（湖北）
11月5日	《中国戏剧》	唐突（湖北）
11月6日	《如果蚯蚓被误伤》	唐诗（重庆）
11月7日	《牛逼》	梅花驿（河南）
11月8日	《永远很遥远》	桑眉（四川）
11月9日	《我在双鱼座上给你写信》	李亚伟（四川）
11月10日	《相逢何必曾相识》	本少爷（福建）
11月11日	《真是奇异的梦境》	李琦（黑龙江）
11月12日	《旅行》	人面鱼（云南）
11月13日	《美容院》	阿齐（北京）
11月14日	《祈祷》	娜夜（甘肃）
11月15日	《河边的错误》	乌蒙（北京）
11月16日	《在中国》	孟浪（美国/香港）
11月17日	《到医院的病房去》	李小洛（陕西）
11月18日	《葡萄藤》	叶匡政（北京）
11月19日	《我的女友吞下一颗摇头丸》	封原（天津/北京）
11月20日	《她说整晚找不到我我是不是和男人在一起》	阿芒（台湾）
11月21日	《与马里奥神父在树下小坐》	姚风（澳门）
11月22日	《街头，一个犯桃花癫的女人》	湘莲子（广东）
11月23日	《那些豺狼就是穿得再光堂也没有用》	李岩（陕西）
11月24日	《心里有烟》	树才（北京）
11月25日	《刺杀恺撒》	赵原（广东）

11月26日	《我有什么地方打动了你》	刘亚丽（陕西）
11月27日	《手的一天》	阿吾（新西兰）
11月28日	《重阳节》	典裘沽酒（广东）
11月29日	《词与少年》	卢宗保（山东）
11月30日	《世界的手》	阎安（陕西）
12月1日	《二奶》	张小云（北京）
12月2日	《高跟鞋》	李成恩（北京）
12月3日	《总有一种痛不便言说》	刘天雨（陕西）
12月4日	《我与Caesar》	春树（北京）
12月5日	《项链》	侯马（北京）
12月6日	《一匹幼小的马》	周琦（山东）
12月7日	《乳房》	巫昂（北京）
12月8日	《清洗弹孔》	木知力（广东）
12月9日	《定论》	余幼幼（四川）
12月10日	《梅隆铁路旧址》	游子衿（广东）
12月11日	《过冬》	北岛（美国/香港）
12月12日	《婴儿》	曹野峰（吉林/北京）
12月13日	《体操课》	轩辕轼轲（山东）
12月14日	《乳汁在母体内变质》	宋晓贤（广东）
12月15日	《诗篇》	蓝蓝（河南/北京）
12月16日	《如果用医院的X光机看这个世界》	刘川（辽宁）
12月17日	《我的拇指》	桑克（黑龙江）
12月18日	《鱼与刀》	曾宏（福建）
12月19日	《呜啦呜啦》	阿尔（安徽）
12月20日	《你我有幸相逢，同一时代》	安琪（北京）
12月21日	《人性》	景斌（陕西）
12月22日	《自由》	沉河（湖北）
12月23日	《戈麦》	臧棣（北京）
12月24日	《偶遇》	黄玲君（安徽）
12月25日	《想再拔出一种感觉》	詹澈（台湾）
12月26日	《频有哀祸贴》	孙谦（陕西）
12月27日	《与芒克等同游白洋淀集市有感》	西川（北京）
12月28日	《山魅》	吴投文（湖南）
12月29日	《流亡》	鸿鸿（台湾）
12月30日	《与父亲同眠》	张执浩（湖北）

12月31日 《9·11心理报告》 伊沙（陕西）

2012年

1月1日 《丽姐给两年未见的丈夫的短信》 蒋涛（北京）
1月2日 《两不相欠》 莫小邪（北京）
1月3日 《月下的少女》 芦哲峰（辽宁）
1月4日 《我终于赶上了那群人》 马海轶（青海）
1月5日 《寒露纪事》 杨晓芸（四川）
1月6日 《狗尾巴草》 张永伟（河南）
1月7日 《跳楼记》 南人（北京）
1月8日 《晚上的包晓丽》 刘君一（北京）
1月9日 《对太阳的另一种解读》 海啸（北京）
1月10日 《命运1983》 水笔（江西）
1月11日 《忏悔》 李南（河北）
1月12日 《1958年》 鲁若迪基（云南）
1月13日 《辛亥百年，致鲁迅》 路也（山东）
1月14日 《大婚之日》 八零（安徽）
1月15日 《乌鸦》 魔头贝贝（河南）
1月16日 《强者不知道的事》 南子（新疆）
1月17日 《无题16》 廖人（台湾）
1月18日 《壬辰之诗：无题》 百定安（广东）
1月19日 《盗冰者》 伤水（浙江）
1月20日 《红旗袍》 刘二曼（辽宁）
1月21日 《结婚》 李异（海南）
1月22日 《马赛克》 秦巴子（陕西）
1月23日 《永远饥饿》 严力（美国/上海）
1月24日 《墙根之雪》 沈浩波（北京）
1月25日 《从北京一直沉默到广州》 王小妮（海南）
1月26日 《面具》 吉狄马加（青海）
1月27日 《太古》 黄粱（台湾）
1月28日 《四声》 张耳（美国）
1月29日 《女奴》 小招（北京/湖南）
1月30日 《我们还有许多事情没有完成》 林莽（北京）
1月31日 《菜市场轶事》 朱剑（陕西）

2月1日 《梨尸》 东岳（山东）
2月2日 《给S写信》 横行胭脂（陕西）
2月3日 《黄昏草场》 还非（福建）
2月4日 《他她》 杨又（广东）
2月5日 《亡者之痛》 晓音（广东）
2月6日 《故事一》 湘莲子（广东）
2月7日 《沙之下》 艾先（湖北）
2月8日 《凌晨笔记》 怀金（河南）
2月9日 《一棵随意的树》 唐果（云南）
2月10日 《又到合作》 唐欣（北京）
2月11日 《敏感的陷入》 冯晏（黑龙江）
2月12日 《楚：诗》 吕叶（湖南）
2月13日 《观赏》 琳子（河南）
2月14日 《圣洁的一面》 宇向（山东）
2月15日 《张翠莲》 贾薇（云南）
2月16日 《半首朗诵诗》 徐江（天津）
2月17日 《给不在世的姐姐算命》 君儿（天津）
2月18日 《饮食与美女》 二毛（北京）
2月19日 《性本爱丘山》 周瑟瑟（北京）
2月20日 《少年时代的朋友》 唐突（湖北）
2月21日 《我曾长在葡萄园下》 丁燕（新疆/广东）
2月22日 《清明即景》 陈陟云（广东）
2月23日 《敌人》 面海（海南）
2月24日 《年关》 宋雨（新疆）
2月25日 《王静》 发小寻（河北）
2月26日 《人流无痛》 韩敬源（云南）
2月27日 《新神笔马良》 三个A（广西）
2月28日 《变化》 原委（北京）
2月29日 《工人的手》 韩东（江苏）
3月1日 《中国制造的十字架》 姚风（澳门）
3月2日 《孤独的男人》 欧阳昱（澳大利亚）
3月3日 《黄昏的光线里》 李琦（黑龙江）
3月4日 《未来的旧录像带》 陈超（河北）
3月5日 《清粥》 哑石（四川）
3月6日 《越战退伍军人》 陈铭华（美国）

3月7日	《与会者》	马非（青海）
3月8日	《戒酒一周》	旋覆（北京）
3月9日	《讨厌的人》	刘斌（陕西）
3月10日	《抽烟》	鬼石（甘肃）
3月11日	《我娃写给他妈的〈保证书〉》	陈衍强（云南）
3月12日	《盐》	康蚂（天津）
3月13日	《天堂村上空的飞行器》	张玉明（山东）
3月14日	《父亲的模样》	庄生（广东）
3月15日	《烟》	李傻傻（广东）
3月16日	《传统诗人一种》	欧亚（北京）
3月17日	《词条：靖港》	余毒（湖南）
3月18日	《人民（之三）》	杨克（广东）
3月19日	《小虎》	摆丢（上海）
3月20日	《我的朋友小吴》	南煜（新疆）
3月21日	《他世界（节选）》	旻旻（广东）
3月22日	《七月钓鱼》	古河（广东/湖北）
3月23日	《留学》	侯马（北京）
3月24日	《农事诗·夏天到沙地干活》	西毒何殇（陕西）
3月25日	《火车，玉米地》	李东泽（黑龙江）
3月26日	《柳荫街甲14号》	温永琪（江西）
3月27日	《一个干哑的笑声从楼底下传上来》	李岩（陕西）
3月28日	《甲鱼》	异才（青海）
3月29日	《哦，泥土》	云经立（湖北）
3月30日	《白露》	沙白（北京）
3月31日	《志丹县》	黄海（陕西）
4月1日	《我妹慈悲》	高世现（广东）
4月2日	《〈项链〉新版》	李振羽（甘肃）
4月3日	《秋宵令》	晴朗李寒（河北）
4月4日	《春天的乳房劫》	伊沙（陕西）

附录二 首届《新世纪诗典》年度大奖（2011）及其他荣誉、十大新闻揭晓

一、大奖

金诗奖：沈浩波

银诗奖：中岛

铜诗奖：西娃

入围奖：李勋阳、高歌、王有尾、毓梓

成就奖：严力

最佳点评奖：东窗

二、荣誉

首届中国十大诗歌省区（2011）：北京、陕西、广东、天津、山东、云南、海南、河南、四川、湖北

首届现代汉诗最佳海外地区（2011）：美国

首届中国十大魅力诗人（2011）：李淑敏、唐欣、徐江、沈浩波、君儿、王有尾、艾蒿、西娃、崔征、李岩

三、新闻

《新世纪诗典》2011年度中国诗坛十大新闻

一、年仅25岁的青年诗人小招于情人节在湖南老家跳桥自杀。

二、网易特邀诗人伊沙以微博开设《新世纪诗典》，每日荐诗一首，受到上百万人关注。

三、第三届青海湖国际诗歌节在青海举行，在投入、规模、组织等方面堪称全球第一诗歌节。

四、全球历史最为悠久的马其顿第五十届斯特鲁加国际诗歌节在马其顿举行，中国诗人严力、伊沙应邀出席。

五、现存民刊中最持久的《诗参考》《葵》分别在京津两地举行创办二十周年纪念活动。

六、日常化新范式的长安诗歌节创办两年，举办七十七场，并拓展到出版、评奖等。

七、网易《新世纪诗典》“阳光照在需要它的地方”北京朗诵会在北师大举行，诗人朗诵皆为《新诗典》入选作品，其质量之高堪称全国之最。

八、北岛回国，后遭臧棣长文批评。

九、瑞典诗人托马斯·特朗斯特罗姆获本年度诺贝尔文学奖，引起关注与热议，北岛是其最早的中文译者、李笠是其全集译者。

十、《世界诗歌年鉴2010年卷》（英文版）由蒙古国自由出版社出版，吉狄马加、伊沙、田原、路也、潇潇等中国诗人入选。

图书在版编目（CIP）数据

新世纪诗典．第1季 / 伊沙编选．-- 杭州 ：浙江文艺出版社，2012.10

ISBN 978-7-5339-3493-4

Ⅰ．①新… Ⅱ．①伊… Ⅲ．①诗集－中国－当代 Ⅳ．①I227

中国版本图书馆CIP数据核字(2012)第243257号

责任编辑 张德强
特约监制 马 加
特约编辑 李淑敏
版式设计 书情文化
封面设计 崔晓晋

新世纪诗典·第1季
伊沙 编选

出版 浙江文艺出版社
地址 杭州市体育场路347号 邮编 310006
网址 www.zjwycbs.cn
经销 浙江省新华书店集团有限公司
印刷 廊坊市兰新雅彩印有限公司
开本 635mm×965mm 1/16
字数 479千字
印张 28.5
版次 2012年10月第1版 2012年11月第1次印刷
书号 ISBN 978-7-5339-3493-4
定价 46.00元